コクと深みの名推理④

危ない夏のコーヒー・カクテル

クレオ・コイル
小川敏子 訳

ランダムハウス講談社

MURDER MOST FROTHY

by

Cleo Coyle

挿画／藤本 将

レシピデザイン／川村哲司（atmosphere ltd.）

愛をこめて本書をエブリン・セラシーニとナナに捧げる。

謝辞

ふわふわに泡立った感謝を編集者のマーシャ・ブシコ、ケイティ・デイ、リテラリーエージェントのジョン・タルボットに贈ります。

人は朝を迎えるたびに新しい車を買えるわけではない。けれども朝を迎えるたびに人は上等のコーヒーを一杯買って笑顔になれる……これこそ贅沢の民主化というものだ。

「1ポンド当たり35セントで爽快と行こう」
《ボルティモア・サン》紙二〇〇四年

コーヒーは庶民の金《きん》である。すべての人間に贅沢のよろこびと貴族の気分をもたらしてくれる。

シーク・アブダル・カディール
「コーヒー由来書」一五八七年

危ない夏のコーヒー・カクテル

登場人物

クレア・コージー…………ビレッジブレンドのマネジャー
ジョイ……………………クレアの娘
マテオ・アレグロ…………ビレッジブレンドのバイヤー。クレアの元夫
マダム……………………同店の経営者。本名ブランシュ・ドレフュス・アレグロ・デュボワ。マテオの母
クィン警部補………………六分署の捜査官。本名マイケル・ライアン・フランシス。愛称マイク
ブリアン・ソマー…………雑誌《トレンド》の編集長
デイビッド・ミンツァー……実業家。〈カップＪ〉の経営者
トリート・マッツェリ
グレイドン・ファース
コリーン・オブライエン
スージー・タトル
……〈カップＪ〉の従業員
ジャック・パパス…………同店の支配人
アルバータ・ガート………デイビッドの家政婦
ボン・フェローズ…………レストラン経営者
マージョリー・ブライト……デイビッドの隣人
エドワード・マイヤーズ・ウィルソン…………教授。マダムの友人

プロローグ

小高い砂丘に生い茂る雑草のなかで、手袋をはめた手が七ポンド（三・二キログラム）のレミントンのボルトアクション・ライフルを握った。ライフルのスコープの先には豪邸の広大なウッドデッキ。シーダー材のデッキにいる人々の顔をスコープ越しに順ぐりに見てゆく。

典型的なハンプトン族のあつまりだ。アイビーリーグ出身のエリートの夫をもつ女たちはインテリアコーディネーター気取り、大企業のトップはすっかりネジがゆるみ、莫大な遺産を相続して暇を持て余す女たちは有名人に目がない。冷血漢の弁護士たち、場を盛りあげようとする新顔、誇大妄想のエグゼクティブ、音痴なポップシンガー——その誰も彼もがふわふわに泡立った飲み物をすすり、デザイナーズ・カジュアルをまとい、特大サイズのダイヤモンドを身につけ、ちょっとした車が買えるくらいの価格の腕時計をしている。

女性は肌を過度に露出しているか、過度に隠しているかのどちらかだ。わざとらしいつくり笑い以外は、誰も笑わない。彼女たちの関心はもっぱら、おたがいの服、出席者の顔ぶれ、ホストのコレクションの趣味に注がれている。男たちはつまらなそうにしているか、気負いすぎているかのどちらかだ。ビジネスや遊びの上での人脈づくりにはみな熱心な様子。なにかといえば、「よし、これで話は決まりだ」を連発する。

もちろんセレブもいる。《TVガイド》や《エンタテインメント・ウィークリー》の表紙は修正されているからほんものは見劣りする、などというコメントがささやかれるのはパーティー終了後か、本人の耳に入らない物陰で。

ようやく〝奴〟が見つかった。背が低く小太り。この体型は彼以外に考えられない。半袖のシャツの裾がズボンから思いきりはみだして、大きなピンク色の旗をぶらさげているようだ。いつでも引き金をひくことができる。レミントンには銃弾が三発、装弾されている。七ミリの弾丸が三つ、鉄製の二十四センチの銃身を抜けて夜の空気を四十メートル飛んで行くのを、いまや遅しと待ち構えている。そして想定通りの結果が待っているはず。

あとはタイミングをはかるだけ。

ゲストがいれ替わり立ち替わりデッキにあらわれ、集団が大きくなるかと思えば、波がひいていくようにすうっと人数が少なくなったりする。音楽が大邸宅の敷地、プール、刈り込まれた芝生、そしてビーチ、さらに海岸線にまで流れてくる。ライフルを握るラテックス製の手袋のなかで手がべっとりと汗ばむ。泡立った波が背後から足元に迫り、絶え間なく音をたてる。打ち寄せる波とともに海が刻一刻とにじり寄ってくるようだ。

ようやく〝奴〟が混雑するデッキから離れて広い部屋に入った。派手な照明で照らされた部屋だ。煌々《こうこう》と輝く電球とシャンデリアの光を誇示するようにシェードはすべてあげられ、よろい戸はひらかれている。おかげでゲストはいやでもこの大邸宅の豪華さを意識させられるというわけだ。そしてまた、そのおかげで〝奴〟が廊下を歩いて南棟に移動し、階段をのぼってゆくのを容易に追うことができた。向かった先は、続き部屋のある主寝室。

羽目を外した若者たちがあげる花火の音がさきほどから続いている。パーンという炸裂音があちらこちらで華やかに響き、七月四日の独立記念日の宵を盛りあげる。小さな爆発音もどこからかとぎれとぎれにきこえてくるが、そんなのは目ではない。今宵の最高の花火はこれから始まるのだ。

ビーチのずっと先で、独立記念日を祝う余興がついにスタートした。ドカーン、バーンという威勢のいい音とともに筒型花火がつぎつぎに打ちあげられる。花火は海の上空をぐんぐんのぼってゆき、はじけ、無数の明るい赤い光を散らし、真っ黒な空に光の筋をひく。血の滴りを思わせる真っ赤な筋を。

大半のゲストは空を見あげ、華やかなショーにうっとりしている。ライフルの先端は彼らの目線よりもずっと低い位置に向いたままだ。〝奴〟の姿は数分間視界から消え、今度は主寝室に隣接したバスルームの窓のところにあらわれた。

銃声が一発とどろいた。そしてもう一発。二発とも狙いがそれた。そして三発目を発射。弾はライフルの銃身から飛び出し、豪邸の厚い窓ガラスを突き抜け、男の頭蓋骨に命中した。

外でおこなわれているパーティーのゲストたちは、ぼうっと空を見あげている。ライフルの発射音にはまったく気づいていない。花火も佳境を迎え、大きな銃撃音はその一部としかきこえなかったのである。

1

あれは死体を発見する数時間前、わたしはマイク・クィン警部補の短い言葉をしきりに思い出していた。

〝いいか、クレア。ほとんど知られていない物理の法則がある。巨額の金はまったく別個の宇宙をつくり出すことができる〟。

「あなたのいう通りね、マイク」

しみじみと周囲を見わたしながら、わたしはつぶやいた。

わたしが立っていたのは、海に面して建つ二階建ての「悠々自適館」のデッキ。

「悠々自適館」とは、デイビッド・ミンツァーが一千万ドルかけてイーストハンプトンに建てた大邸宅だ。彼が主催する独立記念日のパーティーが宴もたけなわを迎えていた。

ジャグジーに浮かべたキャンドルが、水の妖精たちが踊るように揺れている。アンティークの磁器製のプランターには珍しい種類のランや夜咲きのジャスミンが花開き、海風に甘美な香りを与えてくれる。形よく刈り込まれた樹木に隠されたスピーカーからはガーシュウィンとコープランドの名曲が流れ、真近にきこえる波音と重なる。純銀製のトレーには、嫌みなほど高価なシャンパンの入ったフルートグラス、そしてレモンほどの大きさの新鮮なイチゴを高級なベルギーチョコレートに浸したものがたっぷり盛られている。

〝イースト〟ハンプトンは、全米有数の高級な村だ。隣りあうアマガンセット、ウェインスコット、サガポナック、ブリッジハンプトン、サウスハンプトンなど奇妙な名前の、いずれも海岸に面した村を総称して「ハンプトンズ」という。村ごとにプライベートビーチを所有し、厳しい駐車規制を設けている（ファシズムと紙一重の行きすぎたエリート主義と表現したらわかりやすいだろうか）。

親愛なるクィン警部補の説を、イーストハンプトンはみごとに裏づけてくれる。ここではたいそう裕福な人々が夏を過ごす。ビジネス界の大立者、映画スター、代々の資産家、新興の成金などがやってくる。この場所を訪れることは、彼らにとって過去への時間旅行のようなものなのだ。法律でネオンが禁じられ、風光明媚な田園の景観は維持保存され、上流階級の人々の別荘がある敷地は「立ち入り禁止！」と叫んでいるような高いプリベットの生け垣に守られている（住人はあくまでも、「海風を和らげるために植えただけ」という。のぞかれるのが嫌だからなどと本音をいって、鼻持ちならない人物と思われたくないのだ)。

〝ハンプトンズ〟をひとことで表現するのはむずかしい。つねに気を抜けず安っぽい刺激に満ちたニューヨークという街からは、およそ百マイル。たった百マイルのところに、人々はお金の力でもうひとつの世界をつくり出した。悪臭を放つ悪意と犯罪と趣味の悪さから解放され安全と美しさと趣味のよさに満ちた空間を。

村はいずれもロングアイランドのサウスフォークの突端に位置している。細長いこの土地は絵のように美しく、池と湿地と丘が多い。北側は青い水をたたえた入り江に、南側は大西洋に面している。

ハイキングもできるし高級料理も味わえる。農場の直売所もあれば、フィルムフェスティバルもおこなわれる。鳥類保護区《バードサンクチュアリー》、自家用のプール、自然保護区域、テニスコート。ジャクソン・ポロックが寒さに耐えて創作に励んだスタジオ、そしてイーストハンプトンにはスティーブン・スピルバーグが数百万ドルを投じた夏の別荘クヴェレ・バーンもある。おそらくスピルバーグは映画のように「モサド」――イスラエルのシークレットサービス――の退職者を雇って警備させているのだろう。

ハンプトンズでは光すらちがう。特殊な地形が影響して日光が水面で反射する角度が独特なのだとアーティストたちはいう。理由はどうあれ、そんな光はここでしか経験できない。だからロスの大物のせいで地価がつりあげられるよりずっと前から、すでにこの地はアメリカで有数の芸術家のコロニーだった。

じっさい、ハンプトンズでは（人間だけではなく）色の豊かさが感じられる。ある日、泳ごうと思って早起きしたわたしは、海と空の色がまったく同じ青さで水平線が完全に消えているのを見て、思わず息を飲んだ。青が永遠に続くように見えた。

その瞬間、ロングアイランドのずっと先のニューヨークでは、つまり真っ白なビーチなどないあの街では、住人の大半がシガーボックスのようなアパートや荒廃したテラスハウス、公営住宅で積み重なるようにしてたがいの頭上で暮らしている。容赦ない都会の暑さにうだり、活力を吸い出される前にぐにゃぐにゃになっている。しじゅう緊急車両のサイレン、近所で誰かが騒ぐ声がして、静けさなどとうてい手に入らない。そして舗道のゴミ。夏の熱で焼かれ、カルヴァン・クラインの香水とはほど遠いにおいで空気を汚すのだ。

気温の上昇とともに街はいよいよ殺気立って路上強盗、押し込み強盗、暴行、殺人の件数がうなぎのぼり。そしてマイク・クィン警部補はニューヨーク市警の六分署で超過勤務をこなす羽目になる。

いっぽうイーストハンプトンで警察の仕事といえば、公共の場での酔っぱらい、交通事故、病的な万引癖のある女優がたまに起こす事件への対処程度らしい。ここでは穏やかな潮風が住民の心身をリフレッシュさせてくれる。夜は涼しく、静かで、暗く、星座を堪能できる。

まさに夢の国。ドナルド・トランプの世界とヘンリー・ソローの世界が海を背景にして出会う場所だ。歴史的なルーツを持たないニューヨーカーたちが巨額の富にものをいわせて権利を主張する場所なのだ。わが友クィン警部補の言葉通り、彼らは物理の法則に逆らってまったく別個の宇宙をつくりあげた。

さて、なぜにわたしがここにいるのか。中流階級の労働者であるクレア・コージーがいったいなにをしているのか？　いまわたしはデイビッド・ミンツァーのパーティーの華々しい顔ぶれのゲストたちに、ふんわり泡立ったコーヒー・ドリンクをせっせとつくってさしあげている。

あ、これでは誤解されてしまうかもしれない……アメリカで「バリスタ」といえば、失業中の俳優や男女問わず大学生がやるものというイメージがある。アメリカ人は世界で供給されるコーヒーの半分を消費している、カップにして一年におよそ千億杯、平均的な一日をとると全米の人口の七十パーセントがコーヒーを飲んでいる、などという知識はどうでもいいのだけれど、この国ではバリスタという肩書きには誰もあまり敬意を払ってくれない。そこが二十万店以上のエスプレッソ・バーがあるイタリアとはちがうところだ。

コーヒーをいれることに関して、わたしのキャリアは相当長い。父方の祖母から仕込まれた。祖母はペンシルバニア州で小さな雑貨店を経営し、わたしはその店で育ったといってもいい。祖母はイタリアで使い慣れたコンロ用のエスプレッソマシンを持ってアメリカに渡り、店でエスプレッソをつくってはお客さんや友人をもてなしていた。わたしはお手伝いして一杯注ぐたびに頭をぽんとなでてもらい、手に二十五セントを握らせてもらった。

父は派手でいつも飛びまわっているようなやんちゃなタイプ。上質の葉巻が好きで、朝デミタスカップで飲むエスプレッソにはアニゼットを加えるのが好きで、祖母ナナの店の裏で闇の賭けの胴元をしていた。

残念ながら、自分でいれたコーヒーをじつの母には一度も飲んでもらったことがない。わたしが七歳の時に母は去った。何年ものあいだ、自分がいい子ではなかったからだと思っていた。けれどやがて、母は父の裏切りにたまりかねて出ていったのだと理解できるようになった。

その昔、陽光まぶしいマイアミから男性が友人を訪ねて町にやってきた。そして母はその男性と駆け落ちした。残されたのは、あわてて書いた書き置きだけ。それがいかにも母の気持ちを代弁していた。母は自分の過去を抹消したかったのだ。悲しいことに、わたしという存在も、過去もろとも抹消されてしまった。

その時に登場したのが祖母だった。祖母の雑貨店でエスプレッソをいれた思い出は、子ども時代のいちばん幸せな記憶だ。だからコーヒーをいれる時の豊かで熱く心地よいアロマはいまだに、家庭の象徴、祖母に抱きしめられた感覚、無償の愛と結びついている。理解できないまま拒絶されたわたしにとって、それは最高の救いだった。

大学を卒業後、料理関係のライターとして独り立ちしてからも、コーヒーをいれることはわたしにとって決して片手間にやれる作業ではなかった。ぐったりと疲れ、へとへとになっている人、のどの渇きを癒したい人、落ち込んでいる人のために何度も何度も完璧な一杯をいれることに誇りを持ってきた。

そして、こうしてイーストハンプトンのパーティーでせっせとコーヒー・ドリンクをつくっているものの、わたしの肩書きは「有名人専用のバリスタ」ではない。本業はビレッジブレンドの専任のマネジャー。ビレッジブレンドはマンハッタン、グリニッチビレッジのランドマーク的なコーヒーハウスであり、一世紀の歴史を誇る店だ。デイビッド・ミンツァーとは、もともとそこで親しくなった。

四十代半ばのデイビッドをなんと表現したらいいだろう。そう、いろいろな点において標準よりも〝ちょっぴり〟多い、あるいは少ない人物といったらいいだろうか。ちょっぴりお腹が出ていて、濃い色の髪の毛はちょっぴり薄くなりかけていて、ちょっぴりどんぐりまなこ。けれど〝ちょっぴり〟などとはほど遠い突出した面もある。まずは、ウィット。とにかく鋭くてきつい。そしてビジネスで発揮する恐ろしいほどの洞察力。

なにを手がけてもデイビッドはすばらしく多彩な才能の持ち主だ。紳士服、婦人服、鞄、靴、フレグランス、寝具、バス用品のデザイン、三種の雑誌とレストランチェーンふたつの経営を成功させ、定期的に『オプラ・ウィンフリー・ショー』に出演して「今シーズンのトレンド」について視聴者にアドバイスをしている。

彼と初めて出会ったのは、昨年の秋のファッション・ウィークのパーティーだった。デイビッドはグリニッチビレッジにタウンハウスを購入して、わたしがマネジャーを務めるコーヒーハウスの常連さんになった。彼はビレッジブレンドのオリジナルブレンドとローストを大変気にいり、エスプレッソをベースにわたしがつくるコーヒー・ドリンクに感動してくれた。そんな彼から、あたらしくイーストハンプトンに開いた〈カップJ〉というレストランに来てくれないか、バリスタとして働くスタッフの指導と監督をしてくれないかというオファーがあった。気前のいい報酬に加え、海辺の彼の豪邸でゲストとしてひと夏過ごせるという条件つきで。

何度も説得されて、ついにわたしは話を受けることにした。六月から九月までカップJとビレッジブレンドを掛け持ちし、ビレッジブレンドを留守にするあいだはアシスタント・マネジャーに後を任せることにしたのだ。

ただし誤解しないで欲しい。デイビッドとわたしは交際しているわけではない。親しい間柄という表現もそぐわない。いまのところはプライベートとビジネスの両面で接点がある、いわばグレーゾーンにいる状態だ。率直にいうと、仮にわたしがもう少し交際を深めたいと願ったとしても、はたして実現するかどうか。彼との進展の可能性についてはとんと予測がつかない。彼はこちらの気をひくようなそぶりをすることもあるけれど、ちょっぴり（ここで〝ちょっぴり〟が再登場）なよなよした態度を取ることもある。彼のセクシュアリティについては白黒つけがたいといった状況だ。

デイビッドは当然ながら大変裕福で、しかも気前がいい。少なくとも、わたしは一貫して豪勢なもてなしを受けている。今夜のパーティーでは、開始時刻に合わせてカップJのシェフ（ビクター・ボーゲル）と支配人（ジャック・パパス）がレストランで仕込んだ料理を豪邸に運び込んだ。デイビッドはわざわざ自分で輸入もののシャンパンをあけてフルートグラスに二杯ごちそうしてくれた。それから一ポンド六十ドルはするはずのロブスターのサラダを惜しげなくふるまってくれた。

それを皮切りに、海辺でくり広げられる魅惑的な光景にただただわたしはうっとり。もちろん、絶え間なく泡立つフランス製のシャンパンにもうっとり。まさに至福の時だ。ニューヨークの街でのわたしの経済状態では、ロブスターの尻尾すらめったに拝めない。ここではモダンアートのようなシーフードのカナッペと、小さなフランス風ペストリーが純銀製のトレーにのってつぎからつぎへと湧いてくるみたい。そしてトレーを運んでいるスタッフのなかには、わが娘ジョイもまじっている。

デイビッドはサービスする側のスタッフもゲストと同じように飲み、食べ、楽しく過ごすようにうながした。彼の深い思いやりを無にするつもりはなかった。わたしは「お手伝い」として参加しているにすぎないけれど、ハンプトンズのパーティーもわたしたちがよく裏庭でひらく「ビールパーティー」も本質的には変わらないみたい。とはいえ、いちいち度肝を抜かれているのも事実だ。なにしろハンプトンズの独立記念日のパーティーなんて初めてなので、わたしはひそかにぞくぞくしていた（ニューヨークの街でおこなわれる行事はあまりにも有名なので、独立記念日には退役軍人のパレードがつきものという刷り込みがある）。

こういう晩に、まさか暴力や人生の負の部分に遭遇するなどと、いったい誰が思うだろうか。わたしはこれっぽっちも思っていなかった。少なくとも死体を見つけるまでは。後で知ったのだが、死亡推定時刻はその晩の花火の開始時刻とほぼ同じころだった。わたしがじっさいに死体を〝発見〟したのは、花火が終わってだいぶ経ってからだ。だからこの時点では、まだまだのんきなものだった。

二十一歳のわが娘ジョイの状況もほぼ同じだったはず。ソーホーの料理学校に通う彼女はちょうど夏休みで、やはりデイビッドの豪邸に滞在していた（これはわたしが強く主張して実現したもので、そのいきさつについてはおいおい説明しよう）。ジョイもわたし同様、このパーティーに胸を躍らせていた。ただし、ジョイはジョイなりの理由で。

「ママ、キース・ジャッドがいるのに気づいた？」

空になったトレーとともにジョイが駆け込んでくる。興奮した口調だ。

栗色の髪の毛、緑色の瞳、ハート型の顔の輪郭はわたし譲り。そして背の高さは父親譲り。一八〇センチの父親にはかなわないけれど、一五五センチのわたしより十センチも高い。そして性格も父親似。はつらつとしたところは、アスティのマグナムボトルの泡立ちよりもはるかに上をいっている。今夜のジョイはほかの給仕係と同じようにカップJの制服を着ている。サーモンピンクのポロシャツの右の胸に、モカチーノと同じ色で『ＣＵＰＰＡ Ｊ』というロゴの刺繍がある。男性スタッフはカーキ色のパンツ、女性は同色のスカートをはいている。レストランではさらにモカ色のエプロンもする。が、今夜はデイビッドの自宅でのプライベートなパーティーのケータリングなので、エプロンはしなくていいとデイビッドの指示があったのだ。

「見て、あっちよ。プールのそばにいるでしょう？　彼、わたしにウィンクしたのよ。正真正銘のほんもののウ、ィ、ン、ク。このわたしに向かって」

「なるほど」

そうこたえて、わたしは挽きたてのアラビカ種のコーヒーをポータフィルターのカップにいれた。それをぎゅっと押し込み、余分な粉をへりから払い、柄を持ってエスプレッソマシンにしっかりとはめ込み、スタートボタンを押す。これで抽出のプロセスが始まる。

「で、なぜそれを〝よろこんで〟いるのかしら？」ジョイにたずねた。

いわゆる有名人と称される人々ならグリニッチビレッジ近辺にもおおぜい暮らしている。俳優、ポップスター、作家、テレビのパーソナリティーなど。わたしは彼らのためにグランデサイズのラテを何杯もつくってきた。わたしがマネジャーになるずっと前から、ビレッジブレンドの常連にはビート世代の超有名人が名を連ねていた。そう、店のオーナーとして敬愛され、しかもわたしの元の姑であるマダム・ドレフュス・アレグロ・デュボワの時代から、ジャック・ケルアック、レニー・ブルース、ウィレム・デ・クーニング、ジェームズ・ディーンなどが訪れていた。だから「セレブ遭遇体験」など、いまさらうれしくもおかしくもない。

「いやだママったら。キース・ジャッドよ。知らないの？」

「知っていますとも。大衆受けするスパイ・ミステリのスター、でしょう？　法廷ドラマの役を獲得して今年オスカーを取ったのよね。いまイチオシのイケメン、でしょ」

「彼は超セクシーよ、イケメンなんて古すぎ」

わたしは不満げな声を洩らし、エスプレッソを二ショット抽出した。用意していたミキサーに濃い色のエスプレッソを勢いよく注ぎ、クラッシュアイス、ミルク、チョコレートシロップ、少量のバニラシロップを加え、高速で混ぜた。出来上がった「アイス・チョコラテ」（ビレッジブレンドではこう呼ぶ）をガラス製のマグふたつに注ぎ、たっぷりの泡の上にチョコレート・ホイップクリームと削ったチョコレートを散らす。屋外に設けたエスプレッソステーションに、グレイドン・ファースを手招きして呼んだ。

グレイドンはカップJのスタッフで、ジョイと同じく今夜のパーティーで給仕係を務めている。二十代のサーファー野郎で、金髪まじりの茶色の髪をスポーツ刈りにしている。背が高くて寡黙なタイプだ。神経質そうな視線をちらりとジョイに向けてからふわふわに泡立ったドリンクを取りあげ、オーダーしたゲストのところに運んだ。

「なるほど」わたしはジョイにいった。「超セクシーと訂正しましょう。わたしが知りたいのは、四十歳のわたしとどっこいどっこいにしか見えない高齢の男性が二十一歳のわが娘にウィンクしたときいて、なぜよろこばなくてはならないのかしら」

ジョイがあきれたような目でこちらを見る。

「だって、相手はビッグスターよ」

「あのね、ここにいるゲストの半分は《トレンド》誌の表紙を飾ってきた人たち。残りの半分は《ウォールストリート・ジャーナル》紙で紹介されているのよ。ハイスクールで詩人チョーサーの勉強をしたでしょう？『名声の館』の構造の完全性に問題があると」

「そんなことどうでもいい。彼はキュートだわ」

「誰がキュートだって？」トリート・マッツェリだった。ジョイにちかづいて、筋骨隆々とした手で彼女の肩をおさえる。「またまたボクのことを話しているのかな？」

トリートもカップＪのスタッフだ。二十代半ばでぎらぎら光る茶色の瞳と真っ黒な髪の毛の持ち主。ウェイトリフティングをする人間特有の筋肉質のがっちりした体型だ。ずけずけとものをいうタイプで、自分より年下の女性に気のあるようなそぶりでしじゅう軽口を叩いている。

「まあ、うぬぼれちゃって」ジョイが軽く返す。「あなたのことなんて、なんともいってません。キース・ジャッドのことを話していたの。わたしにウィンクしたのよ」

つきあってられませんとばかりにわたしは声を洩らし頭を左右にふった。そんなわたしの反応をトリートが見ていた。

「まあそうカリカリしないで、クレア母さん。その『キース・ジャッド事件』の全貌をぼくは目撃してましたから」

わたしは眉をひそめた。「〝事件〟？」

ジョイがにやにやしてトリートを見た。

「なにを見たの？」

彼が肩をすくめた。

「ジョイがあからさまにジャッドに見とれていた。いわゆる〝バレバレ〟状態。相手も見られていることをちゃあんと意識していた。でもジョイみたいな追っかけには慣れっこという感じだった」

「わたしは追っかけではありません」ジョイはわざとらしく憤慨してトリートを睨みつける真似をしたけれど、そのまなざしに好意的な笑みがちらりと浮かぶのをわたしは見逃さなかった。「ええそうですとも、あなたのいう通りわたしは見とれていたかもしれない。でも、少なくともトレーは落とさなかった。そうでしょう？　褒めて欲しいわ」

「わかったよ」トリートが笑った。「ほら、褒めてあげよう」

ふたりはほぼ同じ背の高さで、トリートはたやすく片腕をジョイの首にかけ、羽交い締めをしながら頭をごしごしなでようとした。けれどきゃあと声をあげて、機敏なジョイは自分をとらえようとするトリートの手から逃れた。

「やめて。もう一度いうわよ。髪にさわらないで！」

トリートが目をみはる。

「なにごとなんだ、プリンセス。ただのポニーテールだろう」

「編み込みポニーテールです」ジョイがきっぱりという。「崩したら許さないわよ」

「つまり、いまはまだだめ……ほんの少しでもイヤ。そういうことだね？　パーティーの後ならどう？」トリートは手を伸ばしてジョイの髪をひっぱろうとした。

ジョイは栗色のポニーテールをふるようにして彼の手から逃れた。ジョイはあきらかにそのやりとりを楽しんでいた。ちょっと行きすぎではないか、と思えるほどに。

そこでわたしは咳払いをした。ちょっと大きすぎるのではないか、と思えるほどに。

「ふたりとも、トレーを持ってお客さまのところをまわっていらっしゃい。さもなければマダムにグッチの靴で蹴飛ばされるわよ」

「了解しました。バリスタ艦長どの」

トリートはわたしに敬礼し、ジョイにわざとらしいウィンクをしてキッチンに向かった。そこにはフランス生まれの元の姑、マダムが陣取っている。さきほどトリートは〝厨房の女王〟などとうまくいいあらわしていたけれど。

マダムについてひとついえるとしたら、たとえ極上のオスカー・デ・ラ・レンタを着ていようとベアネーズソースのシミがついたエプロン姿であろうと、周囲の人間に対してすさまじいばかりの威厳を保っている、ということ。八十歳だというのに、一日の終わりにはわたしがいくらエネルギーをかきあつめてもかなわないほど、マダムははつらつとしていたりする。そのマダムがわたしと孫娘のジョイに会いに来てくれたのだ。そして今夜、豪邸の厨房で陣頭指揮をとり、給仕係たちが整然とトレーを運んで料理がとどこおりなくふるまわれるように責任を持つと申し出てくれた。なんとありがたいことだろう。

ジョイはトリートが屋敷のなかに入ってゆくのを見ていた。

「ねえ、ママ。キース・ジャッドにアピールするチャンスが欲しいの。なにか特製のドリンクをつくってくれない？　それを彼に運んでいくから」

「ダメ」

「おねが〜い」ジョイは自分の頬をトントンと叩いて見せておねだりする。「ママのお得意の八層のチョコレートアーモンド・エスプレッソはどう？」

八層のチョコレートアーモンド・エスプレッソは重さのバランスをうまく取りながらつくるドリンクだ。重いシロップと軽い液体を慎重に注いで見た目の美しさをつくりだす技術が求められる。これはニューオーリンズ生まれの〝カフェ・プーソン〟というカクテルをわたし流にアレンジしたもの。異なる色と濃度のアルコールを何層にも重ねてつくるこのカクテルを英語でいうと「プッシュ・コーヒー」、バーテンダーの技量を見極めるのにぴったりといわれる。わたしはそれをほんもののコーヒーで試したというわけだ。せっかくのこの才能を無駄に使いたくない。いくら娘の頼みでも、女性の尻を追いかける俳優にアピールするために使うなんて、まっぴらごめん。

「あれはホットドリンクよ。今夜は冷たいドリンクをお出ししているの」

「お願いよ」ジョイが食いさがる。「彼はきっとホットドリンクをよろこぶわ。そろそろ涼しくなってきたしね」

娘の瞳は大きく見ひらかれ、エメラルド色の月のよう。まるで幼な子のように欲しいものを欲しい時に手にいれたがっている。それに対しわたしはどうしたのか？　誇り高きアメリカの母として当然の行動をとった。ため息をついて頭を左右にふり、娘の要求に折れたのだ。

「わかった。でもかわりにトロピカル・コーヒーフラッペというのはどう？」ラムとココナッツでつくったフラッペは今夜のゲストには好評だ。

「だめ。もっと特製のものがいいわ」

「アマレット・アイスコーヒー・スムージーは？」カルーアとアマレットが効いたドリンクだ。

「それもだめ。お願いだから八層のエスプレッソをつくって。きっと気にいってもらえる！　お願いよ、ママ」

「わかった。でもね、あれをつくるには少しのあいだ集中する必要があるわ。だからつくり終えるまで、お客さまからオーダーを受けたドリンクをつくってね」

「任せて！」

わたしがつくった〝ボット〟なカフェ・プーソン風カクテルを、ジョイが〝ボット〟な俳優に運んでからおよそ十五分後、花火が始まった。

わたしは独立記念日の催しには目がない。元夫と幸福な結婚生活を送っていたころ、つまりまだ夫婦仲がこじれていなかったほんの数年間、わたしたちはジョイを乳母車にのせてマンハッタンの花火見物に出かけたものだ。市当局はハイウェイを通行止めにし、ハーレムからサウスストリートシーポートまでイーストリバー沿いに見物人がぎっしりと連なり、全米でもっともスケールの大きな花火を堪能した。川に浮かぶはしけから打ちあげ花火が発射され、人々は露店でアイスクリーム、ホットドッグ、シシカバブを買い、ポータブルラジオからは花火に合わせて音楽が流れた。

ジョイが乳母車にのってうれしそうに手を叩いていたのを思い出す。マテオはがっちりとした腕をわたしの身体にまわし、もっとこっちに寄れとひき寄せた。あのままでいられたらよかったのに。あのまま花火が永遠に続いていたならよかったのに。

今夜の花火はデイビッド主催のプライベートな企画だ。デイビッドはイーストハンプトンの住人としてはまだ新顔で、独立記念日のパーティーはこれでやっと三度目。マンハッタンのチャイナタウンから呼んだ兄弟二人組が、海に向けて花火をビーチにセットした。ハンプトンズのパーティーで個人が花火を打ちあげるには地元の関係当局から山のような許可を取りつける必要があるのだが、二人組は長年の経験でそれも済ませていた。

光が夜空に散る。星空のキャンバスに色とりどりの光の絵が描かれ、またたく光は濡れたダイヤモンドが尾をひくように真っ黒な波に落ちてゆく。みな、動きを止めてスペクタクルに見入っている。それからもう一度、パーティーは盛りあがりを見せ、空に舞った打ちあげ花火のまばゆい光のように、最後のエネルギーを炸裂させてからゲストは夜のなかに消えていった。

ことのほか早くおひらきになったのは、海の彼方からこちらに向かって雲がぐんぐん迫ってきたからだ。遠くの稲妻と雷のとどろきはブロードウェイのカーテンコールのような効果を発揮していた。たがいに微笑みあい、手をふり、おやすみと言葉をかわし、フレンドリーでハッピーな人々は豪邸のなかを通って正面玄関から出た。人の流れはまるで続々と発車する通勤電車のようだった。

ゲストの最後のひとりが立ち去ると、すぐにわたしはジョイとグレイドン・ファースに細かな指示を出して外の広いデッキを片づけさせた。カップ、カクテルグラス、ナプキンがそこらじゅうに散っていた。デッキと芝生のそこここにはラウンジチェア、アンティークのベンチといった家具が置かれている。嵐が接近しているとあって、空から雨が落ちてくる前に急いで高価なものは室内にいれる必要がある。

「クレア、このすばらしいイチゴはどうしようかしら？」エスプレッソマシンをキッチンカウンターにもどしていると、マダムが話しかけてきた。「キャビアとエビはきれいになくなってしまったけれど、新鮮なイチゴはまだ十クォートも残っているのよ。レストランで使えるように包んでしまおうかしら。それともデイビッドが後で食べられるようにボウルに移しておこうかしら」

長い夜だったというのに、マダムはいつものごとくしゃきしゃきしている。肩のところですっきりと切りそろえたグレーの髪を、艶やかな銀色に染めてきっちりとシニョンにしている。ノースリーブの赤紫色のブラウスと黒い夏用のスラックスを身につけ、なにかがこぼれても服に被害が及ばないようにとつけている真っ白なシェフエプロンは、シミひとつないまま。

「デイビッドに決めてもらいましょう」わたしはまるまるとしたイチゴをひとつつまんでかじった。「ところで、彼はどこにいるんでしょう？　花火が始まる前から見かけないんですけど」

ジョイがわたしたちの会話を耳に挟んだらしい。

「玄関のところで最後のお客さまのお見送りをしているんじゃないの？」

「いいえ、そんなはずはないわ。気分がすぐれないと少し前にいっていましたからね」マダムだった。「猛烈な偏頭痛に襲われたそうよ。食べ物のアレルギー反応みたいな感じだといっていたわ。でもその原因になるようなものはなにも口にしていないそうよ。ともかく、なにか薬を飲んで横になるということで二階にいきましたよ。自分がおりてくる前に帰るお客さまには、くれぐれもよろしく伝えてくれとわたしに頼んで。眠っているのかしら？」

わたしは腕時計で時間を確かめた。

「偏頭痛の薬を飲んだとしたら、そろそろおりてくるころね」

「いって様子を見てきたらどう？　なにか欲しいものがあるかもしれないわ」マダムがうながした。

「そうします」

「あ、そうそう。トリートという青年と会ったら、わたしのところに来るようにいってちょうだいね。空いているトイレをさがしに行ったきりなのよ。一階のトイレは一晩じゅう使用中だといって、それっきり仕事放棄！」

それをきいてわたしは眉をひそめた。トリート・マッツェリが仕事放棄だなんて、彼らしくない。彼はカップＪでは優秀で信頼のおけるウェイターだ。とはいえ、どうやら女の子といちゃつくのが好きらしいし、パーティーのムードに染まってつい自分も楽しんでしまったのかもしれない。パーティーに来て彼の誘いにのった女の子かウェイトレスの誰かといっしょに、人目につかないところにいるにちがいない。どうせ、そのへんでばったり遭遇するだろう。ただし彼が人目を避けてやっていることがキス程度でありますように。彼がこの豪邸のベッドルームを利用して同僚を誘惑しているのがデイビッドに見つかりでもしたら大変。デイビッドは怒り狂ってどうなることか。

「任せてください」わたしはマダムに大きな声でこたえた。「首に縄をかけてでも彼をひっぱってきますから」

　遠くの雷のとどろきをききながら、豪勢なキッチンを出た。大きなイチゴをかじりながらゆったりとした大広間に入る。羽毛いりのソファ、座り心地よさそうなアームチェアがいくつも置かれ、豪奢なアンティークも十数個ある。部屋の一画には大きな暖炉があり、デッキとビーチに面した側はパラジウムのサッシの背の高い窓が透明な壁のようにそびえている。窓は嵐にそなえてぴったりと閉ざされている。

　続き部屋のあるデイビッドの寝室は、だだっ広い豪邸の南の端にある。ここに到着した日に、地所全体をひと通り案内してもらった際に一度だけ見たことがある。

　広い部屋と図書室に挟まれた階段をのぼってゆく。南棟の二階の廊下のつきあたりにマホガニー製の両開きのドアがある。デイビッドの主寝室の入り口だ。ドアは閉まっている。軽くノックしようとした時、水が流れる音がした。

　水音がしたのは、両開きのドアとちょうど四十五度の角度にあるドアの向こう側だ。このドアはデイビッド専用のバスルームに続いている。最新式の艶やかで巨大なバスはジャグジーつきだ。ムードたっぷりの照明、タオル・ウォーマー、衛星放送が見られるテレビも完備している。

　デイビッドは自分のバスルームには寝室から入る。廊下に面しているこのドアを使うのは家政婦のアルバータ・ガートだ。ここから入れば寝室を通ることなく、デイビッドの邪魔をしないで掃除ができる。いまはおそらくデイビッドが使っているのだろう。バスルームのドアをそっとノックしてみた。

「デイビッド?」

返事がない。

もう少し大きくノックして、待ってみた。巨大なイチゴをようやく全部食べきって指をなめた。

「デイビッド! クレアよ。どうかしたの?」

依然として応答がない。

力に任せてドアを叩いてみた。

「デイビッド、大丈夫なの? どうしたの?」

ドアノブをまわしてみた。カギはかかっていない。

「入るわよ!」

ゆっくりとドアをあけた。いきなりでは彼も驚くだろうと思って。なかをのぞいてみる。アイボリー色の大理石の床にたまっていたのは、血。ドアを思い切りひらいた。気づいたら悲鳴をあげていた。

2

「ママ！　いまの悲鳴はママなの？　どうしたの？」

最初に廊下に姿をあらわしたのはジョイだった。マダムがその後から追ってくる。孫娘のジョイにはかなわないけれど、猛スピードで駆けつけたのだ。

「クレア、いったいどうしたの？」

「デイビッドが……」声がかすれた。現実感がない。

彼の顔はバスルームの戸口とは反対側を向き、頭を撃たれた痕が見える。身体はぴくりとも動かず、腕は血の気がなくて青灰色だ。爪にも色味がない。

「ジョイ、なにごとだ？」

グレイドン・ファースだ。華奢な身体つきの彼が大急ぎで廊下を駆けてくる。さらにその後ろからスタッフがふたり。スージー・タトルはロングアイランドの地元っ子、コリーン・オブライエンはアイルランド出身の若い女の子だ。

全員がわたしを取り囲むようにあつまった。わたしが指さす方向にみんなの視線が動

く。イタリア産のアイボリーの大理石の床にできた赤い血だまりのなかで、うつむいたままのデイビッド・ミンツァーのほうへ。

「まあ、ひどい」マダムがつぶやいた。

「信じられない」コリーンがささやいた。

「あり得ない、こんなこと」グレイドンのかすれた声。

茫然としたままわたしたちが見つめていると、背後で男性の声がした。

「夢だったのかな？　確かクレアの悲鳴がしたようだったが」

いっせいにふりむくと、すぐ後ろにデイビッド・ミンツァーが立っていた。

全員が口々に叫び声をあげた。

デイビッドは真っ暗な寝室から出てきたところだった。目がしょぼしょぼしているのか、こちらを眩しそうに睨みつけている。彼は身長一五五センチのわたしよりもほんの数センチ高いだけ。気がついたら両腕を彼の首に巻きつけていた。

「ああ、デイビッド。生きていたのね！」

「なんだって？」茶色いどんぐりまなこをきょとんとさせ、困惑した表情でわたしを見ている。「クレア、これはいったい――」

そこまでいったところで、デイビッドは大きくひらいたドアに気づいたらしい。特注のバスルームのなかの血だらけの惨状にも。

「なんということだ……誰なんだ？」

みな口をきけないまま、戸口のところからただただ見つめている。そんな彼らをそっとかきわけるようにしてわたしは歩み出た。血を踏まないように注意を払いながらバスルームに入り、倒れている人物の脇にかがんで血の気のない肌に触れた。そっと頭の向きを変えてみる。戸口にあつまったみんなのほうに。

ジョイが息を飲み、グレイドンが叫び声を、コリーンは悲鳴をあげた。

これが誰なのか、すでに消去法で見当がついていた。若い男性の顔を見て、不安が的中したことを知らされた。床に横たわる死体はトリート・マッツェリだった。

そしてなぜデイビッドだと勘ちがいしてしまったのか、そのわけもわかった。デイビッドもトリートも黒い短髪で、身長は一六〇センチ足らず。半袖のシャツを着ている。むろんデイビッドが身につけているラルフローレンのリネンのシャツとトリートが着ているカップJのポロシャツをくらべれば、三百ドルの価格差があるはず。けれどどちらもサーモンピンクで、ほぼ同じ色といっていい。カーキ色のズボンもそっくりだ。ゆったりしたサイズのシャツの裾をズボンから出しているので、ふたりの体型のちがいは遠目には見分けがつかない。トリートはウエイトリフティングで鍛えた二十代の筋骨隆々とした体型、そしてデイビッドは中年の美食家の体型。でも遠くから見れば、ふたりとも毛深い腕とがっちりした身体つきのそっくりさんだ。

戸口のところでいっせいに悲痛な声があがるなか、わたしの頭はめまぐるしく動き始めた。少し前にわたしはビレッジブレンドの従業員殺しの事件を解決した。その事件を担当したのが、ニューヨーク市警のいい風合いにくたびれた長身の刑事だった。それ以後、彼、マイク・クィンはビレッジブレンドの常連さんとなった。毎回ふわふわに泡立ったグランデサイズのラテを彼に出すうちに、担当した殺人事件についてくわしく話をきかせてもらうようになった（そしていまや崖っぷちで離婚の危機に瀕している彼の結婚生活についても）。

犯罪の捜査に関して、わたしはプロの足元にも及ばない。あれ以来、探偵めいた行動をして何度も失敗してきた。けれどマイケル・ライアン・フランシス・クィン警部補の話からしっかり学んできたのも事実。いまこの瞬間も、彼のアドバイスがはっきりときこえてくるようだ。

〝客観的に考えるんだ、クレア。感情に流されてはいけない。まずは周囲を見ることから始めればいい。なにが見える？〟。

バスルームの床に目をやった。トリートの青ざめた手の周辺を見てみる。銃はない。頭部に顔をちかづけてみる。傷の周囲には焦げた様子も火傷もない。火薬らしきものも見えない。つまりトリートは近距離から撃たれたのではない、ということだ。そしてまた、彼が自分で撃ったのではないのもあきらか。

わたしはふりむいてバスルームの大きな窓に視線を向けた。

「あった」小声でいった。

トリートが立った時の頭の高さとちょうど同じくらいの位置に、銃弾があけた穴がひとつ。弾道の知識などなにもないけれど、ガラスを通過するうちに、おそらく弾のスピードが弱まったにちがいない。トリートの頭を見て、弾が出た痕があるかどうかを確かめた。ない。もう一度トリートの検死をする監察医の手で弾が取り出されるだろう。

トリートの片腕をそっと持ちあげてみた。硬くなってはいない。これは予想通り。生きている彼の姿をわたしは二時間以内に見ている。死後硬直が始まるのはもっと後だ。肌にはまだぬくもりがあった。床に接している部分は変色して紫がかっている。触れると白くなった。

「クレア、なにをしているんだ？」デイビッドが戸口からなかに入ってこようとしている。

「だめよ！　入らないで。ここは犯罪の現場ですから」

彼を止めてから立ちあがり、慎重な足取りでバスルームを出ると後ろ手でドアを閉めた。

トリートは思いやりがあり、人から好かれ、からっと明るいユーモアを発揮する若者だった。仕事ができて、遅刻もせず、驚くほど情緒が安定していた。イーストハンプトンのカップJの熱い厨房でもいらだつことはなかった。しかも彼は仕事一辺倒で辛口のシェフ、ビクター・ボーゲルを笑わせることができるたぐいまれな人物だったのだ。おかげでわたしたちがどれほど助かったことか。

〝トリートのような気だてのいい若者の頭を撃ってやろうなんて考える人間がいるかしら？〟わたしは自問した。

〝あり得ない〟。静かにこたえを返した。

撃った人物は、わたしと同じ過ちを犯したにちがいない。トリートとデイビッドをまちがえたのだ。

いま廊下でわたしを取り囲んでいるカップJのスタッフは、これまで六週間以上、トリートといっしょに仕事をしてきた仲間だ。彼らの反応に注目した。

コリーン・オブライエンはこらえきれずにすすり泣きをしている。

ジョイは目に涙をためて、コリーンを慰めようとしている。

グレイドン・ファースは死体を見てよほどショックだったのだろう。口をぽかんとあけて、目の焦点が定まっていない。

スージー・タトルだけはいやに冷静だ。魅力的な顔立ちにだるそうな表情を浮かべ、腕を組んでいる。

スージーの反応（あるいは反応のなさ）をこころに留めて、わたしはひとりでデイビッドの寝室のなかに入っていった。広い部屋は真っ暗だったけれど、廊下から差し込む光で長椅子の向こうのキングサイズのベッドのところまでなんとか歩いた。

「クレア、どこにいくつもりだ?」デイビッドだった。わたしの後から寝室に入ってきた。ほかのみんなは廊下で待っている。

「九一一に緊急通報をしなくては」

彫刻のあるマホガニー製のサイドテーブルにはコードレスの受話器がある。それを取りあげて緊急通報のダイヤルをしていると、デイビッドがティファニーランプを点灯させた。オペレーターが出た。状況を説明し、名前を名乗り、デイビッドの屋敷の住所と電話番号を告げた。

「この部屋でなにかきいた覚えは?」電話を置きながらデイビッドにたずねた。「なんでもいいから」

「いや、なにも」

「ここにあがってきたのはどのくらい前?」

デイビッドが腕時計を確認した。

「二時間くらいかな。横になろうと思って花火が始まる少し前にあがってきた。寝入ってしまったにちがいない。しかし……まだ信じられない……トリートがなぜこんなことに。これは事故なのだろうか?」

〝事故？　ええ、その通りね。あなたが招待したお客さんの誰かが、たまたまあなたの家の裏で銃の手入れをしていて、それがたまたま暴発して、偶然にもあなた専用のバスルームの窓を弾が貫通して、ちょうどそこに居合わせたあなたとほぼ同じ背の高さで同じような服装をした男性を殺してしまったのよ〟。

むろん、じっさいにはひとこともロには出していない。悲劇的な死を迎えたテッド・アモンのケースは別として、この一帯で殺人などきいたことがない（やり手の投資家だったアモンは、イーストハンプトンの自分の豪邸で、別居中の妻の愛人で豪邸に出入りのあった電気工に撲殺された）。だから地元住民はアモン邸があったミドル通りを〝マーダー《殺人》通り〟と呼ぶようになったのだが、その事件が起きるまでこの地域では殺人事件などというものはずっと起きていなかった。厳重にはりめぐらしたプリベットの垣根を突っ切って本物の殺人者が侵入するなどという事態は、およそイーストハンプトンの住人には考えられないことなのだ。だから、デイビッドが自分の屋敷で殺人事件が起きたのだとすぐに考えが及ばなくても、無理はない。

「なにが起きたのか、わたしにもわからなくて」慎重に言葉を選んだ。「でも、ちょっときいていいかしら。パーティーを中座した理由についてくわしく知りたいわ」

デイビッドは肩をすくめた。

「偏頭痛がしたんだ。アレルギー性の頭痛だ。どうすれば収まるのかはわかっている。薬を飲んで涼しくて暗い部屋で休めばいい。二錠飲んですぐに寝室に入った。灯りはつけず、エアコンだけをつけて横になった。花火が始まったのは音でわかったが、見る気にはなれなかった。うつらうつらして、気がついたらきみの悲鳴がしていた」

「クレア、どうなっているの？　警察に通報したの？」マダムが戸口から声をかけた。

「はい、しました」

コリーンはまだしくしく泣いている。ほかのスタッフはバスルームのドアの前に固まったままだ。交通事故の目撃者が現場から離れていいものかどうか決めかねているように。

デイビッドのほうをちらりと見た。なんといってもデイビッドはこの家の主。でしゃばるつもりはない。だから問いかけという形でそれとなく指示することにした。

「全員、一階におりたほうがいいんじゃないかしら？　キッチンにでも。わたしがコーヒーをいれますからそこでいっしょに警察の到着を待ちましょうか」

「ええ……わかりました……そうですね……」みんながぼそぼそといいながら、ゆっくりとながら階段のほうに向かった。

「待ってくれ」

速足で歩くわたしにデイビッドが呼びかけた。

「ひとりぽっちにしないでくれ！」

3

「死体を見て身体がすくんだ」

グレイドン・ファースはふるえる手でコーヒーのはいったマグを持ちあげる。

「当然だ」デイビッドが若いグレイドンの肩をやさしく叩く。「わたしも決して愉快な気分ではないよ」

わたしは十二杯分のコーヒーをドリップ式でいれた。豆はブレックファスト・ブレンドをミディアムローストしたもの。それを七つのマグカップに少しずつ等分に注いでゆく（ポットから一度にカップ一杯を満たすことはしない。かならずそれぞれのカップに少しずつ、全部が同時にいっぱいになるように注ぐ。そうすればポットの底の部分が濃すぎたり上部が薄すぎたりする場合でも均等の濃さになり、ひとつのカップだけが被害を受けずにすむ）。

デイビッドがクリームをいきおいよくいれる。わたしはブラックのままひと口飲む。けれど風味のいい熱々のコーヒーを味わうどころではない。いまの時点でアドレナリン

の量は問題ないけれど、エネルギーのレベルが一時的に急上昇してすぐにガクンと落ちるという可能性はじゅうぶんある。それを恐れてブレックファスト・ブレンドを選んだのだ。もっと複雑な味わいのものや、ロブスタ種の豆をブレンドしたものもそろっている。けれどカフェインの多さで選ぶなら、断然ミディアムローストした豆だ。色の濃いイタリアンローストやフレンチローストよりもこちらのほうが多い。つぎの数時間に備えて注意力を研ぎすませておきたかった。

それぞれにコーヒーを飲んでいる。ただしコリーンだけはコーヒーに手をつけず、盛大にティッシュを使いながらすすり泣いている。とび色の髪の毛をポニーテールにしているが、ゆるくカールのかかった髪がはらはらと落ちてきている。ふだんなら血色のいい肌はすっかり血の気が失せ、高くはない鼻の周辺のそばかすは、誰かがシナモンスティックを力任せにおろして粉が飛び散ったみたいに見える。アイルランドから学生用のビザでニューヨークに渡ってきた彼女は二十歳になったばかり。ダブリンでは家族がやっているパブ兼レストランで八歳の時からウェイトレスをしてきた。有能でまじめで接客も板についている。

キッチンのテーブルに向かってわたしは腰をおろした。幅二メートル以上ものテーブルの正面にはコリーンとジョイが並んでいる。隣にはマダム。ほかにデイビッド、グレイドン、スージーがテーブルを囲んでいる。広大な高級キッチンには、しばらくコリーンのすすり泣きだけが響いた。ほかにきこえる音といったら、サブゼロ社製の冷蔵庫の隣で食器洗い機がたてるリズミカルな音だけ。

ジョイが身を乗り出してカップにいれたクリームをまぜる。それから熱いマグに砂糖をいれて、ふるえるコリーンの手にそっと押しつけた。コリーンは苦しそうな表情でそれを飲み、さらに少しずつ、すするように飲んだ。

わたしたちはみな、黙ってそれを見ている。

誰もなにもいわないけれど、あきらかにコリーンはわけありの事情を抱えていそうだ。ふつうであれば若い女性のプライバシーに立ち入ろうとは思わない。でも彼女が警察の捜査に役立つ情報を持っているのなら、ぜひ知っておきたい。

「コリーン」慎重に言葉をかけた。「トリートのことは、わたしたちみんながショックを受けているわ。でもあなたの嘆きぶりはほんとうにつらそう。なにか力になれないかしら?」

「おぉぉ!」コリーンが大きな声をあげて、ふたたび号泣。

〝逆効果〟。

みんなの視線がわたしに注がれている。おまえはこの気の毒な女の子に追い打ちをかけた、とでもいいたげな表情だ。でもスージー・タトルだけはちがった。

「いい加減にして。そんなに悲しむほどの相手じゃないわよ」

きっぱりとした口調だ。

地元ロングアイランド出身のスージーは二十五歳。ハイスクールのころからバーテンダーやウェイトレスをしている。耳にはピアスが三つ。身体にはもっとたくさんピアスをしている（らしい）。真偽のほどはわからないが、彼女は得意げにそう語る。ホワイトブロンドに染めて五分刈りにした髪とクレオパトラばりに濃くいれたアイライナーは、いかにも遊び慣れていますといいたげだ。

いつも強気なスージーの態度は、デイビッドがイーストハンプトンにひらいたカップJ向きといえる。このレストランのお客さんたちはおとなしくて礼儀正しい、というタイプの人々ではない。お金持ちとエリートと有名人という人種は、指をパチンと鳴らしさえすればどんな無茶な要求でも通ると信じきっている。傷つきやすいこころの持ち主ではとうてい太刀打ちできないだろう。

それにしても、なぜスージーはここでも強気な態度を押し通そうとするのか。その疑問を解いてくれたのが、コリーンだった。小さなしし鼻をかみ、軽いアイルランドなまりで重々しく宣言したのだ。

「みんなに知っておいてもらったほうがいいと思います。トリートとわたしは……つきあっていました」

「セックスしただけでしょ」スージーが抑揚のない口調でいった。

コリーンが顔をゆがめた。「愛しあっていたわ」

ご冗談を、とばかりにスージーが手をひらひらさせた。

「トリートは誰のことも愛さないわ。彼は自分だけがだいじだったの」

「なによ、アライグマみたいな目をしてるくせに、よくもそんなことがいえるわね！彼は二階であんな目に遭って倒れているというのに……」コリーンがまたすすり泣きを始めた。

「いえるわ。だってそれが彼のやり口だから。ふたりの関係は誰にも秘密にしておくように、っていわれたんでしょう？　レストランで〝妙な悶着〟を起こしたくないからって」冷静な口調だった。

コリーンが泣き止んだ。あんぐりと口をあけている。

「どうして知っているの？　わたしたちのこと、彼はあなたに話したの？」

「まだわからないの？　トリートはわたしと寝ていた時もそっくり同じことをいったのよ。その理由をわたしはつきとめたわ。わたしの前に彼はプリンとつきあっていたのよ！」

マダムはコーヒーカップをテーブルに置き、わたしのほうに身を寄せてささやいた。

「あの青年はデイビッドの店のウェイトレスを箱入りのチョコレートの味見をするようにつまんでいたようね」

プリン・ロペスはモデルのように華やかなヒスパニック系の女の子だ。艶やかな黒髪を腰のあたりまで伸ばし、長いまつげにふちどられた瞳はコッパーカラー。プリンはニューヨーク市でいちばん貧しい地域とされるブロンクスの荒れた界隈で育ち、苦労してアッパー・ウエストサイドの人気のビストロでウェイトレスの職についた。そこでデイビッドとジャック・パパス（カップJの支配人）と出会った。接客技術と流暢なスペイン語が気にいられたのだ。レストランの厨房ではメキシコやラテンアメリカの出身者があたりまえのように働いているので、スペイン語が話せる能力は重宝される。

プリンは家庭の事情で急に休みをとってサウスフォークを離れているので、独立記念日の週末には店に出られないとジャックからはきいていた。この週末はシーズン中でいちばんの忙しさなので、じつに間が悪かった。

プリンが仕事にもどったらトリートとの交際について確かめてみよう。そう決めたところで、テーブルの正面にいるジョイの様子に気づいた。居心地悪そうにそわそわして下くちびるを噛んでいる。ここで問いつめたいとは思わないけれど、わが娘がトリート・マッツェリにひっかかっていませんようにと祈った。さっきジョイといちゃついていた時の彼の態度から判断して、コリーンが捨てられるのは時間の問題だったのではないか。

トリートがゲーム感覚でつぎつぎに女の子をくどき落としていたのはあきらかだ。けれど、彼は単に人数を戦果として積みあげていたのではない。ハンプトンズにはシングルの女性はおおぜいいるから交際相手のターゲットには事欠かない。若い女性ととっかえひっかえ性的関係を持とうとすれば、ほんの数マイル離れたサガポナックまで車で出かければいいだけの話。あそこにはシングルでにぎわうビーチ「サグ・メーン」がある。ジムで鍛えた身体が真実の愛——たとえそれが週末限定のものであっても——を求めてうようよしている。

しかしトリートは狭い範囲内の若い女性をつぎからつぎへと誘惑していた。それでいて、女性同士がおたがいに気づかないように誘導していた。リスクと背中合わせの生き方に快感をおぼえる男がいかにも好みそうなパターンだ。いまにも目の前で万事休すとなるかもしれない、という状況に興奮をおぼえていたのだろうか。

もしもそうであるなら、彼はほかの面でもハイリスクを求めたのかもしれない。それが高じて誰かに命を狙われたのか？　撃たれたのは人ちがいではなかった、ということなのか？

グレイドンが大げさなため息をついたので、そこで思考がとぎれた。ブロンドが混じったスポーツ刈りの髪をがっちりした手でごしごしと掻いて、遠慮がちに声を出した。

「みなさん、ぼくはトリートとはあまり親しくありませんでした。彼の身に起きたことは気の毒に思います。でも関係ありそうなことはなにも知らないし、じつは……じつはもうくたくたです。家に帰って寝たいんです。いいでしょうか？」

スージーが軽蔑のこもったような調子でまた手をひらひらさせた。

「夜明けの波を逃したくないだけでしょ」

「悪いか？」グレイドンが腕を組んだ。「彼に関しては気の毒だといったはずだ。でもきみはほんとうに、彼が人をもてあそぶようなことをしていたと思うのかい？」

スージーが目をそらした。

コリーンがまた泣き出した。

「よしよし」

マダムがテーブルに身を乗り出して、コリーンの手をトントンとやさしく叩いた。

「ミズ・タトルのいいかたは確かに辛辣だったかもしれないわね。でもあなたは二階にいるあの坊やのためにじゅうぶん涙を流したと思うわ。わたしはね、女性としてあなたの何倍も人生経験を積んでいるから、わたしのいうことは信じてちょうだい。男というのはバスみたいなもの。不意にあなたをふり落とすこともあるかもしれないけれど、かならずつぎのが来て、さあ乗れと誘いかけるのよ」

しばし、わたしたちはマダムを見つめた。あまりにきわどい表現が衝撃的だった。マダムはまばたきをして澄ました表情だ。自分の言葉の意味するところにまったく気づいていないのか、あるいはそれに過剰反応するわたしたちにあきれているのか。

「わたし、なにか変なことをいったかしら?」マダムは屈託ない調子だ。

ジョイはコリーンの身体に腕をまわした。

「マダムのいう通りよ。それに、ちょうどいい気晴らしのチャンスがあるわ。キース・ジャッドの電話番号を手にいれたの。だから彼とパーティーをして——」

「なんですって? ジョイ、変な冗談をいわないで。あの俳優の電話番号を知っているなんて、なにかのまちがいでしょう?」問いただすような声が出てしまった。

ジョイがわくわくした表情でうなずいている。

「教えてくれたのよ。ほら」

カーキ色のスカートのポケットからわが娘はカクテルナプキンをひっぱり出した。

「見せて」

ジョイがキッチンテーブルの上でナプキンを滑らせてこちらによこした。

「カフェ・プーソンを運んでいったら、これをくれたのよ」

ナプキンには、調子のいい四十歳のハリウッド・スターの名前が自筆で殴り書きされていた。その下に携帯電話の番号も。わたしは立ちあがり、ナプキンをふたつに破り、署名のあるほうを二十一歳の娘に返し、電話番号が書いてあるほうはディスポーザーに押し込んだ。

「ママ! なにするの!」

わたしは毅然とした態度でディスポーザーのスイッチをいれた。これは母親としての使命なのだ。「あきらめてね」

ジョイはいきなり立ちあがり、こぶしをテーブルに叩きつけた。

「そんなことをするなんて、信じられない！」

「信じなさい」

「そんな権利、ないでしょう！」

ここでまた一戦まじえることになるのか。

娘と衝突する火ダネは前からあった。そもそもジョイがなぜここにいるかといえば、わたしが過保護なママぶりを発揮したから。

一年足らず前、評判のよくないナイトクラブのトイレの個室で、わたしはジョイと出くわした。友人といっしょにコカインを吸引しているところに遭遇したのだ（そんなナイトクラブでこのわたしがなにをしていたのかですって？　やましいことはなにもない、どうしようもない事情があったのだ。わたしと鉢合わせしたジョイは、ママには関係ないと反発したけれど、はいそうですかというわけにはいかなかった）。ジョイには父親からとくと話をしてもらうことにした。すでにハイスクール時代にわたしからはたっぷり話をしていた。ジョイはもうおとなの女性だ。同じ年のルームメイトと住んでいる。いまの彼女に必要なのは経験者から率直な話をきくことと判断した。マテオ・アレグロはかつてわたしの夫だった時期にドラッグの依存症になった。幸福な結婚生活が十周年を迎える前に終わったのは、そのあたりにも理由がある（わたしから見ればマテオは〝ドラッグと地続き〟だった）。

自分だけは中毒にならずにドラッグを使える。そんなたかをくっているとどんな目に遭うのか、マテオほど身にしみている人はいないだろう。判断力が衰え、常習するようになって金をつぎ込む。信頼を失う。愛する人にうそをついて傷つける。さらにマテオの場合、わたしへの度重なる裏切りも——こちらの原因はドラッグ依存もあるけれど、まあ要するに〝ビョーキ〟というしかないのだろう。

ともかく「経験者」ならではのマテオの話は効果があったようで、ジョイは年末まで料理学校の勉強に身をいれた。そして春もまぢかのある日のこと、彼女は地元紙をふりかざしながらビレッジブレンドに駆け込んできたのだ。

たまたまカウンター席にはデイビッド・ミンツァーがいて、《ウォールストリート・ジャーナル》を読みながらドッピオ・エスプレッソを飲んでいた。カップJの仕事の依頼はすでに受けていたけれど、その時点ではわたしは断わっていた。「わたしはマダムのために働いているんです。ビレッジブレンドのマネジャーという仕事を愛しているんです。それに将来は共同経営者として店をひき継ぐことになっているし。わたしはこの状態でじゅうぶん満足」といって。

それがひっくりかえったのは、この時ジョイがビレッジブレンドに駆け込んで「夏のビッグプラン」を発表したからだ。それはつまり、ハンプトンズに非合法な形で家を借りるということだった。ジョイは地元紙に掲載されている賃貸物件のなかから五件をまわり、お目当ての物件を借りるためにわたしから〝雀の涙ほど〟の借金をしようとしたのだ。

ハンプトンズでは条例で貸家に入居する人数が制限されている。わたしはそれをよく知っていた。そしてまた、何百という仲介業者がその法律を無視してシーズン中は一軒の家に三十人も四十人も詰め込んでいる、ということも知っていた。ヒルトン姉妹レベルの資産を持たない二十代から三十代の人間がハンプトンズという排他的な海辺の町で〝夏を過ごす〟には、こんな話にのるしかないのだ。

こういうシェア方式は十年前には名案に感じられた。当時わたしは三十歳くらいで、ジョイは十一歳くらい。あれはジョイがガールスカウトのキャンプで二週間留守にした時のこと。〝ワイルド〟な一週間を過ごそうという女友だちの強い誘いに負けた。男性との出会い、ダンス、お酒、日光浴。それはマテオと離婚したわたしがまさに必要としていたものだった。

ものは試しとサウスフォークの海辺で夏の一週間を過ごすために、なけなしの千五百ドルを払い込んだ。システムはざっとつぎの通り。三百万ドルあるいは四百万ドル規模の住宅がワンシーズン十万ドル程度でハウスシェアの業者に貸し出される。業者はひとつひとつの寝室にマットレスをぎゅうぎゅうに詰め込んで元をとろうとする。利用者は費用を払うとマットレス、トイレットペーパー、紙コップを支給され、その家のキッチンとプールとジャグジーとバスルームを使うことができる。

見たところ、なかなかいいアイデアだ。これは「贅沢さの民主化」だとわたしは自分にいいきかせた。けれどじっさいの居心地はあまりよくなかった。正直にいうと、とてもいやだった。家は四六時中パーティー状態で、ジェローショット（アルコール入りゼリー）、コカイン、ジャグジーでの乱交の嵐。

わたしだって人並みに楽しいことはやってみたい。でも筋金入りの遊び人になるのはどうしても無理。わたしの元夫なら、さぞや楽しんだことだろうが、わたしはダメだった。雰囲気にとけ込もうと自分なりにがんばってはみた。その週の終わりちかく、なかよくなった男性といっしょにジャグジーに入った。すでに十数人が入っているジャグジーでわたしは彼からキスされ、ビキニの水着のトップスを外されてしまった。するといままで会ったこともない男性が「お楽しみ」にまぜてくれとちかづいてくるではないか。わたしは必死に水着のトップスをつけて、ここから先はふたりきりの場所でと「ひとり目」の男に提案した。

彼は広大な家のなかで唯一プライバシーが守れる場所にわたしを連れていった。なんとそれは、ウォークイン・クロゼットのなか。そこにマットレスが置かれていたのだ。彼によれば、〝ふたりきり〟になる必要のある人が誰でも利用できる場所なのだそうだ。クロゼットの床に置かれたむき出しのマットレス、そして天井からぶらさがっている裸電球。それを見たら自然とやる気は失せた。その場所の〝雰囲気〟に萎えてしまった、といえばわかってもらえるだろう。翌日わたしは荷造りして予定より一日早く去った。ジョイをそんな目に遭わせたくなかった。ことによったら、もっと悲惨な目に遭う可能性だってある。ドラッグとは永遠に縁を切って欲しかったし、アニマルハウス気分でアルコールの過剰摂取、どんちゃん騒ぎもさせたくはなかった。

ジョイは怒りのあまり青ざめた。違法なハウスシェアに断固反対するわたしに対し、そんなのは時代遅れでまったく話にならないといって反発したのだ。当然、両者は対立。

そこで思いついたのが、娘にハッピーな思いをさせられる（しかもわたしが穏やかな心持ちでいられる）妥協案。さっそくデイビッドに持ちかけてみた。夏のあいだわたしは彼のイーストハンプトンのレストランでパートタイムとして働き、コーヒーの品揃え、デザートセットのメニューづくり、スタッフをバリスタとして教育する。ただしジョイもいっしょに雇ってもらって彼の邸宅に滞在させてもらう、という案を。もちろんビレッジブレンドの運営も継続するという条件で。

デイビッドはよろこんで応じ、すべてはすばらしくうまくいっていた……そう、今夜までは。

ジョイはいまふたたび、ママは時代遅れで話にならない、その上彼女のプライバシーを侵害したといって激怒している。トリートの死体のことなど一時的に頭から消えてしまうほど、おたがいに張りつめている。いや、もしかしたら死体を発見したストレスのせいでよけいに感情的になって、後にひけなくなっているのかもしれない。

「あの電話番号はわたしのものよ。それを勝手に処分する権利はママにはない！」ジョイが叫んだ。

テーブルを囲んだ面々はひとことも声を洩らさず、わたしたちを見つめている。でもここでひきさがってたまるものか。

「ジョイ、あなただってわかっているでしょう？　あなたはわたしの娘だもの。あなたがトラックの前に身を投げようとするのを見たら、なにがなんでもあなたを押しのけるわ。たとえそれで自分が轢かれたとしてもね」

ジョイは顔をしかめて腕を組み、黙って睨んでいる。わたしも視線を外さなかった。

意外にも、そこに割って入ったのはグレイドン・ファース。ひとつ咳払いしてから彼は口をひらいた。

「なあ、ジョイ。あの俳優野郎に関してきみのママがいっていることには一理あると思うよ」

ジョイはグレイドンに視線を移して彼を凝視した。グレイドンが肩をすくめる。

「キース・ジャッドは、パーティーにいたキュートな女の子に片っ端から電話番号をわたしていた」グレイドンが頭を掻く。「それをきみは苦労して手にいれた、そうだろう？　ああいう奴は……きみを高く評価しない」

「まあ」

ジョイが小さな声をあげた。恥ずかしくて穴に入りたい心境にちがいない。椅子に深く腰をかけ、わたしのほうを見ようとしない。

わたしも椅子にかけた。同じ職場の人たちの前で身内同士の口論はしたくない。ため息をついて、海の彼方で響く雷をきいていた。〝嵐がやってくる。すでにここには暴風雨が吹き荒れているというのに〟。

警察はまだ到着しない。腕時計で時間を確認した。九一一番に通報してからすでに約二十分。わたしはニューヨーク市の迅速な対応にすっかり慣れっこになっていた。彼らは電光石火という表現にふさわしく、たいていは三分から八分で到着する。

だんだん心配になってきた。外にはきっと証拠が残っているだろう。警察が来るまでに雨が降り出したら、その一部は洗い流されてしまうかもしれない。

「警察はいったいどうしたのかしら」いらだたしい思いを口にした。

デイビッドが頭をふった。

「ハンプトンズの独立記念日は一年でいちばん騒動が多い時期だし、村の警察といっても人数が限られているからな」

スージーが同意した。

「今夜は町じゅうで大問題が起きているんですよ、きっと」

「道路の状況も大変だろう。交通事故、アルコールやドラッグをやっての運転、酔っぱらい、喧嘩、それに救急車の要請もあるだろうし」デイビッドがつけ加えた。

「たぶん、わたしたちは緊急性が低いと判断されたんだわ。電話でトリートの様子をきかれたの。それで……もう亡くなっていると伝えたのよ」

コリーンがまた泣き出した。

わたしは立ちあがった。「みんなはここにいてちょうだい」

「どこに行くんだい？」デイビッドがたずねた。

「アルバータに確認してきます」

そのつもりだった。ただし、それだけではなかったけれど。

アーチウェイをくぐるようにして長い廊下に出た。ずっと先のつきあたりには大きな車庫がある。そのとちゅうにランドリールームや使用人の居室のドアが並んでいる。

ひとつ目のドアを通りすぎた。ここはコックと執事の夫婦が使っている寝室だ。おそらく空っぽのはず。ケネスとダフネ・プラマーは結婚二十年だ。ダフネはコック、ケネスはバトラーとしてデイビッドのところで働くようになって六年以上になる。独立記念日の週末の長い休みを利用してダフネは姪の結婚式に出るためにインディアナ州に出かけていた。ケネスはニューヨークの街にいる。なんでもデイビッドのグリニッチビレッジのタウンハウスのガスだか水道だか電気だかのメンテナンスとやらで手が離せないそうだ。

ふたつ目のドアのところで足を止め軽くノックした。

「アルバータ?」呼びかけた。

五十七歳のアルバータは家政婦だ。使用人のうち彼女だけが、デイビッドの要請で週末にもずっと働いている。彼女はパーティーへの招待を断わったので、デイビッドは今晩は彼女に休暇を与えた。パーティー後の片づけはすべてレストランのスタッフとマダムがこなすことになっていた。

もう一度ノックした。今回はドアの向こう側で複数の人の声が確かにきこえた。ふたりの人間が話している声なのか、テレビの音なのかはわからない。と、あわただしい気配がしてドアがあいた。

アルバータ・ガートの居室部分には寝室、居間、専用の浴室がある。わたしがこの屋敷を初めて訪れた日にデイビッドからそう説明された。居室の玄関にあたるこのドアは、いまのところちょっぴりあいているだけ。そのすきまからのぞくと、寝室のドアは閉まり、居間に薄暗い明かりがひとつともされているのが見えた。テレビはついていない。

「アルバータ。お休みのところをごめんなさいね。今夜のパーティーで問題が起きたものだから」

「え？」彼女がまばたきをする。「なにが起きたの？」

アルバータの瞳は薄いブルーだ。薄い茶色の髪の毛には白髪がまじっている。その髪を魅力的な顔に沿ってこざっぱりと切りそろえている。体型はいかにも中年期の女性らしく、やせてはいない。けれど太っているというわけでもない。いまの彼女は濃い紫色のナイトガウンを着て、ピンク色のリップグロスをつけ、パールのイヤリングをしている。奇妙な感じだ。ふだんの彼女はスカイブルーのスラックスとおそろいのチュニックという家政婦の制服姿だからだろう。今夜の彼女は休暇中とあって、いつもより個性が前面に出ている。

「変な音をきいたり、なにかを見たりしなかった？」

「どういうことかしら？」

「つまり、銃声のような音をきかなかったかと思って」

「銃声の音？　花火の音のこと？　ええ、ききましたよ。もちろんきこえたわ」

「でも花火を見に外には出てこなかったわね」

「ええ。好きなテレビ番組を見て休日の夜を楽しんでいたのよ。花火なんて一回見ればじゅうぶん。どれも同じよ」アルバータは手をぱたぱたとふる。見れば、きれいな指輪をしている。

短い沈黙。銃声音がしたかどうか確かめているのに、その理由をたずねようとしないのは奇妙な感じだ。

「わかりました。ありがとう。お邪魔してごめんなさいね」

「いいのよ、クレア」

さっさとドアを閉めそうないきおいだったが、ふと彼女に質問してみた。

「ところで、お気にいりのテレビ番組は？」

「え？……だからほら、新しい実録番組《リアリティショー》よ。すごい人気よね。『アメリカン・スター』」

思わず眉をひそめた。

「ほんとうに？」

その手の番組がターゲットとする視聴者層に、アルバータは当てはまりそうにない。無名の若い歌手が毎週パフォーマンスを競って観客の投票で勝ち負けを決めながら、勝ち抜き戦で最後の勝者をひとり決めるという趣向だ。勝ち残った歌手はおそらく、アメリカのつぎの歌姫《ポップ・ディーバ》となる。

「そうよ」アルバータがすばやくこたえた。「タレント・スカウト番組自体はたいして新しくはないけれどね。わたしは『エド・サリバン・ショー』を見て育ったのよ。ほかになにか？」

「いえ。おやす――」

挨拶は尻切れとんぼのままで終わった。アルバータは「おやすみ！」と早口でいいながらすばやくドアを閉めてしまった。

また雷が鳴った。さきほどよりも音が大きい。そのまま廊下を歩いて、いちばん端のドアのところまで来た。ノブをまわして暗いスペースに足を踏み出して明かりをつけた。

車十台分の車庫の棚には懐中電灯が数本置かれている。その一本を手に取り、決然として通用口に向かった。時刻は遅い。暗いし、おそらく危険だろう。けれど自分の目で敷地のなかを確かめるつもりだった。

【材料】
チョコレートシロップ……大さじ4
アーモンドシロップ……大さじ4
スチームミルク……3/4 カップ
熱いエスプレッソ……1カップ

【作り方】
飲み口が狭い背の高いグラス(ジム・ランドのピルスナー・グラスはちょうどよい)に、つぎの要領で材料を順に注いでゆく。ゆっくり、慎重に。ちょっとした挑戦と思って、ぜひトライしてみて! 幸運を祈ります。

【ステップ1】グラスの底にチョコレートシロップ大さじ2を注ぐ。
【ステップ2】アーモンドシロップ大さじ2を慎重に注ぐ。
【ステップ3】スチームミルク大さじ6をゆっくりゆっくり注ぐ。
【ステップ4】チョコレートシロップ大さじ2をグラスの中央部にゆっくりと注ぐ。
【ステップ5】アーモンドシロップ大さじ2をグラスの中央部にゆっくり注ぐ。
【ステップ6】スチームミルク大さじ6をゆっくりと注ぐ。
【ステップ7】エスプレッソ1カップをグラスの中央部にゆっくりと注ぐ。
【ステップ8】いちばん上に、スチームミルクの泡をのせる。

クレアのカフェ・プーソン
(八層のチョコレート・アーモンド・エスプレッソ)

しゃれたホットドリンク。八層の模様を描くエスプレッソは物理の法則を利用して微妙なバランスをとりながらつくります。比重の重いシロップ、それより軽い液体を慎重に注ぎ、美しい層のドリンクを描いてゆきます。これはクレアがカフェ・プーソン(「プッシュ・コーヒー」という意味)というカクテルを独自にアレンジしたもの。もともとは、さまざまな色と濃度のリキュールを何層にも重ねたもので、ニューオーリンズ発のカクテル。クレアのカフェ・プーソンは涼しい宵、海辺で特別な相手といっしょに味わうのにぴったり。少量つくりたい場合は、半分の量で。

4

懐中電灯を点灯させ、乳白色の光で前後を照らしながら建物の周辺を歩き出した。夜のこの時間ともなると、長いドライブウェイの先の車道は田舎特有の漆黒の闇に包まれている。街灯もなければ、通過する車のヘッドライトすらない。

ここに招待されて初めて来た時、デイビッドにプライバシーと警備体制についてどう考えているのかと質問した。この地域の大部分の住人とはちがってデイビッドは地所を壁やプリベットの生け垣で囲ったりしていない。ドライブウェイにゲートもつくっていない。閉じ込められるのはごめんだから、とデイビッドはいった。

けれどほんとうの理由は、彼が持ち前のショーマンシップを発揮しようとしているからではないか。自分の地所を誰かがうっとり眺めるという構図が気にいっているのかもしれない。ツーリストの不法侵入も、ここまで人里離れた場所では心配するような問題ではないと口ではいっていたけれど（不法侵入して発砲することはおおいに心配すべき問題であるはず）。

それぞれのドアには警報システムが備えられているが、窓は無防備だ。そして戸外には照明がない。それはデイビッドの意向であり、おかげでいまこのわたしがほぞを嚙んでいる。動きながらも暗闇が不気味に感じられてしかたない。迫ってくる嵐のせいで上空は厚い雲に覆われ、あたりはもやがかかり、夜のなかに閉じ込められているみたいだ。気温も、日中は二十四度もあったのに、いまはそれより六度も下がり、カーキ色のスカートと半袖のポロシャツ姿のわたしは少し震えている。正確にいうと、心細さも震えの一因だった。

誤解しないでもらいたい。わたしは怖がっているのではない。怖がるくらいなら、初めから外に出ようなどとは思わなかった。わたしは向こうみずとは正反対の人間だから。そう、アドレナリン出まくりの元夫とはちがうのだ。彼はロッククライミング、クリフダイビング、それから第三世界のとんでもなくいかがわしいバーの探検に快感を求めてやまないタイプだ。

(マテオはわたしの元夫であり、切れ者のコーヒー・ブローカーであり、最高のコーヒー豆をさがして世界じゅうのコーヒー・プランテーションをめぐっている。ビレッジブレンドのコーヒー・バイヤーでもある。したがってわたしのビジネス・パートナーということになる。すでに説明した通り、わたしたちが夫婦だった時に彼はドラッグ中毒になった。その上、度重なる裏切り行為もあった。彼は〝たいした意味のない女性征服癖〟などと表現したけれど、それをきっぱり断つよりもコカインと手を切るほうがはるかにたやすかった。〝たいした意味のない〟といいさえすればわたしが大目に見ると思ったのかもしれない。が、それは甘すぎた)。

そのマテオからさいきん非難された。少女探偵ナンシー・ドリューもどきの行動が行きすぎだと。彼にいわせれば、これは推理小説を読みあさった発達期に形成された願望を成就させたいという衝動なのだそうだ。そうやってアドレナリンをどばどば出して快感を得ている、とマテオはいい張った。

図星なのかもしれない。ともかく、外に出て周囲を見て回ろうと決めたのはこのわたし。その選択が賢明だったのか愚かだったのかはわからない。これはデイビッドにもマダムにもジョイにも、ほかのスタッフにも内緒の行動だ。口に出したら最後、ほかの人の疑惑、恐れ、心配に負けて判断が鈍ってしまう。そう、これまでの人生のように。とにかく、わたしがこうして外に出てきたのは、それなりに正当な理由があってのことなのだ。

警察がまだ到着していないから。

また雷が鳴った。空気は湿気たっぷり。あたりは潮の香りが充満している。めざすは屋敷の裏だ。しかしそのとちゅうにもなにかが見つかるかもしれないので、気は抜けない。

懐中電灯の光でなにを見つけようとしているのか、自分でもはっきりとはわからない。たとえば雨で流されたり風で飛ばされたりする可能性のあるもの。疑わしくて場ちがいなものはないか……衣類の一部、落とし物（置き去りにされた猟銃を発見する可能性はおそらくないだろうが）。

屋敷の前面の端まで来た。南棟の角を曲がりながら、あらためてこの地所全体にかけられた手間ひまのすさまじさを痛感していた。どっしりとした木は美しく刈り込まれている。さまざまな花が咲きほこり、木々は巨大な木陰をつくっている。デイビッドの話ではどれもほんの数年前まで影も形もなく、ここにはただ低木と雑草と石ころがあっただけだそうだ。

この地所はもともと広大な私有地の一部だった。所有者が亡くなり、敷地はふたつに分割された。デイビッドはこの土地を購入した時にはすでに自分なりのプランができあがっていた。それは、新築でありながら建築家スタンフォード・ホワイトのひ孫が受け継いだような風情の「悠々自適館」をつくること。

じつはこれこそが、ハンプトンズで最新のトレンドなのだ。真新しい豪邸なのに、さまざまな技法を駆使して、まるで代々受け継いできたような風合いの家に見せる。デイビッドはシングル様式という建築スタイルに決めた。これは十九世紀後半にニューイングランドで大流行したスタイルでさいきんハンプトンズで人気なのだ。

ボーザールからバウハウスまで、建築様式の歴史をささやかながら勉強したわたしとしては、今日の建築家はフラストレーションを抱えて悶絶しているのではと心配してしまう。ハンプトンズに巨額を投じて家を建てようとする人々は、建築家たちにまったく新しいなにかをつくり出すチャンスを与えず、この三百年ですでに三回は流行したシングル様式をいまからもう一度つくれと命じている。それも、とてつもない規模で。これは建築上の超大型のデジャヴュというしかないのではないか。

デイビッドのケースは極端ではあるかもしれないが、特殊というわけではない。購入した土地に空気圧でふくらんだドームを設営し、そのなかで建築スタッフは冬のあいだも作業を続けた。二層構造のだだっ広いサンデッキだけでも五十万ドルはかかっている。建築会社が修復工事の専門業者を雇い、〝代々受け継がれてきた資産家のビーチハウス〟を思わせるような、風雨にさらされた風合いのシーダー材を調達させた。業者は田舎を走り回ってさがし出したそうだ。

建物の基礎の部分の灰色の自然石には、コケの成長をうながすためにヨーグルトとバターミルクを混ぜたものが塗りつけられた。さらに、こけら屋根にはメリーランド州の湾からさらった超微粒の泥をすり込み、古びた風情をかもし出している。春には、すでに成長しきった植物が地所全体に植樹され、いかにも何十年もかけて根づいたものであるかのような雰囲気がつくられた。装飾的に刈り込まれた深い緑の木々、青いアジサイ、濃いオレンジ色と深紅のチューリップの花壇が建物を取り囲んでいる。
さらに「アイビー・インプランテーション」という園芸術を利用して屋敷の両側は超スピーディにイングリッシュアイビーで厚く覆われ、デイビッドのジャガーのフロントタイヤがドライブウェイに触れもしないうちに、屋敷は何十年もそこに建っているかのような外観となった。

デイビッドの満足感と優越感をなによりもくすぐるのが、地所に植えられている木々だ——州の北部で育った樹齢百年のオークとプラタナス、ニュージャージー南部から持ってきたシダレヤナギ。美しい木々はもともと根づいていた土地から抜かれ、移植するために根鉢を包んだ状態で巨大なフラットベッドのトラックに積まれて運ばれてきた。デイビッドの屋敷前と両側の木陰は、こうしてあっという間に出現した。

そのうちの二本は根鉢があまりにも大きかったので、ジョージ・ワシントン・ブリッジの料金所を一時的に撤去しなければ、トラックが通過できなかったとデイビッドからきいた。ちょうどいまわたしの前方にそびえる二本の木だ。こういうアイテムのひとつひとつが積み重なり、デイビッドの地所には数百万ドルの値がつく、といういいかたもできる。

わたしのように長年、苦しい家計をやりくりしながら娘を育て学校に行かせている人間にとって、こういう過剰さに走る人々の心情を理解するのはじつにむずかしい。デイビッドの場合は、単なる商才なのかもしれないけれど。彼のビジネスはただ流行を追っていればいいというものではなく、ヒルトン、トランプ、ブルームバーグ一族などと互角にわたりあう必要がある。彼は各社の最高経営責任者《CEO》やセレブと人脈をつくり、自分の企画や商品ラインの成否を決めるマスコミとうまくつきあってゆかなくてはならない。そのためにも、ここでこうして存在感を示そうとするのだ。

南棟に沿って歩いてゆくと風がぐんと強くなり、ポニーテールに結んだ栗色の髪の毛が乱れた。懐中電灯を両膝で挟み、もつれた髪を結びなおす。もう少しというところで懐中電灯が滑って落ちてしまった。光線が大きく弧を描いた。数メートル先で枝がポキポキと折れる音。

すぐに身を伏せて懐中電灯をつかみ、音がした方向に夢中で向けた。黄色い光が照らし出したのは、ゴム底のデッキシューズと黒いカプリパンツ。

「パーティーはもうおひらき?」

いきなり闇の向こうから不機嫌そうな声がした。もっと高い位置に光をあてると、わたしと同年輩の女性がいた。洗練された黒いキャミソールと黒いカシミアのハーフセーターを身につけている。まっすぐなブロンドの髪の毛をまんなかで分けておしゃれなレイヤーをいれている。彼女はタバコを吸いながら、冷笑するようなまなざしでこちらを見ている。メスのカリバチが針を刺す場所をさがすみたいな目だ。

「あ、あなた、誰？」気持ちが動揺して、瞬間的に声が震えてしまった。「ここでいったいなにを？」

「同じことをあなたにもききたいわ」

たっぷり三十秒、カリバチ女とわたしは無言のまま対峙した。耐えきれずロをひらいたのはわたし。

「わたしはデイビッドのゲストよ。クレア・コージーといいます」

「初めまして。わたしはデイビッドの隣人よ」友好的な口調とはほど遠い。

身元確認という点からいうと、彼女の発言をきいても気を許すことはできない。イーストハンプトンの住人はプライバシーをなによりも重視する。つまり、近所づきあいをしない。わたしがここにきて六週間になるが、これまでひとりとして〝隣人〟がデイビッドのドライブウェイに姿を見せたことはない。が、この女性には見覚えがある。デイビッドの知り合いだとしたら、あまりぞんざいな態度を取るのは考えものだ。

「失礼ですが……どちら側のお隣でしょうか？」謙虚な口調でたずねてみた。

「道を挟んだ向かいよ」

あなたと話すのはうんざりだわという調子で彼女はため息をつく。

そこではっと気づいた。この女性はマージョリー・ブライトだ。洗剤メーカーのブライト・ランドリー社の創業者、エルマー・ブライトの孫娘。つまり資産家の相続人ということ。彼女はお客さんとしてカップJに何度か顔を見せていた。その時にデイビッドが指をさしてわたしに教えたのだ。彼女がレストランに来たことをデイビッドは驚いていた。なぜならふたりは決して「折り合いがいい」間柄ではなかったから。

その意味についてデイビッドにきくと、こうこたえたのだ。

「そうだな、われわれの関係はまだヒットラーとチャーチルのレベルに達していない、ということだ。せいぜいレーガンとゴルバチョフのレベルだろうな」

デイビッドはさらにこう説明してくれた。マージョリーは古くから受け継がれてきた広大な地所で長年、なににも遮られることのない海の眺めを楽しんできた。ほぼ二十年間、二階からの壮観な眺望が彼女にとってなによりの装飾でありエンタテインメントだった。それを楽しむために特注の屋根付きベランダ《ロジア》をつくったほどだ。しかしデイビッド・ミンツァーが樹齢百年のオークとシダレヤナギの巨木を移植して以来、彼女の家からの眺望はすっかり損なわれてしまった。

彼女は彼に木を切ってくれと要求した。彼は断わった。

彼女は地元の都市計画委員会に苦情を申し立てた。が、委員の大半はカップJの常連(それも大ファン)。当然デイビッドに肩入れした。

木を切ってくれたらお金を支払うと彼女は持ちかけた。彼はそれも断わった。

つまり、この女性はわが友デイビッドのいわば敵。わたしは腕組みをして相手を睨んだ。丁重な態度はもはや必要なし。冷たく硬い声でたずねた。

「ここでなにをなさっているんですか、ミズ・ブライト」

いままで気取った表情でにやにやしていた彼女が、不意打ちを食らったような顔つきになった。横柄な態度でこちらを威嚇しようとしていた自信はどこへやら。芝居じみた様子でタバコを吸って、あきらかに時間を稼いでいる。そして白い羽毛のような煙を長々と吐き出した。激しく吹きつける風がそれを一瞬のうちに散らせてしまった。

「わたしはあくまでも裁判に訴えるつもりだと、それだけデイビッドに伝えて」ようやく彼女がこたえた。

それ以上の追及をかわすように、彼女はゴム底のデッキシューズのかかとを軸にまわれ右をして自宅に向かって堂々と歩いていった。さきほどよりも一段と濃さを増した闇のなかで、黒ずくめのその姿はあっという間に見えなくなった。

胸が早鐘のように鼓動を打っている。なぜマージョリー・ブライトはここにいたのだろう。怪しい。それに気味が悪い。そこで思い出したのは、クィン警部補からきいた特殊な殺人者たちのこと。彼らは自分の行為がひき起こす事態に快感をおぼえる。放火犯が現場周辺をうろうろしてサイレンや消火活動、建物が激しく燃え落ちるのを見るのと同じたぐいだ。

わたしは頭のなかで何度も自分に問いかけた。マージョリーはそのためにここにいたのだろうか？　撃ったのは彼女なのか？　あるいは共犯者を監視していたのか？　彼女はデイビッドとは友好的な間柄ではない。でも海の眺望を遮られたからといって、平然と隣人を撃ち殺そうとするだろうか？

屋敷のガレージから外に出る時には、わたしは当然のごとく殺人者はトリートが倒れた瞬間にこっそり立ち去ったかパーティーの人ごみにまぎれ込んだと決めつけていた。いまはその確信がない。そしてその確信のなさのために弱気になっていた。

それでもわたしには見つけるべきものがある。そのためにこうして外に出てきた。まだそれを達成していない。恐れに負けてしまうのは絶対にいやだった。だから歯を食いしばって前に進んだ。

屋敷の裏手にまわるとシーダー材の厚板でできたデッキの外側の芝生を歩き、海に向かった。デッキと海の中間あたりで足を止め、ふりかえった。敷地に堂々と建つ豪邸を見あげると、デイビッドの主寝室の窓はすぐにわかった。一階の窓のデザインと同じパラジウムのサッシの巨大なガラス窓だ。寝室の隣は彼専用のバスルームの四角い窓。トリートの死体がいま横たわっているバスルームと自分を一直線で結んでみた。それからまた屋敷から離れるように芝生を歩いて懐中電灯で前後を照らした。芝生の端まで来ると白い丸石を敷いた細い通路となっている。手入れされた庭はそこまで。この先はビーチだ。小石の道をわたって砂地に立った。

屋敷のほうを見て自分の位置を確認した。予想していた場所よりもずれていたので位置を二メートルほど修正。これでわたしは南棟の二階のバスルームの窓と一直線上にいる。そのまま視線を海のほうに移した。窓とわたしを結ぶ線の延長上には小高い砂の山がいくつかある。

いちばんちかい砂山にのぼってみた。てっぺんには丈の高い草の茂みがある。

〝ひそかに見張るには絶好の場所だわ……デイビッドの海の別荘を見張りたい人間には願ってもない場所〟。

明かりがついている部屋がすべて丸見えだ。一階のキッチンテーブルをみんなが囲んでいるのも見えるし、二階のデイビッドの寝室ではティファニーランプがともっているのも見える。

犯人はまさにこの砂山からトリートを撃ったのかもしれない。足をその場に置いたまま、懐中電灯で砂山を丹念に照らしてみた。高く茂った草、砂、どこからかまぎれ込んだ灰色の石。

背後では波の音が荒々しくなり、どきっとするような激しさで砕ける。突然、耳をつんざくような雷がとどろいて心臓が止まりそうになった。驚いた拍子にびくっとして手に持った懐中電灯が三十センチほど離れた場所をさっと照らし出した。金属のようなものがきらっと光った。もう一度そこを照らし、ちかづいてみた。青白いスポットライトを浴びて、真鍮色《しんちゅういろ》をした円筒状のものが三つ、砂の上で光っている。さわりたくなかったので、かがみ込んでできるだけ接近してにおいをかいだ。まちがいなく火薬のにおいだ。

〝薬莢〟。

銃のことも弾薬のことも銃の口径のこともほとんど知識はないけれど、この薬莢は意外に長く、少なくとも五センチはある。あきらかに小さい銃のものではないはず。おそらく、猟銃。〝遠くのもの〟を撃つための銃。

とうとう見つけた。これは警察が犯人をつきとめる際の証拠となるものだ。自然と気持ちが高揚してくる。その時、きみは〝危険中毒〟なんだと責めたマテオの言葉が浮かんできた。胸がうずいた。

確かにそうだ。認めよう。こういうものを発見するのはいい気分。探偵のまねごとをして成功すると、すかっとする。でも、若者の人生がとちゅうで断たれてしまったという事実までその一部にするつもりはない。マテオの言葉も高揚した気分も脇に押しやり、冷静になってつぎに取るべき行動を決めることにした。

空の薬莢をこのまま放置したら、嵐とともに高波が来てやすやすとさらわれてしまうだろう。けれど下手に小細工をしたら重要な証拠を台無しにしてしまう。

屋敷にもう一度目をやった。警察が到着した気配はまだない。こうなったら妥協策を取るしかない。カーキ色のスカートのポケットをあさると、リップクリームと未使用のカクテルナプキンが数枚出てきた。リップクリームはポケットにもう一度押し込み、ナプキンを使って慎重に薬莢をひとつ拾い、残りのふたつはそのままの場所に残した。拾った薬莢を片手で注意深く持ったまま、もう一方の手で懐中電灯を握ってさらに広い範囲を照らし出した。

もしも犯人がこの砂山を使ったのだとしたら、ほかにも手がかりがあるかもしれない。砂に足跡が残っているかもしれない。いや、残っていたとしても、殺人者はそれを巧みにごまかしたにちがいない。

もっと海にちかづいて、激しく波が砕ける水際を歩いた。二十メートルほど行ったところで、湿った砂になにかの跡を見つけた。足跡ではない。足ひれの跡だ。ダイバーがつけるのと同じ足ひれの跡が、波に向かってまっすぐ続いている。

懐中電灯で海を照らしてみたけれど、なにも見えない。黒い波があるだけ。かなりの高波だ。狂った動物がかぶりつこうとするような勢いで泡立った波が岸に打ち寄せる。稲妻が光り、頭上から雨粒が数敵落ちるのを感じた。続いて不穏な雷のとどろき。思わず身震いして、それ以上は断念することにした。

乾いた砂、芝生、シーダーの厚板のデッキを走ってもどった。屋敷のパティオのガラスのドアから入ったとたん、雨がざあっと降り出した。正面玄関から複数の人の声がする。とうとう警察が到着したのだ。

二人組のチームが二組。地元の警察から制服姿の警察官が四人駆けつけた。四人とも感じがよくて礼儀正しい。でもあきらかに疲労困憊した様子。長い一日だったにちがいない。

いちばん年かさの警察官は巡査部長で、到着が大幅に遅れた理由を説明した。町の反対側で大きな交通事故が起きて重傷者が出たのだそうだ。群衆の整理も一晩じゅう続いて手を取られ、酔っぱらいが起こした乱闘と騒動では逮捕者が出るなど、わたしが通報した時にはどのチームも手一杯の状態だった。デイビッドとスージーの予測通り、独立記念日の狂乱騒ぎで地元の小所帯の警察はてんてこ舞いだったのだ。

「明朝にはサフォーク郡の刑事と科学捜査班にひき継ぐことになっています」ウォルターという巡査部長が説明した。年齢は四十歳くらい、禿げていて、親しみのわく丸顔だ。「今夜はわれわれが基本的な事柄を確認します」

空の薬莢をわたすと、ウォルター巡査部長はそのまま袋にいれた。彼の相棒がデイビッド、マダム、わたし、カップJのスタッフから事情をきき、彼は若い警察官を指揮してバスルームを調べた。

彼らはトリートの写真を撮り、死体を囲うようにテープを貼り、救急車が到着すると救急隊員を手伝ってトリートの遺体を移動した。最後にバスルームのドアを閉め、犯罪現場を示すテープを十字形に貼ってなかに立ち入らないようにわたしたちに告げた。

巡査部長とふたりの若い警察官を案内して、空の薬莢を見つけた砂山にのぼるころには、すでに嵐が猛威をふるっていた。警察官たちは雨具を身につけている。わたしはやわな傘が飛ばされないようにしっかりと握りしめるが、叩きつけるような雨と逆巻く風のなかでは滑稽な姿に見えるだろう。

残りのふたつの薬莢を示すと警察官が拾いあげて袋にしまった。彼らは懐中電灯で砂山を照らす。さきほどのわたしと同じように。

「そちらのほうにはなにも見つかりませんでした」波がうねる音に負けじと大声で叫んだ。「でもこっちで足ひれの跡を見つけました」

わたしは波打ち際のほうに彼らを案内した。海へと続くダイバー用の足ひれの跡を照らそうとしたけれど、闇と雨と高まる波のなかで足ひれの跡はひとつも見つからなかった。

それでも懐中電灯を激しく動かしながらあちこちを照らしてみた。彼らは数分間辛抱強く待ったあげく、タイムアウトを告げた。

「どうかいますぐ屋敷内にもどってください！　おそらく、波ですべて消されてしまったのでしょう！」ウォルター巡査部長が叫んだ。

降りしきる雨のなか、若い警察官が小高い砂山にロープを張った。濡れ鼠になって屋敷に入り、キッチンに向かった。マダムがタオルで拭いてくれた。

「みんなは？」

「スタッフはそれぞれ話をきかれた後、帰りましたよ。ジョイは自分の部屋にいるわ。デイビッドは二階の寝室でスポーツバッグに必要なものを詰めているわ。わたしたちがいるゲスト棟に移るそうよ」

「あのバスルームの隣で寝られるわけがない！」デイビッドが一階におりてきた。「少なくとも、あの血の跡が残ったままでは！」

男性がそばにいるのは、正直うれしかった。たとえその人が男のなかの男、というタイプではないとしても。

5

昨夜はいつの間にか眠りに落ちたらしい。目をあけたらカーテンのあいだから朝日がまぶしく差し込んでいた。ずきんずきんと鈍い頭痛を感じながらベッドから出た。窓を閉め切って空気がよどんでいるからにちがいない。そう思ってふたつの大きな窓をあけた。二階のゲストルームに風がわっと吹き込み、サフラン色のカーテンがはためいた。むっとした室内の空気が活力に満ちた潮風と入れ替わり、さわやかな気分だ。

外は嵐が通り過ぎて太陽がさんさんと照り、ほぼ雲ひとつない空は画家が絵の具で描いたよう。雨が空気の汚れをきれいさっぱり洗い流し、あれほど激しく逆巻いていた黒い波は一転して静まり、穏やかに岸に打ち寄せている。夢のような朝の景色だ。男性が撃たれ、この邸宅の向こうの端で亡くなったことを、危うく忘れてしまいそう。もちろん、忘れたわけではない。

ふたたび夜がやってくる前にジョイとマダムにこの家を去るよう説得しなければ。説得するには手強い相手だ。わたしは二十年このかた、アレグロ家の血をひく頑固な男と

角を突き合わせてきた。そのアレグロ家の〝ふたつの世代〟の女が一致団結して反発したら、とうていかなわないだろう。

ジョイとマダムには別個にアプローチするのが得策だろう。娘とは昨夜俳優の電話番号をめぐって馬鹿げた口論をした後だけに、少し冷却期間を置いたほうがよさそうだ。

まずは元の姑の説得から取りかかろう。でもその前に朝のひと泳ぎといこう。ズキズキとした頭痛がどうかそれで治まりますように。そして相手の反論に負けないだけの力を蓄えられますように。

髪をブラシでとかし、赤い水着を身につけた。『ベイウォッチ』のライフガードの訓練から抜け出してきたような実用的なワンピースだ。わたしの胸はパメラ・アンダーソンの巨乳には及ばないけれど、ワイヤー入りのブラジャーをしていない状態では人目が気になるくらいのサイズ。十年前のあのいまわしいハウスシェアのジャグジーでの一件以来、ビキニは永遠に封印した。

テリー織りの分厚いバスローブをはおった。これはデイビッドがゲスト全員に提供しているものだ（彼がつくっているスパ製品のひとつ）。そしてどこからどう見てもレトロなゴムのビーチサンダルを履いて支度ができた。

裏階段をとちゅうまでおりたところで、すばらしく魅力的な香りがした。誰かが新鮮なサマーポーチをいれている。一瞬でわかった。これは、マテオがさいきんウガンダのエルゴン山で見つけたばかりのバギス・シピ・フォールというすばらしい豆を紹介するために、ひと月ほど前にわたしが考案したブレンドだ。知らんぷりして通りすぎるなんてとても無理。ローストした香りに猛烈に興奮をかきたてられ、知らず知らずのうちにキッチンに向かってよたよたと歩いていた。まるでジョージ・ロメロ監督の映画のゾンビみたいな状態で。

エルゴン山はアフリカ有数の高い山だ。足場の悪い切り立った土地は深い森に覆われている。マテオによると、道路といっても舗装されていない泥の道が主で、雨期に水路があふれるとそれもしばしば洗い流されてしまうという。バギス族はシピ滝《フォール》のそばに住み、みごとなコーヒーを栽培している。険しい地形にもかかわらず、彼らはコーヒー・チェリー《実》を確実に輸送する手段を持っている。といっても四輪駆動車などではない。ロバを使うのだ。

「おはよう」

マダムだった。こんな早朝だというのに、活力に満ちた瞳がキラキラしている。今朝は銀色の髪の毛をおろし、ページボーイという内巻きスタイルに整えている。背筋の伸びたエレガントな身体はわたしと同じ真っ白のテリー織りのバスローブに包まれている。マダムはいれたてのサマーポーチ・ブレンドのはいったカップをわたしてくれた。うなずいてそれを受け取った。思わずうーんと声をあげた。

「飲むといいわ。わたしはこれでポットふたつ目。何杯か飲めば身も心もしゃんとしますよ。このわたしが請け負うわ」マダムがいった。

〝これぞ、わたしにぴったりの精神安定剤ね〟。足をひきずりながらキッチンテーブルのところに行き、疲労のこもったため息とともにどっかりと腰かけた。〝しかもこれは合法的なドラッグ〟。

まだ寝ぼけまなこのまま、ふと思った。なぜマダムは今朝サマーポーチを選んだのだろう。デイビッドのキッチンのカップボードには、わたしが選んだ二十種類のバラエティ豊かなコーヒーがそろっている。どれも彼に試飲してもらい、カップJのデザートセットのメニューに使っているものだ。けれどそこでテーブルの中央を見て、ああそうかと納得がいった。マダムが昨夜のみごとなイチゴをウォーターフォードのクリスタルボウルに盛っていたのだ。みずみずしい深紅の山のように。

シピ・フォールを飲むとかすかにストロベリーの後味が残る。これはひじょうに珍しい、意外な特徴だ。シピを主役にしてつくったサマーポーチ・ブレンドなので、ロングアイランドの新鮮な果実との組みあわせは最高だ。ブラックのままで飲んでみた。ジャグジーの熱いお湯の流れが身体に打ち寄せるような感覚。

コーヒーのテイスターは舌と鼻を鍛えて、どんなにかすかなフレーバーも逃さずひとつひとつを感じ取る。シピ・フォールはジャスミン茶のようなフレーバーの奥にスターフルーツ、洋梨、レッドチェリーがかすかに感じられる。これをごく浅くローストして、イチゴのフレーバーをじゅうぶんにひき出すようにしたのだ（深くローストするとブラック・ティーのようなフレーバーが最後に残る）。口に含むと甘みがある。ブレンドの配合を決める際にはシピ・フォールの味わいの欠点を減らすように工夫した。このウガンダのたぐいまれなコーヒーが抱えている問題といえば、東アフリカのほかのコーヒーとちがって酸味に欠けているという点だ。

コーヒーの世界では酸味は悪い意味ではない。酸味とは口のなかで感じるすっきりと澄んだ感じで、コーヒーの味の要素としてはぜひとも欲しい。これがないと平板な味のコーヒーになってしまう。

よいブレンドには、酸味、アロマ、ボディの三つの要素が必要だ。わたしはシピ・フォールに欠けている酸味をプラスするために、ケニアＡＡの豆をブレンドした。ボディの足りないぶんはコスタリカの豆で補った。ただし主役はあくまでもシピ・フォールであり、心地よい香りの調べを担っている。

もうひと口飲み、ため息をついた。冷めてくるにつれてこのコーヒーはますます純朴な味わいを増してゆく。イチゴに手を伸ばし、ひとかじりしてもうひと口飲んだ。コーヒーのイチゴのフレーバーがいまや千パーセント強化されて、口のなかで炸裂している。

なんと快活で元気をひき出してくれるコーヒーなんだろう。目を覚ますにはぴったりだ。カップのなかに田舎のまばゆい朝があり、いまわしい夢を追い散らしてくれる。

「今日はなにをするつもり？」見るからにぴんしゃんと元気になったわたしに、マダムが楽しげな表情でたずねる。

「泳ぎにいきます」カップの下にマダムがボーンチャイナのソーサーをすっと差しいれてくれた。「それからデイビッドにいろいろ確認します。それがすんだら、マダムの荷造りをお手伝いして駅まで車で送っていきます」

「おあいにくさま」

「でも」

「議論するだけむだですよ。わたしはここを離れません」マダムは威厳のある態度で手をふりながら宣言した。

「それでも」わたしはまだいいはった。

「飲んでしまいなさい、クレア。せっかくあなたの夫が――」

「元夫です」

「マテオの最新の掘り出し物を使ったあなたの最新のブレンドをむだにしてはいけないわ。あなたはまだ冷静な判断力を取りもどしていないようね。だってわたしひとりニューヨークの街に帰らせて、自分だけで探偵ごっこをしようなんて考えているんでしょう」

なにかいおうと口をあけたけれど、電子音のビバルディの曲の一節が流れてじゃまされた。マダムがテリー織りのバスローブのたっぷりしたポケットから携帯電話を取り出した。

「マテオ！　お帰りなさい」もしもしのひとこともなかった。

「うわさをすれば影、か」わたしはそっとつぶやいて、さらにコーヒーを飲んだ。

「そんなことないわ。みんな元気よ。無事ですよ」妙にテンションの高い声は携帯電話の呼び出し音とよく似ている。マダムが話題を変えた。「カリフォルニアの状況はどう？」

マテオの今回の出張の行き先は発展途上国のコーヒーのプランテーションではない。先進国のショッピングのメッカをまわっているのだ。マテオは高級ブティックやデパートにキオスクをオープンさせてビレッジブレンドを世界規模で展開しようと計画していた。デイビッド・ミンツァーも大口の資金提供者のひとりだ。いまマテオは西海岸にいる。マリン郡、ロデオドライブ、パームスプリングスでのキオスクのオープンを監督するために。

マダムが息子と数分間話しているあいだに、わたしは一杯目を飲み干してお代わりを注いだ。

「ええ、ここにいるわ」マダムが話をしめくくり、電話をわたした。

「もしもし」あくびが出た。

このところ、わたしたちはとても良好な関係を保っている。なにしろ自分たちの意思とは関わりなく、ビレッジブレンドのビジネス・パートナーとしてやっていかなくてはならないのだから。むろん、娘のジョイを協力して育てるパートナーであるのはいうまでもない。マテオにはとくといいきかせているのだけれど、子育てはフルタイムの仕事などという生易しいものではない。死ぬまで解放されない任務なのだ。ある意味では最高裁判所の裁判官みたいなもの。といっても影響力の大きさではぐんと落ちるのだけれど。

「そこでなにかあったのか？」マテオが声をひそめてたずねた。「おふくろの口調が不自然だ」

「万事うまくいっているわ。なにも問題ないわよ」マダムみたいな、妙にテンションの高い声が出た。訝しげにこちらを横目で睨むマテオの姿が目に浮かぶ。

「まあいいだろう。いまラガーディア空港でタクシーを待っているところだ。これからビレッジブレンドに行って店の様子を見るよ。それを伝えたかった」

〝よかった。タッカーもこれでひとり助っ人がふえる〟。

「その後ベッドに入って何時間か寝るつもりだ。へとへとなんだ。時差ぼけにやられたよ」

助っ人は無理か。

タッカー・バートンはビレッジブレンドのアシスタント・マネジャーで俳優兼脚本家。わたしが店を留守にする際には、いつも彼が頼りだ。タッカーはおそらくマテオの労力をあてにはしていないだろう。もちろん、助っ人となってくれればそれに越したことはないけれど。

「ぼくの自慢の娘ジョイは元気かな？」笑顔になっていることは声でわかる。娘のことなると、毎度こんな調子だ。

電子レンジの上のデジタル時計を見た。『AM7：02』という表示。

「たぶん、まだ寝ているわ」

「起こさなくていい。中央アメリカに発つ前にきみとジョイに会うつもりだ。ジョイによろしく伝えておいてくれ。もうすぐ会えるってな。おっと、ジョイにプレゼントを買ったんだ。あ、車が来た。もう行くよ」

電話が切れた。マダムに電話を返し、コーヒーのはいった熱いマグを両手でそっと持った。

「マテオは怪しんでいるかしら？」マダムがたずねた。

「怪しむ？　あの人がなにを怪しむんですか？」

「ゲームが進行していることについてよ。決まっているじゃないの」

「マダム、お願いですから。これはゲームではありません。この殺人事件の捜査へのわたしの関わりは、昨夜あれを見つけたということだけです。あとは警察に任せます。だからコナン・ドイルに染まるのはほどほどにしてください。マクタビッシュ先生とずっといっしょにいるからそうなってしまうのかしら」

(マダムはセントビンセンツ・ホスピタルの一流のガン専門医とここしばらくおつきあいをしている。彼はショーン・コネリーばりの魅力的なスコットランド人だ)。

「いっておきますけどね、ゲイリーとわたしはシャーロック・ホームズの小説を読みきかせしあうようなおつきあいではありませんよ」マダムの馬鹿にしたような口調。「それから、話の本筋をそらさないで」

ため息が出た。

「いいですか、たとえわたしが首をつっ込んだとしても、それはデイビッドの身に危険が迫っていないかどうかを確かめるためです」

「もちろんですとも」相づちを打っているが、〝もちろん、そうではない〟という意味にしかきこえない。

「それに、探偵のまねごとならマダムはもう経験ずみでしょう。おぼえていますよね、タッカーに殺人の容疑がかかってわたしがそれを晴らそうとした時に協力してもらいました」

「それはないでしょう！」マダムが反応する。「わたしはね、だいじなタッカーが心配でならなかったんですよ。楽しむどころではなかったわ。ただ今回は事情がちがう。あの青年があんなことになって、こころから気の毒には思いますよ。でも、ミスター・トリート・マッツァラッティという青年についてはわたしはほとんど——」

「マッツェリです。トリート・マッツェリ」

「ほら、そうでしょ！　わたしは被害者のフルネームもろくに知らないのよ。犯罪に個人的な利害が関わっていないのだから、客観的な立場で捜査ができるわ。だから鳥打ち帽をかぶったつもりで——」

「いっておきますが」わたしがさえぎった。「わたしはトリート・マッツェリがほんとうの標的だったとは考えていません。犯人はデイビッドを狙っていたと確信しています」

マダムがしばし思案する。「人ちがい、ということ？」

わたしはうなずいた。

「デイビッド専用のバスルームに弾が撃ち込まれたんです」

「でも、あのふたりは二十歳も年が離れているわ。そんなふたりをまちがえるかしら？」

「遠くからだと、それほどちがって見えるでしょうか?」

マダムが顎をトントンと指で打つ。

「そうね……あなたのいいたいこと、わかるわ。ふたりは背の高さもほとんど変わらないし……髪の色も同じ」

「そして服も」

マダムが頭を左右にふった。

「それはどうかしら。ふたりともカーキ色のズボンをはいていたけれど、デイビッドのシャツはリネンのラルフ・ローレンだった。トリートが着ていたカップJのシャツとは質がちがいすぎるわ」

「ファッションという点からいえば、おっしゃる通り、比較になりません。でもどちらのシャツも半袖でルーズなシルエットで、ズボンから出して着ていた。そして色もひじょうにちかい」

「ええそうね。あなたのいう通りだわ。あなた、こういうことにかけては鋭いわね」

「それはどうも」

「だからこそ、もっと捜査を続けるべきよ。わたしが補佐しますからね」きっぱりとした口調だった。

「マダム――」

「わたしだって、あなたからひとつでもふたつでも学べるでしょうし。それに、狙われていたのがほんとうにデイビッドだとしたら、わたしたちのホストの一大事ということでしょう。せめてなにか役に立たなくてはね。船長が助けを求めている時に船を去るような、わたしはそんな人間ではありませんよ！」

「降参です」わたしはボーンチャイナのカップからコーヒーをひと口飲み、おそろいのソーサーにカップをのせた。「そうしたいというのであれば、そばにいっしょにいてくださって結構です。でもあと一時間か二時間のうちに説得しなければ――」

「ジョイのこと？」マダムが最後までいわせなかった。

「え？　わたしのこころが読めるんですか？」

「あの子なら、とうに出発しましたよ。とても早くにね。日の出の時刻の風を逃したくないからって」

「どういう意味でしょう？」

「ジョイは昨夜いっしょだったあのウェイターといっしょに、カイトサーフィンをしにいったのよ。確かグレイドンという名前だったわ」

「グレイドン・ファースですか？」

マダムがうなずいた。

「ジョイは今朝、グレイドンと出ていったということですね？」すんなりとは飲み込みがたいなりゆきだ。

マダムがもう一度うなずいた。

「ジョイとわたしは続き部屋ですからね。あの子が起きて携帯電話で彼と話しているのがきこえたのよ。家の前で彼がクラクションを鳴らす前に、コーヒーをいれてあげましたよ。それにしても若者がデートの相手を誘いにきてクラクションを鳴らすだけなんて、いったいどういう世の中になってしまったのかしら」

「デート、なんですか？　それでふたりはなにをしにいったんでしたっけ？　カイトサーフィンとおっしゃいましたね。いったいなんなんでしょう、そのカイトサーフィンとやらは」

「こういう時はね、クレア。消去法で考えてみればいいのよ」マダムがしらっとした口調でいう。「ただのサーフィンではない、そうでしょ？　ウィンドサーフィンでもない。そしてカイトフライングでもない。そんな感じのスポーツが融合したもの、がこたえね。サーファーがカイトで風をキャッチして海の波の上を疾走する」マダムがため息をついた。「なんてすてきなのかしら」

わたしは頭を左右にふった。「いったいどこでそんな情報を？」

「口を閉じて耳の穴をあけていただけですよ。有閑階級の方々とのおつきあいからはいろいろ学ぶことができるのよ。とりわけ遊びに関してはね。まあ、それ以外に取り柄がないというかたも一部にはいらっしゃるけれど」

わたしは立ちあがり、コーヒーを飲み干した。

「そういうことなら、とにかく泳ぎにいかないと。泳いで発散しなくては」

外に出ると、あれほど降った雨の跡を夜のあいだに風がほぼ乾かしてしまっていた。けれど空気はまだ湿っていて潮の香りが強い。ビーチサンダルをぱたぱたさせて芝生を歩き、白い丸石の通路を横切ってビーチに出た。サンダルを脱いで首にかけていたタオルをはずし、バスローブを脱ぎ、打ち寄せる波のなかに入っていった。

ぞくっとするほど水が冷たい。けれどすぐに慣れた。手足のストレッチを兼ねて少し泳ぎ、それから仰向けになって浮かんだ。まだ少しズキズキしている頭痛を、大西洋の波がなだめるに任せた。

冷たい波とあたたかい日の光は魔法のように作用した。自分の身体をカイトにくくりつけて荒波の上をジェット気流のようにすばやく飛んでゆくところを想像した。マイク・クィン警部補はいまなにをしているだろうか。やせて肩幅の広い彼がもろ肌を脱いでサーフボードにのっているのはどんな感じだろう。砂色の髪をぺったりとオールバックにして、青白い肌が金色に日焼けしているところを想像した。いつも疲労感を漂わせ、疲れ切った表情の彼が潮風で生気を取りもどすところを空想した。

心地よいイメージを思い浮かべたとたん、大声がとどろきわたって夢想は破られた。

波の向こうからエコーがかかった声がする。

「こちらはサフォーク郡警察です」拡声器を通した声が呼びかけている。「いますぐ海からあがってください。お話ししたいことがあります」

あわてふためいたせいで仰向けの姿勢が崩れ、水しぶきをあげて不意に沈んでしまった。身体をばたつかせながら沈んでゆくわたしの口はサカナのようにぽっかりあき、塩からい水を飲んでしまった。両腕をばたばたさせて浮かびあがり、あえぎ、水をぺっぺっと吐いた。様子をうかがうと、デイビッドのプライベートビーチを三人の制服警官が歩いている。四人目はスーツとネクタイ姿で、いちばん大柄だ。スーツ姿の男がハンドマイクを握りしめて立ち止まった。

「いま行きます！」わたしは叫んだ。

きこえたかどうか怪しいものだけれど、岸に向かって泳いだ。泳ぎながら、バスローブとタオルとビーチサンダルは彼らがいる場所から少なくとも二十メートル以上奥にあるはずだと計算した。ようやく海からあがった。もちろんずぶ濡れ。砂地を歩いていくと冷たい風がさあっと吹きわたり、手足に鳥肌が立った。ふるえをこらえながら、マイクを持っている大きな男性と向きあった。

「ミセス・コージーですか？」マイクを通さずに彼がたずねた。

わたしはうなずいた。「ミズ・コージーです」

「わたしはロイ・オルーク部長刑事です。昨夜の射殺事件を捜査するために来ています。空の薬莢を見つけたのはあなたですね？　家のなかで老婦人にそのようにききました」

意外にも声が高い。縦横ともにこんなに大きな男性にしては細すぎる声といってもいい。オルーク部長刑事がじっとわたしを見ている。退色した灰色の瞳と色が薄くなっている髪の毛がよく調和している。肌の色も色あせて灰色に見える。これだけの太陽と波があるのに、意外にも日焼けしていない。

「はい。わたしが見つけました」言葉がもつれた。きっとくちびるは青くなっているだろう。

「どうぞ、これを」

娘のジョイよりもほんの年上くらいの若い警官がバスローブを持ってきてくれた。それを受け取り、ありがとうという代わりにうなずいて、濡れた身体の上から分厚いテリー織りのバスローブをはおった。オルーク部長刑事は無表情のまま待っている。彼の後ろからもうひとり男性がビーチを歩いてくる。制服姿ではない。グレーのスーツと青いストライプのネクタイ。オルーク部長刑事とそっくりに見える。

「わたしの相棒のメルキオール刑事です。彼は証人全員に話をきき、時系列をあきらかにします。わたしは物的証拠を調べます」

「地元の警察のかたが昨夜薬莢を袋にいれて――」わたしは話し始めた。

「承知しています」オルーク部長刑事がさえぎった。「発見した場所を教えてもらえますか?」

「もちろんです」

平らな砂地を歩いて砂山のある一帯に来た。わたしはオルーク部長刑事にここで見つけた足跡のことを話した。昨夜、地元警察が到着した時には嵐のなかでそれを示せなかったことも。

「大丈夫です。足跡があればわれわれはかならず発見します」

ロイ・オルーク部長刑事としては有能さをアピールし、安心感を与えようというつもりなのだろうが、わたしに伝わってきたのは彼の疲労と、これまで同じ業務を何度もくりかえしたあげくの鈍さだった。人生に疲れたようなこの立ち居振る舞いを、この人はどこで身につけたのだろう。クィン警部補のことを考えながらあたりをつけてみた。

「ひょっとして、ニューヨーク市警で勤務されていたのでは?」

オルーク刑事はかすかにうなずいていた。

「二十年間。サウスブルックリン、ワシントンハイツ、ブロンクスの殺人課で。ギャングとドラッグにまつわる暴力が大半でした」

「大変な地域ですね」

「殺人事件をいくつも解決しています。それがあなたの質問の趣旨であるのなら」

「わたしはただ……この土地はずいぶん様子がちがうのではないかと。つまり都会の犯罪とはちがうのでは？」

「ひとつひとつの事件はそれぞれにリズムがあります。しかしやるべき仕事に変わりはありません。凶器を見つけられれば、犯人をつきとめられます」

わたしは目をぱちくりさせた。「そんなにかんたんに？」

オルーク部長刑事がため息をついた。

「凶器を発見するのはそれほどかんたんではありません。ほんとうです。けれどそれが見つかれば、検察はたいてい有罪にもっていける。わかりますね？」

「ええ、わかります」

ちょうどそこでわたしは足を止めた。例の地点に着いたのだ。丈の高い草むらの周囲に張られていた犯罪現場を示すロープはなかった。嵐で飛ばされたのだ。予想はついていたけれど。

「ここで空の薬莢を見つけました」

その地点を指さしてオルーク部長刑事にいった。オルーク部長刑事の合図で警官たちは散った。ほかの手がかりをさがすのだろう。

「ここには足跡はありませんね」彼が砂山の周囲を見まわしながらいう。

「見つけたのはここではありません。ここから二十メートル足らずのところです。でもきっと嵐と波が消してしまったわ」

「おそらく。が、部下がなにか見つけるかもしれません」

十分後、メルキオール刑事がオルーク部長刑事のところにちかづいてきた。オルーク部長刑事よりも三十センチほど背が高く、年齢は十歳ほど若い。極限までやせている。やせた体型には少々大きすぎる頭。顎が張っていて、しかもまんなかがみごとに割れている。

「この砂山は撃つには絶好のポイントですね」

刑事があたりを観察してデイビッドのバスルームの窓を指さす。ここから四十メートル足らずのところにはっきりと見える。

オルーク部長刑事は眩しそうに目を細める。

「足跡を見つけたということでしたが、大きな足跡でしたか？　それとも小さいものでしたか？　裸足の足跡でしたか？」

「それなんですけど、確かあれは〝水かき〟のある足跡でした」

「水かき？」オルーク部長刑事がおうむ返しにいった。少々意表を突かれた様子だ。わたしはうなずいた。

「どういう意味かな？　〝アヒル〟みたいな？」

言葉の選択を誤ったことを瞬時に悔いた。

「スキューバダイビングに使うようなものです」いいかえた。「ダイバーが使う、水かきのついた足ひれです」

オルーク部長刑事は相棒と視線をかわした。表情は読み取れない。

「描いて説明しましょう。この砂に」すぐに提案した。

「それはいいアイデアだ」オルーク部長刑事がいった。

わたしはさっそくかがんで、昨夜見た足跡を指で再現にかかった。すぐに制服警官たちがあつまってきた。うまく集中できない。足跡の形を懸命に思い出そうとした。足の先は三つに分かれていた？　それとも四つ？　正確にはどれくらいの大きさだったのだろう。どれくらい間隔があいていたのだろう。砂にいくつか描き、それを消してもう一度描き始めた。とちゅうまで描いたところで顔をあげると、警官たちはあきらかに笑いをこらえている。

「容疑者が見つかったようだな」オルーク部長刑事がビヤ樽のようにふくらんだ胸のところで太い腕を組みながら皮肉をいった。「大アマゾンの半魚人だ」

警官がいっせいに笑った。わたしにバスローブを持ってきてくれた礼儀正しい若い警察官もくすくす笑いをこらえている。わたしはすっくと立ちあがった（なに、たいして威圧感のある背丈ではないけれど）。

「まともな手がかりを笑うんですか」きっぱりとした口調でいった。

「そうではありませんよ」メルキオール刑事がいった。むきになっているわたしをなだめようとしているのが見え見えだ。「それはそうと、いっしょに家に入っていただきたいのですが。マッツェリ氏の同僚のリストをつくりたいので協力してください。それから昨夜、彼が誰かと話をしているところを記憶していれば、教えてください。いわゆる正当法で手がかりをしぼっていき、彼にうらみを抱いていそうな人物をあぶり出せるかどうか、やってみましょう」

「でもね、そこが問題なんです」わたしは両手を腰にあてた。「トリート・マッツェリはほんとうの標的ではなかったんです。犯人はデイビッド・ミンツァーを狙っていたとわたしは考えています」

オルーク部長刑事とメルキオール刑事はまたたがいに顔を見交わしている。今回は両者とも真剣なまなざしだ。

「なにかご存知なら、話していただく必要があります」オルーク部長刑事がこたえた。

「わかりました」

数分後、わたしたちはキッチンにいた。すでにデイビッドは起きていた。落ち着いた様子だった。どうやらよく眠れたようだ。顔の色艶もよく、よく日焼けした肌に白い歯がまぶしい。そしていつものように非の打ちどころのない着こなし。仕立てのいいアイボリーのスラックス、薄いオリーブ色のシャツ、イタリア製の革のサンダル。デイビッドは微笑みながらオルーク部長刑事と握手をした。

「コーヒーはいかがですか？　特別なブレンドで、じつにすばらしいものです。さあどうぞ」

デイビッドが身ぶりですすめた。彼の後ろではアルバータ・ガートがサマーポーチの入ったポット、マグ、熱々のクロワッサンの入ったバスケット、山盛りのイチゴを大きなテーブルに用意している。そばではマダムがつかず離れず。立ち聞きなんてとんでもないというそぶりで、隅のほうからこちらをしっかりうかがっている。

前置きなしでオルーク部長刑事がぶっきらぼうにいい放った。

「ミスター・ミンツァー、ミズ・コージーは昨夜の犯人のほんとうの標的はあなただといっています。ミスター・マッツェリは人ちがいで殺されたとコージーさんは信じています」オルーク部長刑事は薄い灰色の瞳をわたしのほうに向けた。「くわしく説明していただけますか？」

「そう考えればつじつまがあうんです」一時間前にマダムに話した内容と同じ説明をした。「デイビッドは偏頭痛がしたので、花火の打ちあげが始まる前にパーティーを退席して自分の寝室に行きました。彼が自分専用のバスルームを使うことは誰にも予想がつきます。トリートが使うとは誰も予想しないでしょう。ふたりはほぼ同じ背の高さです。どちらも短い黒い髪の毛で、同じカーキ色のズボンをはいて、半袖の同じようなピンクの色合いのシャツをズボンの外に出して着ていました」

「では、パーティーの出席者の誰かが犯人だとお考えですか？　あるいはミンツァー氏の仕事の関係者？」メルキオール刑事がたずねた。

「考えられない」デイビッドが憤慨した様子で声を洩らした。

「どうかお待ちを、ミンツァーさん」オルーク部長刑事だった。「ミズ・コージーの考えを最後までききましょう」

「ありがとう。砂山で足跡を見つけたとお話ししましたね」

さきほどは軽くあしらわれたけれど、今度こそ足ひれの件をまじめに取りあげることができてほっとしている。

オルーク部長刑事が嫌そうな顔で眉をひそめた。

「水かきのある足、ですな。半魚人の」

「なんということだ」デイビッドがまたいった。

「泳ぐ時につける足ひれの跡です」すばやく訂正した。「あの足跡は撃った犯人のものだとわたしは考えています」

メルキオール刑事が顎を掻いた。

「ちょっと待ってください。われわれはあなたがもっと具体的なことを知っているのだと思っていましたよ。脅迫とか?」

「それはですね……パーティーが終わった後に敷地のなかでマージョリー・ブライトと鉢合わせしたんです。彼女はデイビッドを脅しました」

「脅すというと、どのように?」メルキオール刑事がたずねた。「彼女は正確にはなんといったのですか?」

「彼女は、『わたしはあくまでも裁判に訴えるつもりだ』といいました」

デイビッドが鼻を鳴らした。

オルーク部長刑事がデイビッドのほうを向いた。

「異常な事態だとは考えていないということですか?」

「訴訟がですか? この町で? やめてくださいよ。隣人を訴えるなんて、ハンプトンズの娯楽としてはあまりにもありふれてますよ。みんなテニスコートにでも行くような気楽さで提訴しますからね。ミズ・ブライトはすでに地元の裁判所に苦情を申し立てているんです。うちの木が高すぎるといって。おそらく彼女側の弁護士とわたしの弁護士はしばらく裏取引を続けるでしょうね。それでうまいこと解決にこぎつけようとするでしょう」

「でもね、デイビッド。彼女はあなたの地所でなにをしていたのかしら? 怪しいとは思わないの?」

「わたしがここに家を建てたものだから、彼女の敷地から直接ビーチには行けないんだ」デイビッドは肩をすくめた。「彼女はビーチまで散歩して、この敷地を通り抜けて帰るところだったのかもしれない。そのとちゅうであなたに出くわした。たいしたことではない」

「昨夜彼女がビーチにいたとしたら、話をきかなくてはいけないな」オルーク部長刑事が相棒をちらりと見た。

メルキオール刑事がうなずいた。「忘れずにそうします」

けれどそれだけではわたしは納得しなかった。マージョリー・ブライトはデイビッドの敷地で〝ぐずぐずしていた〟のだ。いらだった様子でタバコを吸っていた。ただ通り抜けたのではない。彼女は絶対に怪しい。明確な証拠はあげられないけれど、潔白ではないという気がする。あれだけのわずかな時間でも、デイビッドへの彼女の悪意は直感的にわかった。

「足ひれの件はどうでしょう？　狙撃があった晩に空の薬莢からわずか二十メートル足らずのところに足跡が残っていたことの説明はつくのでしょうか？」

「ここはリゾート地です」オルーク部長刑事だった。「砂にダイバーの足ひれの跡が残っていたからといって、ライフル銃の台尻に残るおぞましい指紋と同一視はできません」

「でもわたしは毎日ここで泳いだり歩いたりしています。あんな足跡はこれまで見たことがないわ」

オルーク部長刑事が腕組みをした。

「あなたのお考えをききましょう」

「マージョリー・ブライトあるいはほかにデイビッドに反感を持っていた人物が、誰かをお金で雇って狙撃させた可能性はあるでしょう。つまり犯人は誰かに雇われていた」

「ではさがすべき殺人犯はふたり。実行犯とその報酬を支払った人物、ということですね?」オルーク部長刑事はデイビッドのほうを向いた。「ミズ・コージーの推理についてどう思いますか、ミスター・ミンツァー?」

デイビッドは驚いたような表情でわたしからオルーク部長刑事に視線を移す。

「馬鹿げていると思いますよ。あり得ない」

今度はわたしがショックを受ける番だった。

「デイビッド! わたしは――」

「もういい、クレア」デイビッドが強くさえぎった。「申し訳ないが率直にいわせてもらった。誤解されるのは避けたいからね」

彼はそこで間を置いた。そして今度はぐっと慎重な口調で、言葉を選んで話し始めた。

「わたしを殺そうとしている人間など誰もいない。自分が標的だなどという考えは却下する。わたしは誰からも脅しを受けていやしない。不倶戴天の敵もいないし、プロの殺し屋とやらの関心をひくような不法行為にも手を染めていない」デイビッドは警察官たちと向きあった。「あなたがたの捜査には万事協力します。要請があれば、わたしもスタッフも質問にこたえます」

「全員からお話をうかがう必要があります」メルキオール刑事がいった。

「昨夜のイベントの招待客リストも提供しましょう」

「そうしてください。助かります」オルーク部長刑事だ。

「ひとつお願いがあります。どうしても必要があるという場合をのぞいて、パーティーの出席者へのアプローチは遠慮していただけますか。もちろん、今回のやりきれない犯罪に関与する人間の逮捕には全力を尽くしていただきたい」

「わかっています、ミスター・ミンツァー。あくまでも慎重に捜査を続けるとお約束します」オルーク部長刑事がうなずいた。

「感謝します。さて、みなさんを二階に案内して昨夜起きたことをわたしなりにご説明しましょう」

話をしながらデイビッドは先頭に立ってオルーク部長刑事とメルキオール刑事とともにキッチンを出ていった。おそらくトリートが撃たれたバスルームにつれていくのだろう。キッチンの背の高い窓から外をのぞくと、制服の警官たちがまだ砂の小山のところを歩きまわっていた。マダムはわたしの前にいる。

「デイビッドは断固否定したわ」静かな口調でマダムがいった。

「あそこまでむきになっていい張るなんて」わたしは額をこすった。

「暗殺犯の標的は彼だったという考えはまだ変わらない？」

「さらに確信を強めました」

デイビッドは三十分後にもどってきた。わたしは気をひき締め、彼からさらに憤慨をぶつけられても受け止める覚悟をした。しかし彼はわたしの腕をとってキッチンテーブルのほうにつれていくではないか。

「きいてくれ、クレア。警察の人間の前できみにあんなふうにいって申しわけなかった。でもわたしの立場も理解して欲しい」

いまさらそんなことを、といきり立つこともできた。でもそこでピンときた。

「あなたにとっては誰かに命を狙われているかもしれないという事実よりも、悪い評判が立つほうが気がかりなのね。そうでしょう？」

デイビッドはため息をついた。

「いいかい。誰もわたしの命など狙ってはいない。そして、たとえ誰かがわたしの死を願っていたとしても、それを公然と認めることはできない。わたしは複数の事業を経営している。世界じゅうに事業のパートナーがいるんだ。こんなたとえをしたくはないが、マーサ・スチュワートと同じでわたしあっての会社なんだ。わたしの存在がなくては会社は機能しない。なにかいかがわしいことに巻き込まれて命を狙われている、などと共同経営者、提携先、投資家、顧客、クライアント、ほかの誰かに思われたら致命的だ。莫大な金と何千人もの従業員の生活がかかっている。わたしには責任があるんだ」

いいたいことはあったけれど、くちびるを噛んでうなずいた。

「わかるわ」

デイビッドはテーブルの前の椅子に崩れるように座った。

「いずれにしても、この家の防犯システムにはあきらかに不備がある」

「ここに来た初日に、わたしはそういわなかったかしら?」

「ああ、きいた。〝それに関して〟はきみは正しかった」

「厳重なアラーム・システムを導入するべきよ。屋外の照明も設置しなくては」

「警察がひきあげしだい、電話をしよう」

「警報装置と侵入者の感知装置だけではだめよ。二十四時間体制でほんものの警備員を置くのよ。スピルバーグの映画みたいにモサドの元エージェントを雇う必要はないけれど。でもトリートの事件が解決して犯人がつかまるまでは、ピンカートン探偵社と契約するくらいでなくては」

デイビッドがにっこりした。「いいだろう。ただし、ひとつ条件がある」

「なに？」

「殺人犯のほんとうの狙いはわたしだったという考えを捨てて欲しい。いますぐに」

ひと呼吸おいて、わたしはうなずいた。「いいわ。これで決まりね」

「よし」デイビッドが立ちあがった。「では刑事たちのところに行ってみる。バスルームのイタリア製の大理石にこれ以上被害が及ばないうちに」

トロピカル・コーヒーフラッペ
(ラムとココナッツ・コーヒー・スムージー)

【材料】(2人前)
エスプレッソまたは
濃くいれたコーヒー(冷ましたもの)……1カップ
ラム……1/4カップ
牛乳……1/2カップ
ココナッツミルク……1/2カップ
クラッシュアイス……6カップ
お好みでシュガーシロップ

【作り方】

夏のパーティーにぴったりの魅力的なカクテル。材料すべてをミキサーにいれ、氷がじゅうぶんに細かくなるまで高速で撹拌する。ガラスのコップふたつに注ぐ。1/2カップの牛乳の代わりにアイスクリームを使えば、冷たく喉ごしのいいデザートドリンクになります。

6

カップJはデイビッド・ミンツァーの海辺の家から車ですぐのところにある。ただし夏の天気のいい日のハンプトンズの道路はいただけない。

民主主義を絵に描いたような情景ともいえる。

BMW、フェラーリ、メルセデス、ジャガーの最新モデルもわたしのみすぼらしいホンダも平等にノロノロ運転でなかなか進めない。十分でつくはずなのに、進んだかと思えば停まるの連続でフラストレーションたっぷりの四十分のドライブとなる。

十一時十五分くらいにようやく「悠々自適館」を出た時、サフォーク郡警察はまだ昨夜の銃撃事件のくわしい実地検分をしていた。デイビッドはパーティーの詳細について説明し、トリートのプライベートについて情報を伝え、それがほかの従業員や招待客リストとどう関わっているのかについて話しあっていた。デイビッドはいつもと変わらず人好きのする表情を保っていたけれど、おそらく忍耐の限界にきていたはず。デイビッドについてかなりくわしくなっているので、その気配がわかってしまうのだ。

この件には首をつっ込まないと彼と約束した……でも、その約束を守りきれるだろうか？　警察が捜査に乗り出しているのだからそれでじゅうぶんではないか。自分にいいきかせようとした。でもその警察の対応に誤りがあるとわかっている。それではデイビッドのためにならない。

押し合いへし合いの渋滞のなかで、オルーク部長刑事とメルキオール刑事がつぎにどういう行動に出るだろうかとじっくり考えてみた。おそらく検死解剖の結果を入手し、トリートの頭蓋骨のなかの弾とわたしが発見した空の薬莢が合致するかどうかを確かめるだろう。それはまちがいない。ジャマイカ産ブルーマウンテン四十ポンド入り一袋を賭けてもいい。

それからトリートを知る人たちにききこみをするだろう。深刻な確執や恨みがあったかどうかを掘り起こそうとするだろう。けれどききこみをする相手はデイビッドの周辺の人々であるべきなのだ。

〝それでもマージョリー・ブライトには話くらいきくでしょうけど〟。

彼女はわたしの容疑者リストのトップに位置している。渋滞をじりじりと進みながら、サフォーク郡の刑事たちにうっかり洩らしてしまった自分の推理をもう一度考えてみた。そして推理に穴があるのに気づいて身が縮んだ。それもかなり大きな穴。最強の四輪駆動車ハマーでつっきれるくらいの大きさ（ちょうど目の前に明るい黄色のハマーがいて、路肩にまではみ出している）。

まず、ミズ・ブライトが犯罪現場をうろついてみすみす自分のアリバイをめちゃめちゃにしたのはなぜ？　マイク・クィン警部補がかつて語ったような犯罪者のカテゴリーに、つまり自分の犯行の結果を最後まで見届けることに病的にこだわるタイプの犯罪者に彼女は相当するのか。私にはそうとは思えない。

それからもうひとつ、もしも金で雇われた殺し屋が実行犯であるとしたら、なぜわたしは空の薬莢を発見したのか？　ほんとうのプロであればそんなものを残したりしないはず。素人くさいミスだ……ということは……撃ったのは素人だったのだろうか？

「クレア！　こんにちは、クレア！」

あけた窓から外を見ると、道ばたの野菜の直売所からエドナ・ミラーが手をふっている。彼女の農場の直売所だ。夏の色をした野菜をディスプレイしたかごが並んでいる。真っ赤なトマト、緑色の皮つきトウモロコシ、ふっくらとした白いカリフラワー、紫色のナス、そしてみずみずしいロングアイランドのイチゴがたくさん。

「ハーイ、エドナ！」こちらからも呼びかけた。

サウスフォークに来たその週のうちにわたしはエドナと彼女の夫ボブとなかよくなり、二ポンド入りのコナ・コーヒーをプレゼントした。コナは甘く洗練されたコーヒーでバターを思わせる濃厚な香りとシナモンとクローブのほのかな香りもあり、ハワイの火山性土壌で育つ（多くのコーヒーの焙煎業者はコナ・ブレンドを扱っているが、わたしは断固としてシングルオリジンを推す）。

驚くほど新鮮な野菜と果物が並ぶ夏限定の農場直売所を、ミラー夫妻は二十年以上やっている。それ以前にはボブの父親がやっていた。彼らはこの土地に何代も住んでいる地元の一族で「ボナッカーズ」と呼ばれる人たちだ。

（かつて「ボナッカー」は「田舎者」あるいは「田舎っぺ」と同義語のさげすみのニュアンスをこめた言葉だった。語源はネイティブアメリカンの「アコボナック」で「落花生があつめられる場所」というような意味だ。そばの港はアコボナックと名づけられ、そのあたりの住人がボナッカーズと呼ばれるようになった。いまではみな誇りを持ってこの名を名乗る。イーストハンプトン・ハイスクールのスポーツチームはニックネームとして採用しているくらいだ）。

ミラー夫妻の土地はハイウェイのおしゃれではない側、つまり海から遠い側に位置している。しかし所有地のほんの一部が相当な高値で売れた。彼らは残りの土地を手放さず、代々そうしてきたように一家で農場を営んでいる。

「今日はなにを持っていく？」エドナが大きな声で叫び、道路にすたすたと出てきた。いつものごとく着古したジーンズと大きなＴシャツ、ウエストにエプロンを巻きつけた姿だ。

「残念だけど、いまは仕事に行くところなの。独立記念日は楽しく過ごしたの?」じりじりと車を進めながら返事をした。

「ええ、でもお宅の独立記念日は大変だったんでしょう?」エドナはわたしのホンダと歩調をあわせるように路肩をゆっくり歩く。

「うちの?」

〝まさか。彼女が狙撃のことを話題にするはずがない。わたしが死体を見つけたのはゲストが全員帰った後だもの。誰かが彼女に話すなんてありえない〟。

「わたしの義理の娘の姉妹がパーク・ベネットのところに嫁いだのよ。彼の家はジョン・キングの家の隣で、彼の息子は地元の警察勤務でね。彼の話では、あなたがいま泊まっているデイビッド・ミンツァーのお屋敷に息子が行ったそうよ。なんでも若い男性が殺されたとか」

「ええ、そう。それは知っているわ。でもいまのところはくわしいことはわからないの。デイビッドはちょっとピリピリしているから、黙っていてあげたほうがよさそう」

〝ねえ、わかるでしょう?〟。

「それがいいわね。ええ!　もちろんですとも!」

後ろのメルセデスのコンバーティブルを運転しているプラチナブロンドの女が携帯電話をかけながらクラクションをでかでかと、長々と、ハイデシベルの音がきこえなくなるかというくらい鳴らした。前方を見れば、黄色いハマーとのあいだに車四台分ほどスペースが空いている。

「あらら。少しスピードをあげたほうがいいみたい。ごめんなさいね、エドナ！」

「気にしないで、クレア。今週末はみんなほんとうにピリピリしているわ。一時間前にここでも大変だったの。企業の渉外弁護士ふたりがハネデューメロンの最後のひとつをめぐって殴りあいですもの！」

「またね！」そう叫んで、スピードをあげた。

「またね、クレア！」

エドナはこちらに手をふり、背を向けて直売所のほうにもどった。彼女のいったことについて考えてみた。といってもハネデューメロンをめぐる殴りあいの件ではない。夏の混雑のピーク時には一触即発の事態になりがちだ。マンハッタンの裕福な人々はリラックスできる環境を求めてここを訪れるのだが、誰も彼もが歯ブラシとともに特権意識と都会独特の短気な気性を荷物につめ込んでやってくる。

「ここの人たちは競争心が強くて野心的だ」ここに着いて早々にデイビッドから警告を受けた。「彼らは仕事の上ではやり手だ。だからこそ、ここに来られる。月曜日から金曜日まで他人の上前をはねるようなことをしている人間が、土曜日と日曜日だけそういうふるまいを封じ込めるのは無理ってことだ」

地元紙を見れば、駐車スペースやレストランのテーブルをめぐる喧嘩の記事がわんさと載っている。ほんの一週間前、店に干し草を投げ込まれた健康食品店が脅迫罪で提訴した（ストレス解消サプリメントの売り場の前あたりが現場だったのだろうか）。

それはともかく、トリートの死がエドナの耳に入るまでの経緯について考えてみた。狭い土地だけにニュースはまたたく間に伝わる。ここイーストハンプトンで起きた殺人は、都会の殺人事件よりもはるかに重みが大きいのではないか。ここで殺人なんてことは、そうそう起こらないはずなのだから。

この小さな村ではメインストリートの日よけの色ひとつでさんざんもめる。ガレージセールの標示のことで非難を浴びる土地柄だ。そんな住民が、この地域内で起きた殺人事件を未解決のままで終わらせるとは思えない。なんとしても犯人をつきとめ滞りなく有罪判決に持ち込まなければ、とうてい許されないだろう。それができないとなると、ここで夏を過ごす人々が黙ってはいないはず。パワフルで一家言の持ち主が多いから、さぞや声高に、そして延々と糾弾されるだろう。

こういう土地で殺人犯がつかまらないための唯一の方法は、誰かに濡れ衣を着せること……となると、空の薬莢が置き去りにされるという筋書きも可能となる。不注意なアマチュアである可能性もあるし、抜け目のない暗殺者が意図的に仕組んだものである可能性もある。犯人が後者なら、どこかに銃を置いて警察にそれを発見させようとするはず……しかもそこに動機がある人物がいたとしたら。警官たちは確信を持ち、真犯人はまんまと殺人の罪を逃れる。

この仮説を頭のなかで転がしながら、カップＪの木陰になったドライブウェイに車を乗りいれた。

7

祖母が育った世界では単刀直入の表現があたりまえだった。ものごとがシンプルかつ明確にレッテル貼りされた時代だ。思ったままを口にし、言葉はそれ以上にもそれ以下にも意味を持たなかった。けれどそれはずっと昔のお話。SNL（『サタデー・ナイト・ライブ』コメディバラエティショー。一九七五年～）、MTV、メタフィクション、『ザ・デイリー・ショー』（風刺ニュース番組。一九九六年～）などが存在しない時代。つまり文化の隅々まで皮肉が充満する時代より前のこと。〈カップJ〉という名前はカジュアルで気取らないレストランのような響きがあるけれど、デイビッドがイーストハンプトンにつくった粋なレストランにはそういう形容詞はまったくそぐわない。

レストランの名前にパラドックスを持ち込んだのは、当然ながら彼が最初というわけではない。たとえばシェフのトーマス・ケラーのレストランは〈フレンチ・ランドリー〉というみすぼらしい名前だが、全米一の評価とはいわないまでもナパバレーでもっとも高く評価されているグルメ向きの店だ。そしてマンハッタンのカーネギーホールから数区画のところにある〈ブルックリン・ダイナー〉は、じっさいはリネンのテーブルクロスと一流のワインリストを備えた四つ星レストランである。カップJはバラエティ豊かな高級ビストロメニューを出す。そしてメインディッシュにはコーヒーの風味を使ったものが多い（コーヒーは肉料理にかすかな風味を与えたり、やわらかくしたり、マリネ液として利用できたりと、いろいろな使い道があるのだ）。もちろんワインとカクテルも出すが、なんといっても目玉は、ディナーの後の多種多様な高級コーヒーとデザートのセット。それが当たって今シーズン、ここはディナーを終えてクラブに遊びに行く前に過ごす場所としてぜひともテーブルを押さえておきたい店となった。たいていのレストランは夜の十時には活気がなくなるのに、わたしたちの店は深夜まで予約がたくさん入り、大変にぎやかだ。

二階建てのレストランは外壁が赤煉瓦づくり。以前は中華レストランだったが、一年前に抵当流れの物件となった。この春デイビッドは店の外まわりに手をいれて、きれいに刈り込んだ植木、花壇、木陰をつくる木々で整えた。煉瓦をきれいにして、ペンキがはがれかけていた窓枠部分を白く塗りなおし、一階の窓を白いフレンチドアにかえた。

アイビー色のラティスで仕切られた来客用の駐車場を過ぎて、わたしはレストランの裏手の従業員用の駐車スペースに車を停めた。厨房のドアから入ったのはちょうど正午すぎ。給仕のスタッフは四時から深夜までのディナーの準備のために、あと数時間で出勤してくるはず。そうしたら、ようやくジョイと会える。この時間までなしのつぶてだ。わたしが彼女の携帯電話の留守電にいれた五件のメッセージは完璧に無視されている。

「こんにちは、カルロス」

信頼の厚いスーシェフ、カルロス・コマチョに手をふった。彼はせっせとタマネギとニンジンを刻み、エグゼクティブ・シェフのビクター・ボーゲルが出勤してくるのに備えている。カルロスは一瞬にこっと笑ってみせ、そのまま作業を続ける。

つぎに会ったのはジャック・パパス。わたしの声をきいて彼専用の事務室から顔をのぞかせた。パパスはレストランの支配人と給仕長とソムリエを兼任している。フランス人とギリシャ人の両親を持つパパスは四十代前半で浅黒い肌、黒っぽい瞳、漆黒の髪の毛（おそらく染めているのだろうとわたしは睨んでいる。なぜなら宇宙のブラックホールでもないかぎり、自然界にこんな真っ黒は存在しないはず）の持ち主。わたしたちは顔をつきあわせるような格好で向かいあっている。小柄なパパスは決して友好的なムードの人ではない。彼が笑うところをわたしはまだ見たことがない。つねに周囲に対して軽い軽蔑あるいは冷笑を漂わせ、そこに倦怠がいりまじったような感じ。

「こんにちは」わたしから挨拶した。

パパスは苦虫をかみつぶしたような表情をすると、ぱっと向きをかえて部屋に入ってしまった。

マンハッタンで暮らしていると、高級レストラン業界にあらゆる種類の変人が生息していることにいちいち驚いたりはしない。それにしてもパパスの態度はおよそ理解しがたい。でも、少なくとも彼は首尾一貫している。そんなふうに思えば彼の冷ややかなそぶりも受け流せる。そう、彼は従業員とお客さまを分け隔てなく扱っている。

ステンレスずくめの厨房は汚れひとつない。そこを通り抜けてスタッフの休憩室の前を通りすぎた。その先にはワインレッドの革製の両開きのドアがある。ドアをあけるとふき抜けになったダイニングルームのスペースだ。

カップJの外装は名前と同じく飾り気がない。が、内装はまったくちがう。デイビッドは大変な労力をかけてパリの有名なコーヒーハウス二店の装飾を取りいれた。そのひとつが伝統的な〈カフェ・マルリー〉。一九九〇年にオリビエ・ガニエールとイヴ・タラロンがデザインした店だ。そしてもうひとつはもう少しモダンな〈カフェ・コスト〉。ここは一九八五年にフィリップ・スタルクがデザインしている。

息を飲むような室内に一歩足を踏みいれれば、マルリーの影響はすぐに感じる。濃いワインレッド色の壁にはアールデコ調の華やかな金箔模様とチェリーウッドの羽目板。それが八十二のカフェテーブルと絶妙に合っている。さらに深緑色のベルベットのソファと低い背もたれのアイボリーの肘掛け椅子がアンティークのフロアスタンド〈カフエ・マルリーでは鉄製の香炉が置かれているが、これは実用もかねた代替品）とともに、フロアのそこここに配置されている。ダイニングルームの南側の端にはエメラルド色の大理石の階段がある。一段目の両脇には飾り柱があり、手すりは真鍮でできている。階段をあがっていくと中二階に着く。ここも真鍮の手すりでぐるりと囲まれている。

階段をのぼりきったところには、巨大な時計が置かれている。半透明の水晶と石の色鮮やかなモザイク模様だ。この時計はいまはなきカフェ・コストの中心をなすモチーフへのオマージュであり、一時間に二十四回まわる針の動きにいたるまで再現するという凝りようだ。

この『不思議の国のアリス』的な時計を、デイビッドは超現実主義に対する礼賛と解釈しているが、わたしはむしろカフェインというものの本質を明確にとらえているように感じる。

幅の狭い中二階はレストランをぐるりととりまいている。二階にも客席があり、チェリーウッドのカウンターが設置されている。メインダイニングルームを見おろす眺めは壮観で、ちょうど目の高さに、高い天井からさがる真鍮とガラスの巨大なシャンデリアがある。

ダイニングルームを横切って一階のコーヒーカウンターに向かった。

これまでの年月、高級レストランでコーヒー豆に対しておこなわれてきた犯罪的行為にわたしは身も凍る思いをさせられてきた。コーヒーのポットをガス台の上に置いたままぐつぐつと煮立たせ、なかの液体がどろどろのタール状になるまで放置する、冷たいカップでエスプレッソを出す、汚れがついたままのスチーム管でカプチーノのための泡を立てる、ペーパーフィルターに挽いたコーヒーをセットしたまま何時間も空気にさらしておく（挽いた瞬間から、コーヒーは鮮度を失っていくのです）といった蛮行の数々。

わたしはカップJのバリスタ・マネジャー兼新兵訓練係の軍曹に就任して以来、すべてのウェイターとウェイトレスに厳しい目を光らせて上質のコーヒー・サービスの神聖な儀式を仕込んできた。

バインダーを手にとった。昨夜店じまいをしたスタッフはカウンターまわりをきちんと整理している。それを見て満足だった。エスプレッソマシンは決められた通りきれいに手入れされ、デミタスカップは整然と重ねられている。コーヒーをいれた容器はきっちりと密閉されている。そしてフレンチプレスはチェリーウッドの棚に、きらめくガラスでできたお行儀のいい兵隊みたいに並んでいる。

コーヒーの入った容器の中味をチェックした。全部で二十。このひとつひとつが、店独自のメニューを支えるさまざまなブレンド、そしてシングルオリジンのコーヒーだ。

グリニッチビレッジの店では日々、マイクロロースト・マシンで豆をローストしている。わたしは毎週店にもどるたびにカップJで使う豆をローストし、それを真空パックの状態ではこんでくる。

ひとつひとつのコーヒーの量を注意深くメモしてゆく。補充が必要なのはどれか？ 減っていないのはどれか？ この作業は、コンピュータですでに作成ずみの顧客の好み追跡プログラムのデータとして入力するため。

「ミズ・コージー、まだ手はあきませんか？」

いきなり声をかけられて、思わず悲鳴が出てしまった。パパスが忍び寄って来ていたのだ。ほかに表現のしようがない。さっきまでわたしひとりだったはずなのに、あっと思ったらすぐ隣に彼がいる。

彼のこの行動は、みなのジョークの格好のネタとなっている。コリーン・オブライエンは、故国アイルランドの伝説的なお化けスクワイア・マローンの亡霊にパパスをなぞらえる。アニメファンのグレイドン・ファースは、従業員がミスをした瞬間にいきなり登場して驚かせる支配人パパスの能力を見て、彼専用のあの事務室に秘密のテレポーション装置があるからにちがいない、だからめったなことでは誰も入らせないのだと力説した。あながちデタラメでもなさそう。

「もうすぐ終わります」パパスに断わってから作業を続けた。「モカ・ジャヴァがとても減っている。これはダークローストだからチョコレートスフレと粉を使わないチョコレートカルーア・ケーキ、つまりデザートの定番のチョコレート味とぴったり合うからね。地下にもう少し余分にあるけれど、日曜日のブランチを切り抜けるには足りないわ。ビレッジブレンドに電話をしてタッカーに専用便で送ってもらおうかしら」

声に出しながら考えるのは、神経過敏になっている時のわたしのクセ。原因はもちろんパパスだ。彼は無言のまま、じっとわたしを見つめている。彼のこのクセは気に障《さわ》る。こちらが話している時も彼はただただ凝視し、返事をするのはあくまでも自分のペース。

「いいでしょう。どうぞ店に電話を」とうとう彼が反応を返した。彼は腕時計で時間を確認した。「ちょっと用事をすませてきます。一時間以内にはもどります」

「わかりました。フロアのスタッフが出勤してきたら、ダイニングルームのテーブル・セッティングをさせます。ところでプリンは身内に急用だそうね。なにかきいている？　彼女、日曜日じゅうにもどってこられるのかしら？」

パパスはますます険しい表情になった。「いいえ」

〝かわいそうなプリン〟。最悪の事態を思い描いてしまった。

「身内の方が亡くなったのかしら？　急な用事って、そのことなのかしら？　こちらから彼女に電話したほうが――」

パパスがわたしをさえぎった。

「その必要はないでしょう。プリンはもどらないはずです」

わたしは目をぱちくりさせた。

「そうなの？　いったいなにがあったの？」

ジャック・パパスは目をそらした。

「デイビッド・ミンツァーです。彼が数日前に自らあの子にクビをいいわたしたんです。推薦状もわたさずにお払い箱ですよ。おかげでこっちは人手が足りなくなってしまった。シーズンまっさかりだというのに」

「でも、彼女は身内に急用があってもどったのだと二日前にスタッフにいったのはあなたよ。だから彼女がもどるのだと思っていたわ」

パパスが頭を左右にふった。

「そういえとデイビッドから指示されたんです。彼は自分が彼女をクビにしたことをほかの従業員に知られたくなかった。デイビッドは人からどう思われるかを気にしますからね。それでもいざとなれば平気で人でなしになれる」

今度はわたしが無言でじっと凝視する番だ。

「プリンが解雇された理由はご存知？」ようやく声が出た。

支配人は首をふった。

「いいえ。デイビッドは質問されるのをきらいます。ミズ・コージー――あなただって、彼のそういう面は知っているでしょう」

それに関しては、反論できない。

「わたしはレストランの支配人という仕事を二十年間やっています。その経験から、アメよりもムチのほうが効果的であると考えています。でもわたしならプリンをクビにしたりしない。こんなに人手が足りない時期に」

わたしはうなずいた。言葉につまった。

「この件についてはくれぐれも内密に。こうしてあなたに話しているのは、これ以上彼女のことであなたに時間を浪費させないためだ。もう電話する理由はないでしょう」パパスは腕のロレックスをちらりと見た。「行かなくては」

パパスが行ってしまうと、わたしは深呼吸をした。こういう時は目の前にあるエスプレッソマシンの出番。いまこの瞬間、わたしは猛烈にワンショットを求めていた。

トリート・マッツェリがカップJで働く女の子全員とベッドをともにしていたと知ったのは昨夜。プリン・ロペスは早々に遊ばれて捨てられた。そしていまきいた話では、彼女はハンプトンズのシーズンまっさいちゅうの忙しい時期にデイビッド・ミンツァーからじきじきに追い出されたという。

若い女の子の怒りを買うには、じゅうぶんすぎるほどの理由だ。では、はたして彼女の怒りはどれくらいなのか？　エスプレッソ用のブレンドの豆をミルで挽き、フィルターに詰め、固定し、豆のエッセンスをショットグラスに抽出する。一連の動作をこなしながら考え続けた。

プリンは仕事においては完璧なプロだ。わたしはそう評価している。けれどスージー・タトルにとってプリンはひじょうに短気な人物のようだ。休憩室でスージーが身ぶり手ぶりつきで話していたのでおぼえている。ハンプトンズのナイトクラブでプリンが〝すさまじく凶暴〟になった件だ。サウスハンプトンの混みあったレストランのバーで、かわいい接客係の女性がプリンを馬鹿にするようなそぶりをした。そこで喧嘩となり、やがてエスカレートして手が出た。プリンは相手の髪の毛をひとつかみ抜き、ふたりとも警備員に追い出されたそうだ。

でも、プリンが〝すさまじく凶暴〟になったあげく、トリート・マッツェリをこっそりつけ狙って撃つなんて信じられない。復讐しようとした相手がトリートなのかデイビッドなのか、あるいは両者に復讐しようとしたのかはわからないけれど、とにかくあり得ない。サウスブロンクスあたりで非行グループに入っている友人にやらせるとも思えない。

けれどプリンが解雇されたとは思いもよらなかった。彼女と話がしたい。エスプレッソを飲んだ。ダークローストしたアラビカ種の豆のエッセンスがぎゅっと詰まった豊かで熱く素朴な一杯を吸収したところで、手を拭いて休憩室に行った。ドアの脇の壁に従業員のスケジュール表が貼ってある。プリンの名前の横に携帯電話の番号がある。その番号にかけて留守番電話にメッセージを残した。

「プリン？　カップＪのクレア・コージーです。電話をもらえますか？　とても重要なお話があります」

自分の携帯電話の番号を吹き込んで電話を切った。プリンは折り返し電話をしてくれるだろうか。

厨房に入り、コーヒーカウンターのミルク、クリーム、ハーフ・アンド・ハーフ（ミルクに同量のクリームをいれたもの）の補充をすることにした。デザートをつくるコーナーのそばの冷蔵庫をチェックすると、ミルクは三ガロン、クリームは二ガロンあったがハーフ・アンド・ハーフがない。そこでスチール製のウォークイン式冷蔵庫に向かった。分厚い断熱扉をあけてスチール製の寒い箱に足を踏みいれる。大きさはちょうど、マンハッタンのビレッジブレンドの上階にある住居の寝室と同じくらい。

裸電球がひとつ、内部を照らしている。お肉屋さんのようなにおいがする。チーズと貯蔵肉のにおいが混じりあった、悪くないにおい。天井からはドライエイジドビーフのすねがフックで吊り下げられている。丸や四角の輸入チーズや国産チーズ。箱に入って積まれているのは緑色の葉もの野菜で、すべて地元産。その脇にはタマネギ、エシャロット、さまざまな種類のジャガイモの袋詰め。壁のフックにはニンニクの束、分厚いベーコン、熟成したプロシュート、チョリソーが掛かっている。隅にはプラスチック製の容器が数個積んである。すべて空っぽ。デイビッドの独立記念日のパーティーのためにレストランの食材は大量に吸い取られてしまった。いそいで乳製品をたっぷり配達してもらわなくては。間に合わなければ、今夜のメニューからラテ・ドリンクを外さなくてはならなくなる。感動的なまでに多彩なラテ・ドリンクの数々を。

パパスがもどるまで待てず、彼の事務室に向かった。支配人パパスのアジトは散らかっていた。けれど納入業者のリストはすぐに見つかった。一週間前、パパスに呼ばれてマイクロマネジメントの話しあいをした時に見たのと同じ場所。

仕入れ先の〈クリーム・オブ・レイクス・デイリー〉の番号が見つかった。ジャック・パパスの電話を使った。

「こちらはデイリーの発送係です」ぶっきらぼうな男性の声がこたえる。

「イーストハンプトンのカップJの者です。住所は——」

「わかっていますよ、場所は」発送係がきゅうに愛想よくなった。

「今日は配送してくださったのかしら？」

「調べてみましょう……あ、わかりました。うちの人間がそちらに九時にうかがってます。パパスさんからミルク三ガロン、クリーム二ガロン、タマゴ十六ダース注文いただいてました」

やっぱり。

「あのね、どうやらミスがあったらしいのよ。週末に乳製品の在庫が全部はけてしまったので、もっとたくさん必要なの。少なくともミルクをあと二十ガロン、ハーフ・アンド・ハーフを十ガロン、クリームを十ガロン」

「かしこまりました。一時間以内にお届けします」

「よろしくね」

「お任せください。これについても五十パーセント十パーセント方式の請求でいいですか？」

「なんですって？」

「十パーセントの上乗せです。配達時に代金の五十パーセントをいただき、シーズンの終わりに残りの五十パーセント、それに十パーセント上乗せした金額をいただきます」

「ええと……そうね……結構よ」ほかになんともいいようがなかった。

「承知しました。なにか不明な点があれば、くわしいことはジャックにきいてください。この方式を考案したのはジャックですから」わたしの困惑ぶりを察してつけ加えたにちがいない。

電話を切った。ますます混乱していた。

さっぱりわからない。デイビッド・ミンツァーはこんなとんでもない取り決めを認めているのだろうか？　彼は配達時に全額支払うくらいわけないはずだ。たとえ信用取引きで後払いにするにしても、金利十パーセントというのはむちゃくちゃだ。

考えれば考えるほどうさんくさい取り決めではないか。デイビッドが承知するとは思えない。電話の相手はデイビッドの名前は口にしなかった。

「ジャックにきいてください」と彼はいった。

あきらかにパパスはなにかたくらんでいる。でもなにを？　横領？　腕時計で時間を見た。パパスは三十分前に出たばかりだ。かぎまわる時間は少々あると踏んで彼の散らかったデスクをあさり始めた。おめあては、彼がいつも持ち歩いている青い帳簿。一週間ぶんの新聞を積みあげたところをさがしたけれど、見つからない。デスクの引き出しをさがしてみることにした。

一段目をあけると、彼の私物が入っていた。歯ブラシ、歯磨き、ひじょうに高価なコロンの瓶が数個、ブラシ、それに男性用の大量のヘアケア製品とスタイリング剤。はさみを持った小さなヴィダル・サスーンまで入っているのではないかと思ったくらい。二番目には文房具、封筒、ペン、鉛筆、ステープラー。三番目はカギがかかっている。

だが、そこまでだった。いきなりパパスの怒声がした。

「ここでなにをしている?」

「あ、あら、ジャック。わたしは、ええと」

「誰の許可を得てここに入った?」

「乳製品の業者に電話をする必要があったのよ。ハーフ・アンド・ハーフは切れているし、ミルクとクリームも全然足りなくて」

わたしを凝視するジャック・パパスの鼻の穴が広がった。あきらかに怒りではらわたが煮えくりかえっている。

「あなたはここにいないし、在庫は不足しているし。業者の電話番号を見つけて自分で注文したのよ。とても親切な発送係だったわ。一時間以内にトラックが着くはず」

それをきいて怒りが鎮まったようだ。パパスがうなずいた。

「在庫が不足しているなら、わたしが出かける前にいってくれればよかったのに。そうしたら注文をしたのに」

「ウォークイン式の冷蔵庫に入るまで気づかなかったのよ。それにあなたに面倒をかけたくなかった」

ジャックがもう一度うなずいた。

「わかりました。配送の人間にはわたしが応対しましょう」

「よろしくね」

わたしは彼の脇をするりと通り抜けてオフィスから出た。

8

サフォーク郡の警察のハンドマイクの呼びかけでびっくりして溺れそうになったり、職場の同僚が高利貸しまがいのことをしているのを発見したりして、今日はこれ以上なにがあっても驚かないだろうと思っていたのに、夜になってふたたびぎょっとさせられる事態が発生。正確にいえば、ぎょっとする出会い。

カップJにマダムがさっそうとやってきた。明るい黄緑色のエレガントなサンドレスを着たマダムは、見おぼえのない男性と腕を組んでいた。灰色の顎ヒゲとツイードのブレザーだけを見れば年配の大学教授のような雰囲気の男性だ。が、白い髪を短いポニーテールにしてベレー帽をかぶり、アンティークらしきジーンズ、トレンディな長方形のメガネとなると、ウエストビレッジに生息するポップアーティストの長老のように見える。

「クレア、あなたストレスまみれの顔をしているわ。今夜はもう切りあげたほうがいいわよ」マダムがカフェテーブルにちかづいてきた。

マダムの提案はありがたかったけれど、実行は無理。五時以降、レストランはずっと満席のままだ。いまは夜の十時で、お客さまの大半はコーヒーとデザートがお目当てなのだ。おかげで厨房のビクターとカルロスはペースダウンできているかもしれない。けれどダイニングルームにいるわたしはそうはいかない。スタッフが足りないのでひとり二役でマネジャーと接客の両方を担当している。

「あまりにも忙しすぎて、ここをほっぽり出して帰るわけにはいきません。それにわたしは全然疲れてなどいません」わたしは元の義母に忍耐づよく微笑んで見せた。

一階の緑色のベルベットのソファに座ったマダムは、銀色の眉をあげて見せた。

「疲れている、とはいってませんよ。〝ストレスまみれ〟といったのよ」

マダムの傍らではボヘミアン調の年配男性が居心地良さそうに座っている。きれいに刈り込まれた顎ヒゲをなでながら、彼が発言した。

「思うに、あなたの義理の娘さんはハイウェイの〝おしゃれ〟な側に少々長くいすぎたのではないかな」

マダムに対して妙に馴れ馴れしい彼に、なぜか思ったほどむっとしない。彼の明るいブルーの瞳はユーモアたっぷりにきらきら輝いて魅力的だった。たぶんそのせいだろう。

「失礼ですが？」彼に問いかけた。

マダムのお相手が立ちあがり、カチリと靴の踵で床に音をたてて片手を差し出した。

「エドワード・マイヤーズ・ウィルソンです」

彼の手に手を重ねた。「初めまして。わたしはクレア――」

「アレグロさん」男性がこたえた。「存じてますよ。あなたについてはブランシュからいろいろと。それからあなたの……こういってはなんですがハンプトンズでの〝とても興味深い〟夏についても」

ふたつの点にカチンときた。まず、わたしの名字はもうアレグロではない。離婚後はコージーにもどった。むろんマダムはそれを知っている。それが気にいらないから、わざとウィルソン氏に誤った情報を伝えているのだ。

「クレア、旧姓にもどってしまうなんて、信じられないわ」何年も前に、マダムにようやく打ち明けた時にそういわれた。「あなたの娘の姓はアレグロよ。この先もずっとね。それなのにどうしてあなたは変えようとするの？」

「それは、あなたの息子が変わろうとしないからです」わたしはそうこたえたのだ。

以来、マダムはわたしがコージーの名を取りもどしたことをちょくちょく忘れる。わたしにいわせれば、まさに受動的攻撃性のあらわれだ。しかしジョイの祖母なのだから、しかたない。わが娘と同じく、マテオの母親も快活で頑固、冒険心に富んでいるけれど無鉄砲、ものわかりがいいくせに論争好き。それに、これまたジョイと同じく、マダムはマテオとわたしが元の鞘に収まる日が来ることを望んでいる。過去には、それを実現するために馬鹿ばかしいことを企んだほど。わたしがいちばん恐れているのは、いつの日かマダムが目的を達成してしまうのではないかということだ。

さしあたり、名字を誤ってアレグロと呼ばれたことは黙殺した。このウィルソンという人物に会うのは初めてだし、これから二度と会うことはないだろう。それなら姓をまちがえられるくらい、どうってことはない。ただしどこの誰かもわからない人物にマダムが例の狙撃について話しているなら、見過ごせない。

おそらく自分は彼の発言を邪推しているのだろう。そう思って話に乗ってみた。

「ええ。ここで働くのはとても興味深い体験です」

「それはそうでしょうね。しかし、殺人事件の犯人をしとめるほうがよほど興味深いのでは?」

わたしが元の義母を見つめる目には、めらめらと怒りの炎が燃えていたはず。マダムはひらひらと手をふって反応。

「そんなに心配しないで、クレア」例によってさえずるような声だ。「エドワードは協力してくれるためにここに来てくれたのよ」

「協力?」わたしはつぶやいて、混みあったダイニングルームを見まわし、誰にもきかれていないことを確かめた。「どこの誰かもわからない人がどうやって協力できるんです?」

エドワード・ウィルソンはそれをきいておもしろがっている様子だ。彼はマダムのほうを向いた。

「ブランシュ、やはりきみのいう通りだと思うよ。今夜のクレアはストレスまみれのようだ」

マダムが声をあげて笑った。

わたしは二本の指で鼻筋をもんだ。頭痛の予兆を感じていた。あいにくまだ娘とは話をしていない。いったいいつまでこの妙ちきりんなカップルにつきあえばいいのだろう。

「エドワードはどこの誰かもわからない人ではありませんよ」

「同僚からは、完全に人間離れしているといわれたりもする」すかさず彼がいった。

「満月の時だけね」マダムもすばやく切り返す。

「それに、わたしはシングルモルトスコッチでできている。あるいはバーボンシガージュニア538からできているといってもいい」

「それはその通りね。そしてプルシアンブルーのことで頭がいっぱい。そうでしょう?」

「色ではなく、空のほうだ。あの色をそのまま出すことに長年執念を燃やしてきたからね」そこで彼がマダムの肩に片腕をまわす。「その三つのどれかだな」

　年の割には滑らかな動作をする。思わず両方の眉をあげてしまった。このミスター・ウィルソンは、マダムがニューヨークの街でゲイリー・マクタビッシュ医師と交際しているのを知っているのだろうか（知っていても気にならないのか？）。

「おふたりは古くからのお友だちなんですね？」くわしい説明を期待した。

「うむ。われわれは〝友だち〟ではある」エドワードがマダムのむき出しの肩をなでながらいう。「そしてふたりとも〝古い〟。ちがうか、ブランシュ？」

「わたしをいっしょにしないで」

　まさか今夜、ジョイばかりかジョイの祖母にまで神経をいたぶられるとは。

　娘にはついさきほどやられた。ジョイは遅刻して出勤してきた。グレイドン・ファースといっしょに。彼女が厨房のドアから入ってきた瞬間、飛びかかりそうになった。激しいいいあいになったけれど、一日じゅうどこでなにをしていたのかは頑としてこたえようとしないし、わたしが心配して携帯電話に吹き込んだたくさんのメッセージをすべて無視したことも謝らなかった。

　店をあけてからも、ジョイとグレイドンがたがいにさりげなくタッチするのが目についてしかたなかった。わたしはこのサーファー兼ウェイター野郎のことをなにも知らない。それに気づいてぞっとした。グレイドンは仕事の飲み込みがよくて、バリスタのテクニックもすぐにマスターした。でもそれならトリート・マッツェリも同じだった。そしてトリートは機械的に女性を替えてゆく女たらしだった（そのせいで彼は頭を撃たれたのだといえないのがつらいところ。なぜなら、やはりほんとうの標的は彼ではないと信じていたから。とはいっても自分の娘の幸せを守るためにも、わたしは女をもてあそぶ男を断じて許さない。以上！）。

いまの状態では、ジョイとの話しあいで無数の心配のタネをつぶすというわけにはいかない。けれどトリートがあんな死に方をしたことを思うと、母親としてグレイドンとの仲に干渉して質問ぜめにする権利はあるはずだと確信した。ふたりきりになれたら、すぐに実行しよう。そしてまたジョイの祖母であるマダムも質問ぜめにしなくては。なにせマダムが人目もはばからずにこんなふうにいちゃいちゃしている男性の正体は、グレイドン・ファース以上に不明なのだから。

「ご注文をうかがいましょうか？　ご注文の品を運んできた時にまたおしゃべりができます」

肩越しにちらりとほかの客席の様子を見た。いらいらしているお客さまはいないだろうか。

「それはいい」マダムのお相手のエドワードがにこやかにいった。

「今夜はデザートとコーヒーだけをいただくわ」

マダムはクラッチバッグから朱色の繊細なつくりの老眼鏡を取り出して鼻先にかけ、デザートセットのメニューに目を通した。

「とてもいい品揃えだこと」しばらくしてマダムがいった。

「ありがとうございます」

顔がぽっと赤くなってしまわないように気をつけた。コーヒーに関してマダムから「とてもいい」という言葉をかけてもらうのは、大学院生がようやく博士号を取得できた感覚にちかい。豆、ブレンド、微気候、収穫、精製、ロースト、いれかた、接客。どれひとつとっても、これまで出会った飲食業界のプロでマダムをしのぐ人はいない。すべてを知り尽くしている女性なのだ。

エドワードもカップJのコーヒーのセレクションを眺めている。「エステートジャヴァ、コスタリカ・トレスリオス、コナ、エチオピア・ハラー、ケニアAA、スマトラ」唱えるように読みあげる。

「すごいな。どうやって選べばいいのかな?」

マダムとわたしは笑みをかわした。

「幸いなことに、ここにいるわたしの義理の娘がカップJのコーヒー・ソムリエを務めているわ」

「わたしのききちがいかな? 〝コーヒー・ソムリエ〟ときこえたが?」

「ええそうよ。これはクレアのすてきなアイデアで、多様なコーヒーの買い方、貯蔵のしかた、適切な出しかたの知識にすぐれ、それをもとにお客さまに適切なアドバイスができるスタッフを一流のレストランはすべて置くべきというものなの」

「おお、なるほど。ワインと同じだね」

マダムがうなずいた。

「メニューのつぎのページをめくれば、そこにあるコーヒーのなかからクレアが今夜のデザートセレクションにぴったりのものを提案していますよ」

エドワードがページをめくった。

「ああ、ほんとうだ！　それぞれのコーヒーの味わいについての説明もある」

「フレーバーの特徴ね」マダムが彼に教えながらわたしにウィンクする。

エドワードが灰色の顎ヒゲをなでる。

「うーん、正直いうと、なにに決めたらいいのか、まだ迷うね」

「チョコレートはお好きですか？」助け舟を出すつもりでたずねた。

「そうでもないな」エドワードがこたえる。

「もう少し繊細なものにしてみない？　エドワード、あなたはまだあれに目がないのかしら……イチジクとアーモンド」

メニューに目を落としたままエドワードがにっこりした。

「ああ、いまも目がないね、ブランシュ」彼がマダムの手に自分の手を重ねる。「わたしの家のポーチで過ごしたあの午後のことをいってるんだね？　ああ、いまも目がない」

マダムが顔をあげてわたしを見た。けれど、いわれるまでもなく、注文の品はわかっていた。

「スペイン風イチジクのケーキ。そしてアーモンド・トルテですね。どちらもスルデミナスとよくあいます」

コーヒーについて少々知識のあるお客さまは、メニューにブラジル産のコーヒーがあるのを見て眉をひそめることがある。けれど、生半可な知識がかえって邪魔になる場合があるのだ。

ブラジルは世界最大のコーヒー産出国であり、その多くは大規模な農園で栽培されるアラビカ種とロブスタ種で高級品とはいえない。こうしたコーヒーは深みがなく均一な味で、多くは大量生産、大量販売のブレンドの原料となる――食料品店の棚に置かれている缶入りのコーヒーのたぐいだ。けれどブラジルはさすがに大きな国で、コーヒーの品質も状態も幅広い。近年では栽培者の協会がブラジルのコーヒーのイメージを新しくつくりなおそうと動き始めている。マテオがミナスジェライス州南部で見つけた農園のような小規模の生産者は、収穫でも精製でもより高い質の方法を使い、スペシャリティコーヒーと呼ぶにふさわしいレベルのものをつくっている。こういう豆はライトロースト にしてもミディアムローストにしても魅力が全開になる。

わたしの推薦をきいて、意外にもマダムが片方の眉をあげるではないか。ところが、その表情が微笑みに変わった。

「ブラジルのコーヒーは情熱を盛りあげるための理想的な選択、ということね?」

「情熱か」エドワードがマダムのにこやかな顔を見る。「その心を当ててみようか? かつてのブラジル人の愛人を思い出すから?」

「ええそうよ。彼はブラジル人だった。でもわたしの愛人ではないわ。彼はフランス総督の妻の愛人だった」

にやにやしていたエドワードが困惑したような表情を浮かべた。

マダムが声をあげてわらった。「昔むかしのことよ」

「ききたいな」エドワードがいう。

「ずうっと昔、コーヒーの木が初めて新世界にやってきた時は特定の地域だけで栽培されたのよ。フランス領ギアナとオランダ領ギアナはどちらもコーヒーを育てていました。でもどちらも用心して自分たちの種を輸出しようとはしなかった。やがてふたつの植民地の境界争いが激しくなり、ブラジルが調停役を派遣して和解させようとした……彼の名前は、ええと、なんだったかしら? クレア、助けて」

「フランシスコ・デ・メロ・パレータです」

「そうそう！　その通り。フランシスコはさっそうとしたブラジル人だったのよ。それでね、フランス総督の妻が彼を好きになり。ふたりは情熱的な恋に落ちた。いよいよ彼がブラジルにもどる際、総督の妻は彼に花束をわたしたの。そのなかに彼女は彼へのほんとうの贈り物をしのばせていた。みごとなコーヒー・チェリーが実ったコーヒーの木を。すごいでしょう！　そこからブラジルのコーヒー産業は生まれたのよ」

コーヒーの取引に関わるブラジル人は、いまマダムが披露した物語を飽かず語る。自分たちが携わる十億ドル規模のコーヒー産業が、情事から生まれたというエピソードを。語り継がれている物語がはたして事実かどうか、怪しいものだとわたしは思っている。マダムもそれは同じこと。けれど今夜のマダムには、バラ色の老眼鏡越しに世界がよほど楽しげに見えるらしい。

「べつべつのフレンチプレスでお持ちしましょうか？　それともおふたりのぶんをひとつのポットでお持ちしますか？」さりげなくたずねた。

「いっしょにしてちょうだいな。シェアしますから」マダムがこたえた。

〝そりゃあそうでしょうよ。シェアなさるんでしょう。こんなにぴったりくっついて座ってらっしゃるんだもの。見て、膝小僧をくっつけちゃって！〟。

いうまでもなく、マダムが新しい男性といっしょにいるところを見て、うれしいはずがない。マダムにはマクタビッシュ医師という一年以上前から一対一でおつきあいしている恋人がいるのだ。ようやくその事実に慣れてきたのに……それを好ましいと感じていたのに。第一あのすてきな医師とマダムは別れていないはず。ところが今夜のマダムはこのエドワードという人物に文字通り首ったけという風情だ。

あまりにも杓子定規《しゃくしじょうぎ》な受け止めかただと、自分でもわかっている。マダムがこの年齢で、いつ、どこで、誰と幸福をエンジョイしてもそれはマダムの自由なのだ。けれどこれはニューヨークの街でせっかく育んできた友情への裏切りではないか、という割り切れない思いもある。

自分には関係のないこと、といいきかせ（少なくとも、いいきかせようとした）、わたしはコーヒーカウンターでマダムたちの注文の品の準備にかかった。

「マダムといっしょにいる人は誰？」ジョイがささやきかけてきた。

ジョイがわたしに話しかけてくるのは六時間ぶりだ。ディナータイム開始早々に喧嘩をしたから。

「デートのお相手。名前はエドワード・マイヤーズ・ウィルソン。そこまでしか知らないわ」

「そこまでしか、ってどういう意味？　あんなにいちゃいちゃしてる。どこで出会ったのかしら。あの人、このあたりの住人？　ほかになにかわからないの？」ジョイが押し殺した声で責めるようにたずねる。

わたしは腰に両手をあて、わが娘をじっと見つめた。

「いいえ、ほかにはなにも知りません。わたしはね、ミスター・ウィルソンのことはグレイドン・ファースのことと同じくらいなにも知らないの」

「同じではないわ」ジョイがきっぱりいいかえす。「グレイドンとはひと月以上いっしょに働いている」

「それならトリートだって同じよ」

「グレイドンはトリートとはちがう。第一わたしが誰とつきあおうと勝手でしょう」

わたしは腕組みをした。

「それでは、あなたの祖母が誰とつきあおうと文句はいえないわね」

ジョイが口をひらいたけれど、言葉は出てこなかった。反論しようがないから。ジョイは顔をしかめ、くるりときびすを返してクッション入りの革のドアを勢いよくあけると、そのまま厨房に入っていった。

【作り方】

1. オーブンを180度で予熱する。直径9インチのケーキ型に 油を塗り粉をふるっておく。
2. 湯通しし、ローストしたアーモンドと砂糖大さじ2をフードプロセッサーまたはミキサーで粉末状にする。それを小麦粉とまぜ、いったん置いておく。
3. バター、残りの砂糖(1/2カップ)、バニラ・エクストラクト、アーモンド・エクストラクト、塩をミキサーにいれ、クリーム状になるまで撹拌する。そこにたまごを3個いっしょにいれ、よくまぜる。
4. 3に2を加え、ケーキ型にいれる。オーブンにいれて40分焼く。焼きあがりの目安は、表面がこんがりキツネ色になり、軽くふれると弾力性が感じられたらオーケー。冷ましてからアルミホイルで包み、冷蔵庫で一晩冷やして召しあがれ。

【手軽に飾りつけるコツ】

ケーキ型にいれたままトルテを最低30分冷ます。ケーキ型から外す。ケーキの上面にシュガーシロップをハケでさっと塗り、アーモンドスライスをたっぷり散らせば、いかにもおいしそう。これをアルミホイルでしっかり包んで冷蔵庫で一晩冷やすのをお忘れなく!

アーモンド・トルテ

夏のステキなデザート！ おいしくいただくコツは、前の晩につくって冷蔵庫でじゅうぶんに冷やしておくこと。中南米産のコーヒーをミディアムローストしたものと合わせ、新鮮なホイップクリームを少々添えて召しあがれ。

【材料】トルテ1個分（6人前）
湯通ししてローストしたアーモンド……3/4カップ
砂糖……大さじ2
小麦粉……1/3カップ
砂糖……1/2カップ
バター（やわらかくしておく）……60グラム
バニラ・エクストラクト……大さじ1
アーモンド・エクストラクト……小さじ1
塩……小さじ1/4
たまご……3個

9

担当するテーブルをひと通りチェックしてからマダムのところにもどると、ハッピーなおふたりさんの話題はロマンあふれるコーヒーの伝説からレストランの装飾へと移っていた。

「じつに心躍る」エドワードは階段をのぼりきったところにあるモザイクつきの時計を身ぶりで示す。「あれだけでもシュールレアリスムの逸品として大変な価値がある。時計とはまさにこうあるべきという感覚を呼び覚まされる。しかも針があんなに速くぐるぐるまわっている。まるで歯車にカフェインが入っているみたいだ。パーフェクトだ！」

〝おみごと〟わたしは渋々だが、感心した。〝見所のある人物だということは認めましょう〟。

銀のトレーから、四杯分のコーヒーが入ったフレンチプレス、時間をはかるためのウォーターフォード・クリスタルの砂時計、手書き模様のある皿に盛ったイチジクのケー

キとアーモンド・トルテを大理石のカフェテーブルに移した。

エドワードは頭を左右にふりながら、さらに続ける。

「こういう時計のような奇抜な芸術的感性が感じられるものは……このあたりではもうほとんど見ることがない。あらゆることが退屈で凡庸になってしまった。マザーウェルのクォンセットハットのような奇抜な建築物の輝かしい歴史は失われ、まがいもののシングル様式の家に取って代わられた」

目を皿のようにして彼の欠点を暴いてやろうと思っていたのに、ミスター・ウィルソンの所見にはなるほどと思わざるを得なかった。クォンセットハットについては建築史の授業で習ったので知っている。

「じっさいにごらんになったことがあるんですか、クォンセットハットを」好奇心を抑えきれず、たずねた。

マダムのやさしいクスクス声。

「ええ、見ましたよ」エドワードがこたえた。

クォンセットハットはハンプトンズの歴史の重要な時期を象徴している。それをわざわざ見に行くくらいだから、その時期によほどの関心があるにちがいない。

クォンセットハットとは、一九四〇年代にロバート・マザーウェルというアーティストの住宅兼アトリエとしてイーストハンプトンに建てられたアヴァンギャルドな建築である。マザーウェルは世界的に著名な抽象表現主義の画家ジャクソン・ポロックに続いてこの地域に移ってきたアーティストたちのひとりだ。ここに暮らしながら仕事ができる場所を持とうと考えた彼は、近代建築家ピエール・シャローに設計を依頼した。シャローはすでにフランスで建築家として成功していたが、ヒトラー率いるドイツ軍の侵攻でアメリカに逃れてきたのだ。取る物もとりあえずほとんど無一文であわてて脱出したという経緯は、ほんの幼いころにパリから家族ともども逃れてきたマダムとよく似ている。

マザーウェルもたいして資金はなかった。そこで彼らは軍が放出した余剰物に目をつけた。そして格安の建築資材として兵舎《クオンセット》用資材を二棟ぶん購入した。さらに資材をかきあつめ、組みあわせ、個性たっぷりの建物を完成させた。外観を写した写真を大学の教科書で見たが、じつに印象的だった。半円筒形の建物で長い屋根はカーブを描き、壁には窓がたくさん。

「あんな家に住んだらどんな気分だろうといつも思っていたわ」思ったことをそのまま声に出していた。

エドワードはそれを質問と受け止めた。

「開放的で伸びやかなスペースですよ」明るいブルーの瞳を生き生きと輝かせて彼が教えてくれた。「とても斬新で、従来型の間取りへの破壊的挑戦といえる。居間の端には煉瓦造りの暖炉が置かれ、もういっぽうの端には小さなオープンキッチンがある。頭上には建物の肋材がむき出しのままになっている。屋根を支えているのはスチール製のみごとな横桁で、マザーウェルはカーブしたその横桁を真っ赤なラッカー塗料で塗った。だから、まるで巨大なモビールが頭の上にぶらさがっているみたいな感覚だ。自然光がまたすばらしい。業務用の温室を利用した高さ十メートルあまりの窓から入ってくる。真冬でも太陽の熱で室内はかなり暖かい。期せずしてソーラーシステムの家をつくってしまったというわけだ。そして雨が降れば、何枚も重ねて厚くしたガラスにみごとな滝となって流れる」

こんなふうに情熱たっぷりに話をされたら、女性はイチコロだろう。現にいまのマダムときたら、すっかり魅入られたようなまなざしを彼に向けている。もちろんマザーウェルのクォンセットハットに魅入られたわけではないのはあきらかだ。

「お話をきいているだけでもうっとりします」心からの思いだった。「ここに来た時に、ぜひ実物を見たいと思っていたんです。でもいろいろきいてみると――」

「一九八五年に整地されてしまったと知った」エドワードが話をひき取った。「その理由をご存知かな？　新しく移り住む裕福なオーナーが、夏の週末用の家としてもっと伝統的な建築を望んだからだ」

「ここではとても奇妙なことが起きていますね。マネーロンダリングの逆の現象が。まっさらなお金にわざわざ過去をつくろうとする」賭けの胴元をしていた父がきいたら、なんというだろう。

「これは創造的な建築の破綻だ。たいていの建築家はうんざりしている。しかし彼らは成功したいと願っている。そしてお金持ちにはモダニストたちの冒険心のかけらもない。彼らはひたすら同化をめざす。『百年くらい前から建っているように見えるものをつくってくれ。それも、できるだけ〝大きく〟つくってくれ』と」エドワードが嫌悪をあらわにした。

「いまの時代はなんにつけても超大型志向ですものね。慣れるしかないわ」マダムが軽蔑するような表情で肩をすくめる。

「そんなのは古くさい美徳だ。どんなことにも慣れるなんてごめんだ。こんな馬鹿げた世界など、とっととおん出てやる」

「それは健康的な対処ではないわね」マダムがエドワードを叱り、それからわたしに向かってにっこりした。「クレア、わたしの友人はカフェインの刺激を必要としているようね。そう思わない？」

わたしはうなずいてクリスタルの砂時計を確認した。最後の砂の粒がちょうど落ちたところだった。フレンチプレスのプランジャーをそっと押して粗挽きのスルデミナスをガラス製の円筒形の容器の底に押しつけた。

「ほら見ろ。犬死に等しい死はいたるところにある」

エドワードはわたしがプランジャーを押しているところを身ぶりで示し、重々しく小さなため息をついた。老いた身体が少し落ち込んだ。砂時計の砂が落ちるとともに、彼がたいせつにしているすべてが無に帰してしまったかのように。

「そのコーヒー豆はマザーウェルのクォンセットハットと同じ末路をたどったんだ」

「逆です」

わたしはふたりのカップにコーヒーを注いだ。エドワードとマダムのカップに交互に少しずつ、両方がいっぱいになるまで。

「ブラジル生まれのこのチェリーは命の最後の最後に、周囲の熱湯に自分たちのエッセンスを吹き込んだのです。彼らが最後に解き放ったすばらしい風味は、飲む者によろこびと活力を与えます。ですから、これは犬死とはまったく逆のはずです」

エドワードの表情が徐々に明るくなり、マダムに話しかけた。

「これは驚いた。コーヒーをいれてもらいながら人生観がひっくりかえるとは」

「わたしたちはただ、よろこんでいただきたいだけです」わたしはいった。

「あなたはりっぱにやり遂げた。おみごと」エドワードが手を叩いた。

「いったでしょう？　わたしの義理の娘はただものではないって。最後まできましょう。さあ召しあがれ、エドワード」マダムがわたしにウィンクしてみせた。

ふたりがそれぞれカップを取りあげ、コーヒーを飲んだ。わたしは話を続けた。

「このスルデミナスは家族経営の農場で栽培されています。こうしてミディアムローストにすると、まろやかでまったりした味わいがひき出されます。ドライでありながら甘みもあります。それもイチジクのような濃厚な甘みを特徴とするコーヒーです。飲んだ後は甘く豊かな味わいが、かすかなココアとドライフルーツの風味とともにゆっくりと消えてゆきます」

エドワードはひと口すすり、にっこりした。

「そうそう、そういう終わりかたが好きなんだ。甘くて、豊かで、ゆっくりと消えてゆくような」

マダムが声をあげて笑った。スペイン風イチジクのケーキにフォークをいれて、エドワードにひと口ぶん勧めた。

「これを少し味わって、それからもうひと口飲んでみて」

その通りにしたエドワードが目を見張った。

「イチジクだ！　むろんデザートにもイチジクは入っている。が、今度はコーヒーの味としてそれを感じる」

「そのために、このふたつを組みあわせているんです」蛇足とは思いながらもつけ加えた。

「あら、でもアーモンド・トルテとも組みあわせているでしょう？」マダムだ。

「ええ。なにか問題が？」ゆっくりとこたえた。組みあわせに異議があるということなのだろうか。

「いいえ。つまり状況に応じてごく自然に同一のコーヒーを二種類の甘いお菓子と組みあわせることが可能ということね」

マダムがエドワードに視線を向け、それからわたしを見た。ここまで露骨にされるとは、よほど勘が鈍いとみくびられているのだろうか。〝大丈夫ですよ、わかっていますから。ばっちり理解していますとも〟。

挨拶してから席を外し、ほかのお客さまの様子をチェックしてからふたたびマダムたちのところに様子を見にもどった。

「クレア、エドワードとの出会いについてはもう話したわよね？　確か、話したと思ったけれど」マダムがたずねた。

わたしは頭を左右にふった。「いいえ」

「わたしたちはグリニッチビレッジで出会ったのよ、ビレッジブレンドで……ずうっと昔に」

エドワードがため息をついた。「前世でのことのように思える」

「エドワードはいつも数人のお友だちといっしょだったわ。アルフォンソ・オッソリオ、ウィレム・デ・クーニング、リー・クラズナー、トルーマン・カポーティ、ジャスパー・ジョーンズ、ロバート・マザーウェル、それからもちろん、ポロック」
口のなかがカラカラになった。〝わお。通りでマザーウェルのクォンセットハットの内部についてくわしいわけだわ！〟。

「では、ミスター・ウィルソンも……」えへんと咳払いして落ち着きをとりもどしてから口をひらいた。「画家でいらっしゃるんですか？」

「ポロックのような具合にはいかなかったがね。彼は別格だから。ポロックは天才だった。どうしようもない酔っぱらいでもあったが。彼をここイーストハンプトンにひっぱって来たのは、後に彼の妻となったリー・クラズナーだった。彼を都会の悪魔からひき離すためにね。ここにいれば彼は酔わずにすんだ。むろん当時のイーストハンプトンはいまとは相当ちがっていた。時の流れから隔絶され、静かで牧歌的で……健全だった。ポロックはスプリングズのグリーンリバー墓地に眠っている。彼の墓はすぐにわかる。目印は五十トンの巨石だ」

「いまでも絵を？」わたしはエドワードにたずねた。

「いまは自分のためだけに描いている。描くことを心から楽しんでいるよ。当時は全精力をふりしぼって描いていた。自分のことをたいした奴だと信じて疑わなかった」

マダムが笑い声をあげた。

「そうよ、あなたはほんとうにたいした人だったわ」

「みんなそんな具合だった。四〇年代と五〇年代にはポロックの後を追って何百人ものアーティストがここに移ってきた。当時、土地の値段はおそろしく安かったからね。そして誰もがポロックをライバル視していた。彼の成功と名声への嫉妬の炎に身を焼いていた。

けれど五〇年代にファイアープレイス・ロード90での自動車事故で彼が四十四歳で死んでしまうと、わたしははっと気づいた。自分はアートを愛しているが、競争心というものがぱったり失せてしまったとね」

「エドワードは教授になったのよ」

「最初は書くことから始めたんだ」エドワードが訂正した。「それから教えるようになった。アート、歴史、評論をね。むろん、まだゲームを続けている知人もいる。こんな古いジョークがある。クーニングは毎朝自宅の窓からグリーンリバー墓地を見て、ポロックがまだ五十トンの巨石の下にいることを確かめている」

「これでわかったでしょう、クレア。エドワードはずっとこのあたりに住んでいたのよ」

「それにちかいね」エドワードがマダムの指と自分の指をからませ、自分の膝にマダムの手をのせた。

「だからエドワードなら力になってくれると思ったのよ。デイビッドが抱えているちょっとした」マダムが左右の満席のテーブルをちらりと見た。「問題に」

〝問題〟。確かに、自分が主催したパーティーで狙撃の名手に危うく命を奪われそうになったことはあきらかに〝問題〟だ。

マダムがエドワードのほうを向いた。

「クレアにも例の話をしてあげてちょうだい……不動産が差し押さえられたことと、町の管財人のことを」

エドワードがうなずき、こちらに身を寄せた。わたしにかがめと身ぶりでうながす。

「ここは通常の不動産取引で購入されたものではない」

「どういうことですか?」

「つまりね、昨年、前の持ち主が離婚のごたごたのさなかに店を閉めたのよ。税金の滞納があったのでこの土地の所有権は村に移ったの」マダムが声をひそめた。

「なるほど。それで、そのことがどれほど重要なんでしょう?」

「ハンプトンズのレストランでたったひとつの椅子がワンシーズンでどのくらい稼ぎ出すのか、前に教えてくれたわね?」マダムがたずねた。

「平均して一席当たりおよそ十八万ドルです」

エドワードが低く口笛を吹いた。

「それなら、ここにレストランをひらこうという夢を邪魔された人物の怒りがどれほどのものか、想像がつくでしょう？」

「でもデイビッドはレストランをオープンさせています」

「そうじゃないのよ、クレア。うまく伝わっていないようね。エドワードによるとこの場所を欲しがっている人がほかにもいたそうよ」

「冬に地元紙が記事にしていた。この場所をめぐって熾烈な戦いがあったことをね。最終的に応募は二件。町の管財人はデイビッドを選んだ」エドワードが話に入ってきた。

「それがそんなに大問題なんですか？　もうひとりの応募者はこの場所を手にいれられなかった、というだけのことですよね。マンハッタンでは日常茶飯事だわ。こだわらずにべつの物件をあたればすむ話でしょう」

「エドワード、彼女に話してあげて」マダムがうながした。

彼が肩をすくめた。

「このイーストハンプトンという土地では、建物を買いさえすればレストランがオープンできるというわけではない。ここは〝ノー〟ずくめの土地だ。商業の発展をおさえるためにひじょうに厳しい規制が敷かれている。どんなに意欲が旺盛なレストラン経営者でも、この地域ですでに営業しているレストランが一店閉店するのを待たなければならない。その物件が競売にかけられたら誰よりも高値で落札して、さらに町の開発、建築規制、建築基準に関わる無数の委員会の承諾を得なくてはならない」

「まあ。デイビッドからはそんなこと一度もきいたことがないわ」

「自分ではいわないでしょうよ。この地所をめぐる争いは泥仕合となってしまったの。デイビッドは醜いものが嫌いな人ですからね」

「それで……もうひとりの応募者というのは？」

「ボン・フェローズだ」エドワードがこたえた。

「テレビで有名なあのシェフ？　全米各地で〈グッド・フェロー〉というレストランチェーンを展開している、あのフェローズ？」

「ええ、その人ですよ。イーストハンプトンにも〈グッド・フェロー〉をオープンさせたくてうずうずしていたようよ」

「だが町の管財人はこの上品な地域へのレストランチェーンの進出を認めなかった。レストランの名前が仇になった、ともいえるだろう」

彼の意味するところはわかった。「グッド・フェロー」はセレブなシェフの名前のもじりであることはすぐにわかる。しかし「グッド・フェロー」にはもうひとつ意味があり、マフィアの「正式メンバー」が互いに呼びかわす時の呼びかたのひとつなのだ（父から昔そう教わった）。

「まあ！　そういうことなら、イーストハンプトンのお役人に嫌われてもしかたないわね」マダムが声をあげた。

「マザーウェルの自宅兼アトリエみたいな歴史的な建物の取り壊しは許すくせに、新しいレストランを建てるのは規制するなんて、いくら考えても不条理だ」エドワードがもうひとつ重々しくため息をついた。「が、とにかく……フェローズは却下され、デイビッドは受諾された。その理由がわかるよ。ちょっと見まわすだけでじゅうぶんだ。この装飾デザインひとつにしても、ミンツァーはあきらかに多大な時間と労力を注いでいる」

「もちろん相当の大金も」わたしが補足した。

「けちっていたらなにもつくれませんよ」マダムの見解だ。

「それで、フェローズという人についてはよくご存知なんですか?」エドワードにたずねてみた。

「たいしたことは知らないな。独身で、若くて、みかけがよくて、三年くらい前にサンドキャッスルを買った、くらいだ」

わたしは顔をしかめた。愉快な情報ではない。

「サンドキャッスル? デイビッドの屋敷のすぐそばだわ。それに三年前といえば、ちょうどデイビッドがここに土地を買った時期に重なる」

エドワードがうなずいた。

「サンドキャッスルはもともと広大な敷地だった。代替わりした時にふたつに分割されたんだ。邸宅のあるほうの土地はフェローズが買った。デイビッド・ミンツァーはその隣の土地を購入して自分で家を建てたんだ」

サンドキャッスルをじっさいに見たことはない。生い茂った高いプリベットの生け垣にすっぽりと囲まれている。錬鉄製の正面のゲートの装飾はいかにも仰々しく、その先の視界をふさいでいた。サンドキャッスルの土地とデイビッドの地所が隣接していることはもちろん知っていた。けれど所有者がボン・フェローズだとは知らなかった。デイビッドから彼の名前をきいたことはない。もしきいていたなら、おぼえているはずだ。

注文を取る時に使う鉛筆で顎をトントンと叩いた。

「デイビッドには強力なライバルが存在するということですね。でも、それぞれの事業について強力なライバルはいるだろうし」

「フェローズはデイビッドが五十トンの墓石の下に眠ることを願っているんだろうか」

エドワードがたずねた。

「彼がそれを実行しようとしている、とは思いたくないけれど。いずれにしても、彼についてもっとくわしく調べなくては……もっともっとくわしく」

「それなら心配いらないわ」

マダムがはなやいだ声をあげた。カフェインの効き目で瞳がキラキラ輝いている。その瞳でじっと見つめられると、よけいに心配になってくる。

「エドワードとわたしがついていますよ！」

10

海辺のデイビッドの屋敷にもどった時にはすでに深夜にちかかった。何時間も立ちっぱなしだったうえ、帰り間際にジョイと対決して気力も体力もすっかり失せていた。マダムの説得には失敗したけれど、じつの娘くらいは説き伏せることができるだろうと高をくくっていた。狙撃事件が起きたデイビッドの家にこれ以上滞在させるわけにはいかない。閉店後、身ぶりで合図して誰もいない休憩室にジョイを呼んだ。そしてイーストハンプトンを離れてニューヨークの街にもどるように説得した。

彼女はあっさり拒否。

「ねえ、ママ。もともとわたしはシェアハウスに泊まるつもりだったのよ。それをママが止めたんじゃないの。わたしはこの仕事を手放すわけにはいかない。お金を稼ぐ必要があるのよ。トリートが撃たれたのはほんとうに、心底気の毒だと思うわ。でもね、犯人はあきらかに彼を狙って、彼は死んでしまった。だからもう終わったのよ。ママがデイビッドの家からわたしを無理矢理追い出しても街にはもどらない。シェアハウスはい

まの時期はどこも満員だから、グレイドンのところに転がり込むわ。もしもママがわたしをクビにしても、ここでべつの仕事を見つける。カクテルウェイトレスは少々肌を見せれば、もっともっとお金になるそうよ」

なんたること。娘の前に立ったまま、口がきけなくなった。ついさっきまでわたしが主導権を握っていたというのに、いつの間にか相手に握られている。そして最後のひとことの癪なことときたら。娘は自分のいいぶんを通すために無理矢理わたしを堅物に仕立てあげ、わざと自分を低俗な人間のようにいう。これではまっとうな話し合いにはならない。けれど子どもというのは、こういう厄介な生き物なのだ。どうすればこちらのはらわたが煮えくりかえるのか、的確につかんでいる。

ジョイがため息をついた。

「わたしは二十一歳よ。もう子ども扱いしないで」

「なぜ心配するのか、それくらいあなたもよくわかっているでしょう」穏やかな口調で諭した。「狙撃事件はともかく、グレイドンのところに転がり込んでもなんの解決にもならないわ。彼もトリートと同じ。何者だか知れやしない。あの人のことをどこまで知っているの?」

「だいじなことはちゃんとわかってる。やさしいし楽しい人よ。わたしを好きだといってくれて、彼といると自分が美しいと実感できる」

あまりの世間知らずに全身が寒気に襲われた。初めてマテオと会った時のわたしとい
い勝負だ。当時のわたしはちょうどいまのジョイくらいの年齢。夏休みに美術史を勉強するためにイタリアにわたった。太陽の光がさんさんと降り注ぐ地中海の浜辺でマテオと出会ったのだ。彼はわたしの警戒心をすっかり解いてしまった。思いやりがあり、寛容で、おそろしくハンサムだった。若い身体はよく日に焼けて、しじゅう運動をしていたのでよくひき締まっていた。その体型は、わたしが勉強していたルネッサンス期の彫刻を思わせる完璧なラインを描いていた。真っ黒な髪の毛はポニーテールにしていたが、いつも後れ毛が肩まで垂れていた。

現実離れしたエキゾチックな環境でわたしはいともあっさりとマテオとベッドをともにした。何度も、夢見心地で。けれどアメリカに帰国したとたん、夢からさめた。おなかにはジョイがいた。自分が完全に結婚相手をまちがえてしまったと認めるしかなかった。

「あなたは世間知らずよ。おとなとして見てもらいたいのなら、もっと責任ある行動を取りなさい」思った以上にきつい声が出た。

ジョイは逆上。そのままレストランの厨房の奥に向かってずんずん歩いてゆき、裏口から出た。そして駐車場で待っていたグレイドンのミニ・クーパーに乗り込んで走り去った。

わたしはすっかり消耗し、精根尽き果てた状態。それでもギブアップをする気にはならなかった。けっきょく娘も元の姑も、デイビッドの家の滞在を切りあげるようにというわたしの説得には応じなかった。

そうなるとなおのこと、トリート殺しの真相を探らなくてはという気持ちが強まった。屋敷にもどったらすぐにデイビッドに問いただそう。ボン・フェローズについて、そしてジャック・パパスが地元の業者と「十パーセント上乗せ」という怪しげな決済方法をとっていることについて。

少々強めにホンダのアクセルを踏み込んで暗い道を曲がり、デイビッドの屋敷の長いドライブウェイに入った。いつもとなにかがちがうとすぐに気づいた。ガス灯が新しく設置されて、小さな金色の光がまたたいている。その淡い光が屋敷の正面玄関に続く石畳を照らしている。玄関のところまで車を進めながら、ガス灯を見つめた。信じられない……しだいに怒りが込みあげてきた。

ガス灯は鉛ガラスと鋳鉄製の柱でできたれっきとしたアンティーク。シングル様式の海辺の家に完璧にマッチするデザインだ。わたしはこの屋敷に防犯灯を設置すべきだとデイビッドに話した。こんなふうに舗道の脇で弱々しくまたたくガス灯をつけろなどといったおぼえはない。

あきらかに、彼はわたしの主張を真剣に取りあげようとしていない。

ただ、わたしも彼の言葉を受け流した。それは認める。デイビッドは自分が犯人の標的だという考えは捨ててくれと頼んだ。でもわたしは捨てなかった。いまでも捨てるつもりはない。

ドライブウェイは屋敷の前で競馬場くらいの大きさの楕円を描いている。正面玄関のそばに駐車した。デイビッドの小型のコンバーティブルのスポーツカーのすぐ隣に。彼が選んだ古風な照明の光は弱すぎて、玄関にすら届いていない。それに気づいていらいらした。

幸いなことにほぼ満月。おまけに星はガス灯の乏しい光などよりもはるかに強く光っている。それでも大きなハンドバッグのなかをさぐって正面玄関のカギを見つけるのに苦労した。いつもは自分でカギを出すようなことはしない。デイビッドの執事のケネスがなかにいれてくれる。けれど彼はこの週末いっぱい留守なのだ。

勝手口をあけて入ればいい、と思いついた。そちらのカギはすぐに使えるように車のカギと同じキーホルダーにつけている。日ごろ、気が向くと勝手口から出てビーチにいくのだ。わたしは肩をすくめ、暗い敷地をぐるりと歩いて邸宅の裏へまわった。

夜空の光を頼りにプールとデッキのあたりまで歩くと、ようやく目が慣れて芝生に置かれたアディロンダックの椅子の輪郭まで見分けられるようになった。満ち潮を迎えた無人の海岸で泡立つ波も。

シーダー材のデッキを歩いていると、誰かが向こうから重々しい足音をたててやってくるのに気づいた。デイビッドであればとっくに声をかけてきているはず。裏口に飛びついた。どすのきいた声がした時には悲鳴をあげそうになった。

「誰だ?」

白い光で顔を照らされたものだから、反射的に片手をあげた。まぶしくてうんと目を細めた。気がついたら叫んでいた。われながらいかにもニューヨーカー的な、高飛車で好戦的な口調。

「あなたこそ誰? 誰の許しを得てここにいるの? ここは個人の所有地よ! 懐中電灯を目に向けるのはやめなさい!」

まぶしい光は空に向けられた。人のシルエットを見分けることができた。黒っぽい制服と銀色のバッジも。

「す、すみません。あなたのお名前は?」バッジをつけた男があわてている。

「コージー。クレア・コージーよ」

「わかりました。あなたのお名前はリストにあります」

「リスト? なんのリスト?」

「ミンツァー氏が立ち入りを許可している個人をのせたリストです」

「あなたはいったい誰なの?」

「シールド・セキュリティサービスから派遣された警備員です。巡回しているところです」

見れば、まだ二十五歳くらいの大柄な若者だ。大きなまるい頭でブロンドの髪はクルーカット。泣き笑いのような表情を浮かべているから、おそらく彼もこの思いがけない鉢合わせに肝を冷やしているにちがいない。

「ああよかった。デイビッドは警備の人を雇ったのね。用心するに越したことはないわ」心底ほっとした。

「はい。シールド・セキュリティサービスの人間が二十四時間、週七日間警備します」

「それなら安心ね」わたしはカギをあけて裏口のドアを押しあけた。「じゃあ、おやすみなさい」

青年は帽子のつばに手をあてた。

「おやすみなさい。ミズ・コージー」

わたしが無事に入り、なかからカギをかけるところまで見届けてから彼は立ち去った。巡回を再開したのだろう。口のなかがゴビ砂漠のようにカラカラだったので、カウンターにバッグをどさりと置くと冷蔵庫のところに行った。キンキンに冷えたペリエの小瓶のキャップをあけて一気に飲み干した。手がかすかにふるえている。二本目を飲み、曇った冷たいガラス瓶を額に押しあてた。

つぎに家捜しを始めた。まずはゲスト棟の部屋から。わたし以外誰もいない。マダムはまだお友だちの紳士と外出中。ジョイも留守。グレイドンはジョイをまっすぐ家に送り届けていない。デイビッドまで留守とは意外だった。ドライブウェイのところに彼の車が停めてあったので、なおさら。

ひょっとしたらデイビッドはゲスト棟から自室にもどったのかもしれないと思いついた。そこで階段をおりて屋敷の南棟まで歩いていった。二階の彼の寝室のドアをノックしようとして足を止めた。ちょうど彼専用のバスルームのドアの前だ。

犯罪現場を示すテープはすでにはずされ、ドアが少しひらいている。がまんできず、ドアをさらに押してみた。そして明かりのスイッチをいれた。前回このドアをあけた時には血だらけの死体を発見した。今回は犯罪の形跡はまったくない。血に染まった大理石は以前のようにピカピカになっている。穴のあいた窓ガラスは真新しいピカピカのガラスに交換されている。

突然、寝室側のドアがあいた。ノックもしないでプライバシーを侵したことをデイビッドに謝るつもりだった。けれど彼ではなかった。薄いブルーの瞳がわたしを見つめている。アルバータ・ガートの驚いた表情。腕には大量の洗濯ものを抱えている。

「わあっ！」

ふたり同時に叫んだ。それからおたがいに弱々しい笑い声を洩らした。

「大理石を見にきたの?」

アルバータがデイビッドの服を洗濯ものいれのかごにどさっといれた。彼女はメイドの制服姿で、白髪まじりの茶色い髪をピンで留めている。昨夜、質問にこたえた時とはちがってノーメイクで宝石も身につけていない。

「え……ええ」わたしは口ごもった。「大理石はしみひとつないわね」

「職人がちゃあんと元通りにしてくれたのよ。デイビッドが車を手配してニュージャージーのホーボーケンの職人を呼び寄せたの。その人が何時間もかけてやってくれて、おかげで新品同様になったわ」アルバータはその成果を見ている。

〝トリートも元通りにしてあげられたらいいのに〟。

「てっきりデイビッドが入ってきたのかと思った。この二日間、あの人の精神的な負担ときたら相当なものだった。独立記念日のパーティー、その後の騒動。警備の手配をして、石工を手配して、外灯をつけて……」アルバータがため息をついた。

「そうね」

アルバータは頭を左右にふった。

「でも、もうさっそく遊びに復帰だもの。もっと休息が必要なのに。今週は偏頭痛が一度出ているのよ。気をつけないとまた偏頭痛になってしまう」

「ところで、どちらにいらしたのかしら? 車は外に置きっぱなしね」

「よそのパーティーに行ったのよ。ビーチを歩いてすぐのところ。日が沈むころに歩いて出かけたわ」

「歩いて？　ひとりで？」

アルバータがうなずいた。

今度こそデイビッドには怒り心頭だ。まともな保安灯をつけていないだけでも腹立たしいというのに。砂に残っていた足ひれの跡について、彼にはちゃんと話したはずだ。さあどうぞ狙ってくださいといいたげな行動をとっていることに気づいていないのだろうか!?

「警備の人たちはいつ来たのかしら？」

「刑事さんたちがひきあげてすぐだったわ。デイビッドは数本の電話でなにからなにまで手配したのよ」

アルバータは洗濯ものいれのかごを持ってバスルームから廊下に出た。彼女に続いて一階におりて、洗濯室に行った。彼女は色別に衣類を仕分けしてゆく。

「デイビッドのことは昔からご存知なのね」

「あまりにも昔からね。彼にいわせると。ボスではなく息子扱いされているみたいなんですって。確かにそうね。十五年間も毎日顔をあわせていれば、家族みたいなものよ」

十五年前のデイビッド・ミンツァーを想像してみた。おそらく三十歳くらい。けれどいまの彼の風貌以外、どんな姿も浮かんではこない。

「でもまあ、ありがたいことだわ。デイビッドもわたしのことを家族同然に扱ってくれるから」

「そうなの？」さぐりをいれてみた。デイビッドに突然解雇されたプリンのことが頭に浮かんだ。「彼はボスとしてはすごく要求が厳しいんじゃないかしら？　他人から意見されることを嫌がるし」

　アルバータは変な顔をしてこちらを見ている。

「わたしに対してはいい人よ、ずっと。万が一の事態になってもわたしが困らないように、わたしの名を遺言状に書いているのよ。わたしの甥の名前まで。使用人にそこまでしてくれる人なんて、そうそういないと思わない？」

　アルバータが身内のことを口にするのは初めてだ。

「甥ごさん？」

　アルバータがうなずいた。

「妹の息子。トーマスというんだけど、十年前にバッファローでギャングのトラブルに巻き込まれてしまったの。あの子はまだ未成年だった。法の裁きを受けた後、元の環境から逃れるためにここでわたしと暮らしたの。デイビッドの援助で高校卒業認定資格《GED》試験を受けたのよ。その後陸軍に入隊したというわけ」

「まだ軍に？」

「いいえ。昨年、兵役期間を終えたの。名誉除隊してハンプトン・ベイでちゃんとした警備の仕事に就いたのよ。デイビッドの力ぞえがなければ、たぶん無理だったでしょうね」

その警備の仕事は銃を携帯するたぐいのものであるのかどうか、自然と考えてしまった。その若者は軍隊で標的を狙って狙撃する訓練を受けているはず。自分の名前がデイビッドの遺言状にのっていると知っているのだろうか。そして彼が相続する金額は、殺人をしてまで手にいれたいほどの額なのか？　ぞくっと身の毛がよだつ。

アルバータ・ガートがおしゃべりに乗り気なムードなので助かった。こういうお屋敷で働いていると、孤立感があるのだろう。ハンプトンズでは社会参加のための活動が盛んにおこなわれているけれど、アルバータのような人たちはそんなライフスタイルとは切り離された存在だ。彼らの側から見るハンプトンズはかなりちがった景色なのだ。

「デイビッドはどうやらとても複雑な人物のようね」そこでひと呼吸置く。「彼がビジネスで頂点を極めるのを、あなたはずっと見ていた。さぞや興味深い光景だったでしょうね」

アルバータがうなずいた。

「デイビッドがユニティ・デパートトチェーンにファッション・ラインを売却した時のこ

とをおぼえているわ。それから『オプラ・ウィンフリー・ショー』に初めて出演した時のことも。あの日、わたしは観客のひとりとして座っていたのよ。収録後に彼はミズ・ウィンフリーにわたしを紹介してくれたの」

「彼には敵もいたのでは？」

「それがデイビッドという人のおもしろいところなのよ。事業上のライバルですら、彼を慕ってくるわ。デイビッドはものごとが最高にうまくいく方法を知っているのね。彼の魅力をふりまけば、なんだってできてしまう」

デイビッドがプリンをクビにし、そのことをカップJのスタッフにそのまま伝えるとジャックに指示したことを思った。そして道路を挟んで向かい側の隣人のことも。黒ずくめの格好で木々のあいだでタバコを吸っていたあの資産家の女性のことを。

「その魅力はマージョリー・ブライトに対しては効果がなかったようね。彼女、デイビッドを告訴しているといったわ」

アルバータは顔をしかめ、頭を左右にふった。

「ああいう女性は避けて通るのがいちばん。それはもう、絶対に。自分の家の窓からの眺め、それも全部じゃなくてたったひとつの窓からの眺めの一部が損なわれただけで怒り狂って脅迫しているのよ。ここの人はこんなふうにいともかんたんに怒りを募らせるわ。エゴとお金がたっぷりあるって厄介ね」

アルバータはそれだけいうと、きゅうにおとなしくなった。腕時計で時間を確かめて、そろそろ今日の仕事を切りあげなくちゃといった。わたしは彼女におやすみというと、ハンドバッグを取りにキッチンに入った。ちょうど携帯電話が鳴っていた。

「もしもし。電話をするようにメッセージがあったけど?」女性の声。よく知っている声だった。料理用の木槌《きづち》で叩くようなぶっきらぼうな声。

プリン・ロペスがわたしの電話に折りかえしてきたのだ。

11

「プリンね、電話してくれてありがとう」

わたしは大きなキッチンテーブルに向かって腰かけた。電話の向こう側からカタカタ、カチャカチャという音がきこえてくる。レストランのせわしない厨房で皿がぶつかるなじみのある音。

「あなたが出て行ったいきさつ、今日初めて知ったわ。ジャックからきいたのよ。残念なことだわ……」

間があいた。そしてケタケタと笑う声。

「あいつ、わたしにもどって欲しがっているの？　もう遅いわよ。元の仕事に復帰できたの。昇給もしたわ。あの横柄なブタにわたしは街にとどまると伝えて」

了解。これでプリンとデイビッドが和解する可能性は消えた。それとも、彼女はジャックに伝えてくれといっているのか？

「ねえプリン、せんさくするつもりはないんだけど……店を離れた理由をきいてもいい

かしら? ジャックは知らないのか、あるいはわたしに知らせたくないのか、なんだかはっきりしなくて」注意を払いながらたずねた。

「あいつがおしつける礼儀正しさってものには、ほんとうにむかつく。バカバカしくって。クビにされたわけなら、教えますよ。デイビッドのだいじなお客さまを〝利用〟しようとしたから」

「どういう意味?」

「わたし、歌手になりたくて二年前からがんばってきたの。デモCDの録音もしたわ。でもたいして手応えはなかった。そうしたら先週、ビッグ・ディーがカップJに来たのよ」

「ごめんなさい、その人のこと、知らないわ」

プリンがため息をついた。「ビッグ・ディーよ。あのデボン・コンロイ。なんたって、『アメリカン・スター』のホストでプロデューサーだもの」

「ああ、そういうことね。八〇年代の『スター・リサーチ』のエド・マクマホンみたいなものね」

「エド……なに?」プリンが目を白黒させる音まできこえてきそうだ。

「なんでもないわ。それで?」

わたしも年ね、とつくづく感じさせられる(といいつつ、エド・サリバンの時代にまでさかのぼる必要がない自分が誇らしかったりもする！）。

「それで、ビッグ・ディーはテレビの関係者とランチをとっていたの。グレイドン・ファースが担当するテーブルに彼が座るのをめざとく見つけたわけ。だからグレイドンをそばに呼んで担当を替わって欲しいと頼んだの。彼らの給仕係をするチャンスをくれって。ファースはあの通り嫌な奴だから、その見返りとして百ドルを要求したのよ」

きくに耐えない話。チャンスがあれば一ドルでも百ドルでも稼ごうとする若者はグレイドンにかぎったことではないのはわかっている。けれど同僚の頼みごとをきくかわりに金を払えなんて、品性を疑う。

「それでビッグ・ディーのテーブルについたの？」先をうながした。

「ええ。請求書をわたす時に自分のデモＣＤもこっそりいっしょにわたしたの」

「あらら……」

わたしはうめいた。デイビッドがなぜプリンをクビにしたのか、ようやく理解した。カップＪで働く者が絶対に犯してはならないルールを破ったのだ。

「おぼえておいてください。セレブはみなここに休暇でいらしています。わたしの店を訪れるお客さまは追いかけまわされたり、写真を撮られたり、しつこくつきまとわれたりするのを望みません。わたしが提供する屋根の下にいるあいだは、そういうことから完全に解放してさしあげたいのです。あなたがたは彼らのお世話をするためだけにここにいるのです。馴れ馴れしくしたり、質問をしたり、サインを求めたりすることは許されません。それが守れなければ解雇の理由となります」デイビッドはシーズンの初めにスタッフにとくといいきかせた。

「確かにルール違反したことは自分でもわかっていたわ。でも少々大目に見てくれたっていいのに。第一ビッグ・ディーは全然迷惑がっていないもの。文句なんていわれなかったわ。デイビッドはその場にいなかったから、なにも見られていないし」

「誰かが密告した、ということ？」

「その必要もなかったわ。ジャックが現場に居合わせて、わたしを即刻クビにしたんですもの」

「な、な、なんですって？　あなたをクビにしたのはジャックなの？」

「そうよ、ほかに誰がいるの？」

「ジャックは、デイビッドが解雇をいいわたしたといっていたわ」

プリンが笑う。

「デイビッドの姿なんてどこにもなかった。ジャックはわたしに腹を立てた。だからわたしを追い払った。それに、あの人は前々からわたしを追い出したがっていたのよ。で、格好の口実ができたのでこれ幸いと実行したの」

プリンのいっていることがほんとうなのかどうか、判断がつかない。

「でもあなたの雇い主はデイビッドよ。レストランのオーナーは彼なのだから……」

「ジャックは自分に都合のいいことをデイビッドにあれこれ吹き込んだに決まってる。わたしがまずいことをしたんだから、しかたないけれど。でももうどうでもいいの。マンハッタンにもどってよかったわ。もうたくさん。アッパー・ウエストサイドの人たちって態度が大きいと思っていたけれど、そこの人たちみたいに〝高慢ちき〟なところは全然ないわ」

「プリン、くわしく説明して。ジャックはあなたをクビにする口実をさがしていたといったわね」突然、あることが頭に浮かんだ。「納入業者となにか関係があるの？」

プリンがまた笑った。鋭く、シニカルな笑い。

「ジャックが仕組んだ〝十パーセント上乗せ〟のことをいいたいんでしょう？　わたし、気づいていたわ。彼がなにかいかがわしいことに関わっていることをね。わたしは一度も口には出さなかったけれど、彼もわたしが知っているって察していた。だから追い出したかったのよ。むずかしいからくりはわからないけど、じゅうぶん警戒したほうがいいわ」

「どういう意味？」

「パパスは愚劣な奴だから気をつけろってこと。でもわたしはあなたのことはずっと好きだった。以前のわたしはコーヒーの支度には缶切りが欠かせないと思っていたわ。でも、それがまちがいだとあなたは教えてくれた。ともかく、クレア……いろいろ教えてもらって、いつもやさしくしてもらって、すごくうれしかった。ひとことお礼がいいたかったの」

「まあ、どういたしまして」

トリート・マッツェリとの関係についてききたかったけれど、きっかけがなかった。誰かが電話の向こうで彼女の名を呼ぶのがきこえた。仕事にもどらなくてはというプリンに元気でがんばって、といって別れをつげた。

デイビッドの家のキッチンにしばらくたたずんでいた。携帯電話のディスプレイ画面の光を見つめたまま、ある人物と話をしたいと思った。彼ならわたしのジレンマを理解してくれる。もちろん彼の職業柄という理由もあるけれど。ためらうことなく短縮ダイヤルのリストを出して四番目を押した。

マイク・クィン警部補は純粋にわたしに好意を抱いてくれている、と思う時もある。わたしが彼の話をじゅうぶんに受け止め、ついでに大きな緑色の瞳とユーモアのセンスの持ち主でもあるから（ニューヨークで刑事という仕事をしている彼は疲労の色が濃く険しい表情をしているけれど、意外にもユーモアがわかる人）。しかし彼がビレッジブレンドに定期的に顔を出すのは、あくまでもバリスタとしてのわたしのスキルがお目当てなのだろうなと思ってしまう時もある。出会った時、彼は安っぽくてどろどろのコーヒーを平気でがぶ飲みしていた。そんな彼を豊かで香ばしいいれたてのアラビカ種のコーヒーの熱烈なファンに変えたのは、まさにバリスタとしてのわたしの腕前。いったん完璧な一杯にはまってしまったら、人は殺人を犯してでもそれを欲するようになるものだ（あくまでも比喩ですからね）。

彼がわたしに示す親愛の情がなにに支えられているのかはわからないが、ともかく一回目の呼び出し音で出てくれたことはうれしかった。

「クレアか？　街にもどっているの？」

クィン警部補の声は顔の表情と同じく感情が読み取りにくい。けれどこのごろはわたしの耳も鍛えられて、彼の口調のささやかな変化をきき逃さなくなっている。栽培がむずかしいコーヒーの味わいのなかに、エキゾチックなフルーツのかすかな痕跡を感じ取る作業に似ている。いまのマイク・クィンはあいかわらず無表情な話しかただけど、ききわけられるかどうかという微妙さでいつもよりかすかに早口。だからニューヨーク市警の刑事マイク・クィンはわたしの電話をよろこんでいると判断した。

「いいえ、まだなの。あいにくハンプトンズのさわやかなビーチに足止めされたまま」

「そいつはつらそうだ」

「起こしてしまったかしら？」

彼が鼻を鳴らした（わたしはいつもこうして彼を笑わせることができるのだ）。

「勤務中だ」

「じゃあ、いまなにをしているの？」

「なぜ？　テレホン・セックスのお誘いか？」

彼の背後で男性の笑い声がする。

「まじめにきいているのよ。教えて」

「いまは覆面パトカーでハウストン通りに停まっている。通りの向かいのＡＴＭの機械を操作しているおとりの警官が襲われるのを待っている」

「冗談でしょ」

「まさか。ここで二週間のうちに三件の強盗があった。一件は被害者が刺されている。それで、なにが起きた？」

「どうしてなにか起きた、と思うの？」

「きみから電話をもらうのは二週間ぶりで、いまは真夜中すぎで、虫の好かないきみの元の亭主は街にいつの間にかもどってきている」

「どうしてそんなことまで知っているの？　わたしのこと見張っているの？」

「落ち着け。まったくの偶然だ。ダブル・トールラテを飲みにビレッジブレンドに立ち寄ったら、奴がタクシーから降りてくるのを見かけた」

「コーヒーはちゃんと飲んだんでしょうね」

「ああ。タッカーがうまいラテをいれてくれた」そこでふと間があいた。「きみがつくってくれるほうがうまいが」

口調がかすかに遅くなった。好ましいスピードだ。やせた刑事がわたしのベッドでダブル・ラテを飲んでいるイメージが浮かんでくる。

わたしは咳払いをした。「ありがとう」

「どういたしまして。それで、なにがあったんだ?」

わたしは狙撃のことを話した。パーティーのさいちゅうに人が殺されたことについて、撃たれたトリートを発見した状況について、ビーチで空の薬莢を発見したことについて。薬莢について彼はくわしくききたがった。さらに砂についていた足ひれの跡のことも話し、捜査官の名前を告げた。

「そのオルークという人物とは面識はないが、心当たりをあたってみよう」

「ありがとう、マイク」

「いいか、クレア。この事件にはふたつのシナリオが想定できる。まず、殺人犯が素人で本物のプロではない可能性」

「空の薬莢をわたしが見つけたから?」

「薬莢が三つあったからだ。ほかに弾痕はあったか? 窓とか壁に」

「いいえ、なかった。でも警察が見つけたかもしれない。調べてみるわ」

「窓にちかい場所に痕がなければ、プロにしては狙撃の腕が悪い。そこで第二の可能性が出てくる」

「それは？」

「撃たれたのは偶然だった」

「なんですって！　そんなことあり得ないわ」

「考えてみろ、独立記念日だ。あちこちで花火がおこなわれていた。どこかの子どもが、おそらくティーンエイジャーか、あるいは金がありあまって常識をわきまえないアホなおとなかもしれないが、ともかくおもしろ半分にライフルを発砲した。大部分の弾はそこらへんに飛んでいったが、一発だけ人に当たって死なせてしまった。以前にもそういうことがあった」

納得できなかった。マイクにもそう告げた。

「わかった。第三のシナリオだ。空の薬莢は故意に置き去りにされた。その場合は、警官がかんたんに見つけられる場所から銃が出てくる」

「犯人が誰かに濡れ衣を着せようとしているから？」

「その通り」

「その可能性については考えてみたの。でも、どう推理してもわからないのよ。ほんとうに狙われたのが誰だったのかがはっきりしない。わたしはデイビッドが真の標的だったと思っているわ。でも彼は自分には敵がいないと断言している。狙われたのはトリートだと彼はいうの」

「そのマッツェリという若者がほんとうの標的ではなかったとはっきりさせるには、彼についてももっと知る必要がある。彼が仕事外でどんなことをしていたのか、いつもいっしょにいたのは誰か。つまり、どんな人間とつきあっていたのか。だが、いまきいた話をもとに考えるなら、きみの友人のデイビッドは相当危険な状況にあるな」

「どうして?」

「単純な理由さ。金持ちはウェイターよりもたくさんの人間を敵にまわしているものだ」

12

携帯電話をたたんでからも、マイク・クィン警部補の言葉はずっと耳に残った。

〝きみの友人のデイビッドは相当危険な状況にあるな〟。

キッチンの窓から外を見た。暗がりになった芝生、白い砂山、その先には真っ黒な海が広がっている。あの海岸線で誰かが潜んでいたとしてもおかしくない。身を伏せてデイビッドを待ち構えているかもしれない。もしも彼がビーチを歩いて帰宅したらどうなるか。今度こそ、かんたんに撃たれてしまう。

裏口から外に出た。ロングアイランドのあたりはつねにマンハッタンよりも気温が低い。今夜も七月初旬の夜にしては肌寒い。気温は二十四度くらい、湿度が高く湿った海風が吹いている。混みあったレストランで長時間汗まみれになって働いた後だけに、ひんやりとしてさわやかだ。

打ち寄せる波は重いとどろきを響かせる。いつ果てるともなく続くその音をききながら、シーダー材のデッキをすたすたと歩いた。敷地を見まわしてみた。さきほどわたし

を驚かせた警備員の姿はどこにもない。あの若者はおそらく正面のほうにまわってしまったのだろう。屋敷の裏手にあたるこちら側には人の気配がない。丸石の通路をわたって砂浜に出た。そのまま歩いてゆくと、スニーカーに砂がいっぱい入ったので蹴って脱ぎ、靴ひもを肩にかけてぶらさげた。

海岸線を進んでゆくと、ビーチのずっと向こうに明るい光が見えた。鮮血のように真っ赤な光を放っているのは紙製の四角いランタンだ。巨大な石のパティオに沿って水際まで連なってぶらさがっている。その下の白い砂がぼうっと赤く染まって見える。緋色の光に包まれてくつろぐ人たちの姿が浮かぶ。夏の微風にのってメスキート炭のにおいが漂ってきた。ひやっとする一陣の海風がそれを吹き払う。さらにちかづくと、笑い声とピアノの音もきこえてきた。

わたしはふりかえって、いま歩いてきたビーチを見まわした。暗くてしんとしている。海岸沿いでほかにパーティーをしているところはなさそうだ。デイビッドはこのイベントに出席しているにちがいない。

だとしたら、それは妙だ。わたしの勘ちがいでなければ、このパーティーはサンドキャッスルの敷地でおこなわれている。さきほどエドワード・マイヤーズ・ウィルソンからきいた話では、サンドキャッスルの主ボン・フェローズとデイビッドはレストランの所有権をめぐって醜い争いをおこなった者同士。デイビッドからはフェローズの名前を一度もきいたことがない。それは両者の仲があいかわらず険悪だからなのだろう。ではなぜデイビッドはフェローズの家のパーティーに出かけたのだろう。フェローズはデイビッドと和解しようとしているのか……それとも、なにか陰湿なたくらみがあって招待したのだろうか。

にぎわうパーティー会場まではまだ距離がある。もっと見えるところまで行こうと思って少し足を速めた。同じように思ったのはわたしひとりではなかった。前に向かって歩きながら、耳が場ちがいな音をとらえた。金属と金属が接触するカチリという音。ライフルの撃鉄をひくような音だ。

その場で足を止めた。耳を澄ませる。

しかしきこえてくるのは打ち寄せる波の音と、パーティー会場のピアノのつまびきだけ。きっと幻聴だ。

そう思い込もうとしたところで、ビーチの高く生い茂った草むらから黒っぽい人影が出てきた。ぼんやりとした明るさのなかで、その人物が全身真っ黒のウェットスーツに包まれているのが見えた。闇のなかにまぎれ込んでしまいそうな姿。

その男は胸のあたりになにかをしっかりと抱えている。パーティー会場のほうに顔を向けているのでこちらからは見えない。相手は、暗い砂浜にいるわたしの存在には気づいていないはず。けれどあまりにも恐ろしくて、身動きがとれない。もしも動いたら気づかれてしまうかもしれない。彼は胸のあたりに抱えているものをしっかり持ちなおした。しかしこちらに背中を向けているので、なにを持っているのかは見えない。ずいぶん長いあいだ、男はそこに立っていた。広い背中をこちらに向けたまま。そしてついに、明るい光から離れて浜を突っ切って打ち寄せる波のほうに走った。あれよあれよという間に波の中に飛び込み、それきり黒い波が逆巻く海に消えた。わたしはあわてて波打ち際に走った。濡れた砂に大きな足ひれの跡がついていた。

〝大アマゾンの半魚人〟のことを思い出した。

海を見渡した。謎の男はどこに泳いでいったのだろう。

と、白っぽいなにかが見えた。プレジャーボートだった。海岸から四十五メートルほど先でぷかぷかと浮かんでいる。照明はともっていない。夜間航海灯ですらはっきり見えない。点灯していなければ海事法違反のはず。水平線上に小さく見えるだけで、砂浜からの距離もほんとうのところはわからない。この海で何週間も泳いでいる自信から、わたしは躊躇しなかった。

スニーカーを砂に落とし、逆巻く波のなかにウエストまでつかるあたりまで入っていった。そしてざぶんと飛び込んで泳ぎ出した。水が冷たいけれど、体温調節できないほどではない。ゆるやかだが絶え間ない流れにさからって力強く水をかいた。

こんな時にこんなことを考えてはいけない、ということをついつい連想してしまうたちなので、いまはもちろん『ジョーズ』の冒頭の場面が浮かんでいる。真夜中に裸で泳いでいた若い女の子が生きたまま食べられてしまうシーン。この付近には凶暴なサメが生息していなかっただろうか。なんだか心配になってきた。しかしいま自分は、おそらくトリートを殺したプロの殺し屋を追跡しているのだ。そうだ、サメのことを思い煩っている場合ではない。

数分泳いでようやく船にちかづいた。錨をおろしている。人気はなさそうだ。と、その時海からいきなり頭が出た。船尾のはしごのすぐ脇だ。顔は巨大なゴーグルで覆われている。

わたしは顔に波を浴びながら、怪しい男がはしごをつかんで水からあがってゆくのを見ていた。まちがいなく男性だ。ぴったりしたウェットスーツを着ているので、がっちりと筋肉がついてひき締まった体型がはっきりわかる。彼は片方の手で真鍮の手すりをつかみ、もういっぽうの手でなにかをしっかりつかんでいる。が、それがなんなのかはまだわからない。船上にあがったところで男は持っていたものを落とし、船室のほうに向かった。

ハッチがあく音。その直後に、大きな音をとどろかせてエンジンが始動した。ようやく航海灯がつき、小さな明かりがプレジャーボートを照らした。船尾のシンプルな黒い文字を読んだ。

『ラビットラン』ハンプトン・ベイ　N．Y．

モーターのとどろきはうなりに変わり、船は前にのめるように動き出した。船がつくる波をもろに浴びてしまった。ほんの数秒で船は加速し、ぴょんぴょん飛ぶように波を越えて南に向かった。わたしは打ち寄せる波のなかでコルクのように揺れながら、船の明かりが遠くに消えてゆくのを見送った。

明かりを見失う前にふるえが来た。かなり深いところにいる。底潮がどんどん動いて、水温が下がっている。そろそろサメの心配をするとしますか。いや、低体温のほうが心配かもしれない。そこではっとした。なぜあの侵入者がウェットスーツを着ていたのか（もちろん第一の理由はカモフラージュのためだが）。わたしもあれさえ着ていたら、と切実に思った。

水のなかで足踏みするようにして顔を岸のほうに向けた。ビーチパーティーがまだ盛りあがっているのはありがたかった。そうでもなければ暗い海岸線までどれほどあるのか判断に迷っただろう。いちばんちかくに見える光は日本風のちょうちんの真っ赤な光だ。遠いので驚くほど小さく見える。満ちてきた波にのって泳いだ。とほうもなく長い時間に感じられた。

ついに足がやわらかい砂地についた。逆巻く波に足をとられないようにして、白い泡をいただく波から浜にあがった。濡れたカーキのスカートがむき出しの脚にべったりはりついている。身体はすっかり冷えてべとべとだ。カップJのポロシャツがまとわりつく。海風がさあっと吹いて濡れた背中にあたる。両腕を身体に巻きつけて、ふるえをこらえた。歯の根があわないほどひどいふるえがきた。きっとくちびるはハンプトンズの夏の空とおそろいの真っ青だ。

パーティー出席者が十人ほど驚いた様子で——打ち寄せる波から姿をあらわした濡れ鼠の人魚だと思われたのだろうか——こちらを見ている。見おぼえのある人たちだ。といっても、あちらさんはわたしを知らないはず。デイビッドのパーティーの招待客、スポーツ界の有名人、テレビのスター、有名なモデル。こちらだけが顔を知っていても不思議ではない。

砂浜を突っ切って緑のカーペットのような広い芝生を歩いてゆく。男性からはクスクス笑い、女性からは困惑した笑いがあがった。誰かが大きな声でジョークを飛ばして、すぐそばの錬鉄製のガーデンテーブルを指さした。ずらっと並んだ生のオイスターとスシの中央には、氷でつくられた実物大のヴィーナス像。十五世紀にサンドロ・ボッティチェッリが描いた『ヴィーナスの誕生』をモチーフにしたものだ。裸の女性が地中海の海岸のオイスターの殻からあらわれる、あの有名な絵。ルネッサンス芸術の傑作がじつに優美に繊細に氷で表現されている。

いいや、わたしはヴィーナスのように裸ではない。美しくもない。しかしああして氷に彫られているのは、なるほど確かにわたしそのものだ。

またもやガタガタとふるえながら、わたしは服のしわを伸ばした。まとわりつくキャンバス地のスカートをぐいとひっぱり、濡れて身体にぴったりはりつくポロシャツを隠すように腕組みをして、尊厳のかけらをとりもどそうとした。人々のあいだを縫うように芝生を歩いていくと、わたしの腕にふれる女性がいた。若く、大変美しく、完璧に整いすぎた顔（あの冷たいヴィーナス像のように人工的に刻まれたものらしい。ただしアイスピックではなく外科医のメスで）の彼女が目を大きく見張る。ブロンドの髪を後ろに流し、つんとした鼻、高い頬骨、赤くぷっくらとふくらんだくちびる、アイボリーの色の額は非の打ちどころがない。

「どうなさったの？」彼女がたずねる。

わたしは肩をすくめた。

「退屈しちゃって。真夜中のスイミングをしてきたところ」

彼女はあっけにとられて目をぱちくりさせた。

彼女の隣にいる若い男性が横顔を見せるように視線をそらした。二枚目だけど少年ぽい横顔。もみあげが長すぎて、七〇年代のマトンチョップスというヒゲのスタイルになってしまいそう。どうやら有名人のはしくれらしく、早くわたしに気づいてもらいたいご様子。あいにく、さっぱり思い当たらなかった。

「ところでデイビッド・ミンツァーさんを見かけませんでした？」

彼女がさらに目を大きく見ひらき、頭を左右にふった。

「その人のことは知らないわ。といっても、ここは知らない人ばかりだけど」それから彼女は目をぱちくりさせた。すっかり甘やかされたかわいらしいオツムが、ひょっこり働いたらしい。

「待って！　わかったわ。そのミンツァーという人、テレビで見たわ。オプラ・ウィンフリーの番組に出ている人でしょう？」

「ええと……いいです、自分でさがしますから」

芝生の端まできてひんやりとした石のパティオにのった。ここでさらにパーティーの出席者から驚きのまなざしを浴びながら歩き続けた。社交好きな方々、ショービジネスのパーソナリティーがあっけにとられている。ずぶ濡れにはだしという姿で進んでゆくと、自然とみなが道をあけてくれる。鳥インフルエンザをまきちらすアペタイザーのトレーを掲げて歩いているみたいな気分だ。

ニューヨークでいちばん有名な不動産王は、リアリティショーで見るいつもの髪型なのですぐにわかった。有名な若手歌手がいる。いまはカメラメーカーのコマーシャルをつくっている有名な映画監督がいる。そしてハンサムな映画俳優キース・ジャッド――ジョイに携帯電話の番号をわたした〝いやな奴〟。

デイビッド・ミンツァーを訴えてよろこんでいる隣人マージョリー・ブライトの姿まで見つけてしまった。先代から受け継いだ地所に住む彼女は身なりのいい男女にまじって立ち話をしている。おしゃべりしながら彼女はタバコの吸いさしを落としてエレガントなサンダルで踏み、あたらしいタバコに金色の繊細なライターで火をつけた。

何者なのか見当がつかなかったのは、ラウンジチェアの周囲にいた男性グループだけだ。いずれも白髪まじり、あるいは禿げて、体型はずんぐり。それぞれドリンクや葉巻を手にしている。周囲の浮かれた雰囲気とはちがって、彼らはぐっと静かで落ち着いた様子で話している。

あれは夏の初めのころ、カップJはこういう男性たちのあつまりのケータリングを担当した。その時にデイビッドからきいたのだ。彼らは名前を知られているわけでもなく、見たところ没個性的だ。しかし根っこのところでビジネス界を動かし、揺さぶっているのはこういう男たちなのだと。

「彼らはたいして印象的には見えない。けれど風采のあがらないこういう男たちが、日用品を売買するような感覚で十億ドルの値がつく人材を動かしている。ブタの三枚肉を買ったり石油の先物取引をしたりするみたいにね。こわいと思わないかい？」

いまわたしがこわいのは、デイビッドを狙う敵の手がかりを命がけで追い、そのことを彼に伝えたいのに、当の彼が見つからないこと。まずいことに、濡れ鼠状態のわたしは逆に注目の的だ。いくら無視しようとしても、どうにもならない。

地元の上院議員が座っているテーブルのかたわらを過ぎた。彼は日曜の朝、やわらかめのニュースショーに毎度登場している。わたしは彼の顔に数秒間目をとめてしまった。相手もこちらに気づいて、視線ががっちり合ってしまった。わたしはすぐさま目をそらしたが、遅すぎた。上院議員につかず離れずのところにいた体格のいいボディガードに気づかれた。

屋外のバーにあつまっている人たちにデイビッドを見かけなかったかときにちかづいてゆくと、背後に上院議員のボディガードの気配。左手の肘をつかまれた。決してやさしい感触ではない。

「なにするの！　放して。わたしは近所の者です。名前はクレア・コージー」

「こっちに来なさい。騒動を起こさないで」

ボディガードはわたしよりも頭ひとつ背が高く、横幅は四輪駆動車のハマー並み。太い首をきつそうなカラーに押し込め、片方の耳には無線の受信機をつけている。そのワイヤーが弾丸のような形の頭から仕立てのいい服のカラーに続いている。アルマーニを着たフランケンシュタインにつかまったようなものか。

肘をひいて彼の手を逃れようとしたあげく、もうひとりのボディガードに反対の手をつかまれてしまった。こちらも筋骨隆々としたタイプのダークスーツ姿。頭はクルーカットの赤毛だ。

「あなたの名前は招待者リストにのっていない。つまりあなたは不法侵入を犯していることになる。ここで騒ぎを起こさないように。くわしい事情は警察ですべて話せばいい」クルーカットがいった。

フランケンシュタインとクルーカットがふたりがかりでわたしをひきずろうとする。抵抗すると、周囲の人たちが話をやめてこちらを注目した。

「待って。よくきいてちょうだい！　警察を呼んで。ほんものの不法侵入者を見たのよ。わたしはこのパーティーの招待客の身の安全を心配しているだけ。デイビッド・ミンツァーという人よ。彼は会場のどこかにいるわ。わたしは彼の家に滞在しているゲストよ。彼にきいてちょうだい」

「ミンツァー氏はもう帰った。彼の店の支配人、パパス氏が十五分前に車で送っていった」クルーカットがこたえた。

「その時には彼は無事だったのね？　デイビッドは無事だったのね？」

クルーカットは一本調子でこたえた。「ミンツァー氏はこの屋敷を出た際にはとても元気だった」

「よかった。それだけを知りたかったの。もう放して。自分で歩いていくから」心底ほっとしていた。

無知なわたしは、これで危機は去ったものと考えた。少なくともデイビッドの危機は……。わたしの危機はまだ始まったばかり。肘をひいて逃れようとしたが、フランケンシュタインはわたしの左手の肘を放してくれない。わたしの右手をつかんでいるクルーカットはぐぐっと手に力をいれた。

「やめて！　あざになるわ！」

それをきいてクルーカットはさらに力をこめた。そして自由なほうの手で携帯電話をひらいて警察にダイヤルした。電話を耳にあてようとしたところで、誰かが強引に彼の手首をつかんだ。

「彼女を放せ。彼女のいっていることはほんとうだ。この人はデイビッドのゲストだ」

クルーカットは強引に割り込んできた人物に視線を向けた。声の主は背が高く、ハンサムで、がっちりした体格。ヘルムート・ラングのゴージャスなサマーウェイトのスーツに身を包んでいる。はて、このスーツを見るのは初めてだ。

クルーカットはむっとした表情で、相手の手をふりはらった。

「それで、あんたは招待客リストにのっているのか？」

ふふんと気取った笑いを浮かべて、わたしを守ってくれた人物はうなずいた。

「名前はリストにのっている。ブリアン・ソマーといっしょに。彼女のことは、もちろん知っているだろうね」

「ああ」クルーカットが不機嫌そうに早口でこたえてわたしの腕を放した。「で、名前は？」

わたしを守ってくれた人物は完璧な装い、彫りの深い顔、シザーカットの髪。クルーカットを見る濃い茶色の瞳はらんらんと輝いている。

「マテオ・アレグロ」平坦な口調だった。「この女性の元夫だ」

13

「クレア、ずぶ濡れじゃないか。それに髪に海草までつけて」

超人ハルクみたいなボディガードたちが立ち去ると、マテオがいった。

ため息が出た。マテオのいう通り、ねっとりした海草のかたまりが貼りついている。

「おやおや、これではいい女が台無しね」

ドロドロしたものを頭からはがしてふり捨てた。

マテオの黒っぽい眉がくいとあがった。わたしの身体にぴったり張りつくポロシャツをまじまじと見ている。濡れてあらわになった胸の部分に視線がとどまっている。

「このままでじゅうぶんいい女だ」

冷たい頬がかっと熱く赤くなるのを感じた。彼がにっこりしてまたなにかいおうとした——たぶん、後々後悔するようなことを——その時、ブリアン・ソマーがやってきた。

背が高く、ランウェイを歩くモデル並みに細い彼女は白い優雅なシルクのパンツスーツを着て、キラキラ光るシルバーのサンダルを履いている。茶色の髪の毛はねじって小さくシニョンにまとめ、美しいカットされた宝石のイヤリングを誇示している。長いうなじは記憶にある通り白鳥のように悩ましく、額はあいかわらずハイビジョンテレビの画面並みの広さ。けれど彼女のくちびるは、こんなにぷっくりしていなかったはず。パーティーに備えてコラーゲンでふくらませたにちがいない。

「クレア、でしょう?」彼女がわたしとマテオのあいだに入った。

わたしはうなずいた。イヤリングが放つまばゆい光から目を守りたいという衝動を必死にこらえた。

今度は彼女がわたしの頭のてっぺんからつま先まで見ている。しかし反応はマテオとはおおちがい。

「まあ。濡れ鼠ルックが流行とは知らなかったわ」あからさまな嫌悪感。

〝ブリアンさんたらほんとうにネズミルックが大流行りなら、先頭切ってやるくせに〟。る《トレンド》誌の編集長を務めるブリアンは、あらゆる流行と流行遅れに通じている。もちろん、マスコミという影響力の強い世界に身を置いて流行を発信する側に立っているのだから、あたりまえといえばあたりまえだろう。彼女の雑誌ではいまのところコーヒーは例外なくホットでトレンディな扱いだ。スターバックスなど台頭する新しいコーヒービジネスから始まったコーヒーハウスの大流行、ロッティ・ハーモンのジャヴァ・

ジュエリーというスーパーホットなジュエリー・ラインのヒット、ブリアンの友人であるデイビッドがハンプトンズにあたらしくオープンしたカップJの評判など要因はいろいろ考えられるが……もしかしたら、わたしの元夫でニューヨークの名店ビレッジブレンドのコーヒーのバイヤー兼共同経営者が関係している可能性は大いにあるけれど。

いや、もともとブリアンはコーヒーに夢中だったのかもしれない。だからマテオにも夢中になったのだろうか。もしかしたら、その逆かもしれない。いずれにしても、ふたつの事実は動かせない。そのひとつ、マテオはビレッジブレンドの事業拡大の仕掛人として〝すっごくホット〟なコーヒー・キオスクを世界じゅうの高級服飾ブティックとデパートにひらこうとしている。もうひとつ、ブリアンはもっともっとマテオを独り占めしたがっている。

公私にわたるふたりのつきあいが始まってから、ほぼ八ヵ月。べつにわたしが数えているわけではない。ビレッジブレンドでパートのバリスタとして働いているエスター・ベストが、マスコミに露出するマテオとブリアンの写真をいちいち見つけては報告してくれるのだ。ブラックタイの着用が義務づけられたチャリティーイベント、ギャラリーでの催し、レストランのオープニングパーティーなどで撮られたスナップ写真が、《ニューヨーク・ポスト》といった紙面のゴシップ欄に時々出たりするのだ。

ブリアンのコメントは中傷にちかい不快なものだったけれど、大目に見ることができた（百パーセント許せたわけではない）。こういう見苦しい場面に自分の同伴者が関わっているのを見たら、誰でも平静な気分ではいられないはず。一発ガンとお見舞いしたいのは山々だったが、わたしはただ、こういっただけ――

「またお会いできてうれしいわ、ブリアン」

言葉のうえでは礼節をわきまえることができたけれど、身体はそうはいかなかった。肩まである自分の栗色の髪を彼女の前でしぼる誘惑に抗えなかった。水はパティオの石にいい具合にぼたぼた垂れた。そばにいた女性からは露骨に嫌そうな顔をされた。ブリアンはご自慢のパンツスーツよりもっと顔面蒼白になった。

けれどブリアン・ソマーがわたしに寄せる関心など、ほんのつかの間にすぎない――彼女の雑誌の記事も同様で、要するに奥行きがない。案の定、彼女の関心はつぎの対象に移ろうとしている（結構結構。そんなことだろうと思って彼女の前で髪の毛をしぼってだめ押ししたのだ。それにしてもブリアン・ソマーみたいな人をおののかせるのは、ほんとうにかんたん）。

ともかくこんなふうにブリアンと遭遇するくらいなら、元夫にはわたしのことなど放っておいて欲しかった。かばってくれたことは、もちろんありがたい。けれどこういう状況でブリアンの上から目線に耐えるより、ハンプトン・ビレッジの留置場で酔っぱらった大学生の子たちと一夜を過ごすほうがずっとましだ。

ブリアン・ソマーは知り合いを見つけたらしく、マニキュアをして指輪をはめた手を彼らにふっている。そして「じゃあね」のひとこともなく、ダイヤモンドのイヤリングとともに去っていった。石のパティオを右へ左へとエア・キスをふりまきながら。

彼女がズームアウトしたところでマテオがこちらを向いた。さきほどまでらんらんと輝いていた瞳には、いまは茶目っ気のかけらもない。マテオらしくない表情だ。

「クレア、いったいどうなっているんだ？　なぜここにいる？　そんなにずぶ濡れで」

静かな声だった。

あきらかに彼はブリアンの感情にひっぱられている。こういう人目につく場所で自分の元の妻が騒動を起こしていることに敏感になっている。

「こちらこそ同じ質問を返したいわね。ずぶ濡れという部分をのぞいて」ブリアンの後ろ姿を身ぶりで示した。

「なにをいってるんだ？」

「ひどい時差ぼけだからビレッジブレンドにもどって、夜はたっぷり眠るんだとわたしに話したのは、つい今朝のことよ」

「〝数時間眠る〟といったんだ」

「どっちでもいいわ！　ハンプトンズに来るとはひとこともいわなかった……彼女といっしょに」

「ブリーはぼくが西海岸から帰ったと知って、チャーター機でイーストハンプトンに飛んでいっしょに週末を過ごそうと誘ってきたんだ。ぼくは彼女の好意を受けた」

「好意だけじゃないでしょう、あなたが受けたのは」

「きき捨てならないな」

わたしはマテオが身につけているデザイナーズ・ブランドのイブニングウェアを身ぶりで示した。こういう服の価格は店の一週間の売上げよりもはるかに高い。そしてマテオが一週間で稼ぐ額よりも。わたしは帳簿を見ているからよくわかる。

わたしたちが夫婦だったころ、マテオのコカイン中毒はわたしたちの貯金を浸食し、彼の信託財産を消し、わたしたちに多額の借金を負わせた。彼はとうにドラッグとは縁を切っている。そしていまやハードワーカー。けれどビレッジブレンドの事業拡大はつねに資金面でのリスクを抱えている。それにわたしたちにはまだ学校に通っている娘がいる。無駄づかいできるお金はおたがいにないはず。絶対にないはずなのだ。だからこそマテオは、時々ニューヨークに滞在する際にビレッジブレンドの上階の住居を使う権利を断固として手放さなかった。

彼の母親であるマダムは、いまでもグリニッチビレッジのタウンハウスの所有者だ。そのタウンハウスの一階部分には百年の歴史を持つコーヒーハウス、ビレッジブレンドが、そして上階には住居がある。わたしもマテオも、ビレッジブレンドの共同経営者になり将来的には事業とタウンハウスの両方の所有者となる契約書に署名するようマダムに説得された。その時点ではふたりともてっきりマダムとパートナーシップを結ぶのだと思った。そうではなかった。マダムはまんまとマテオとわたしにパートナーシップを結ばせたのだ。

つまりいまのマテオとわたしは運命共同体だ。ひじょうにおいしい条件の契約をどちらかが破棄しない限り、相手とうまくやっていくことは必須科目といえる。いままでのところ、うまくいっている。事業のパートナーとして節度を保ってやっていこうとがんばっている。マテオは買いつけなど海外との取引のために出張に出るが、その合間に毎月一週間かそこらマンハッタンに滞在する。その際ホテルに滞在するとあまりにも高額な出費となるので、わたしたちは十年ぶりに不定期ながらふたたび同居する間柄となった。

ともかく、そういう事情があるので元夫の手持ちの上等な服は限られている。そのすべてをわたしはすでにこの目で見たことがある。

「この新しい服のことか？　贈り物だよ」いいわけがましい。

「ブリーからの？」

マテオの不機嫌そうな表情がわたしへのこたえだ。彼が目をそらす。

「彼女はトップデザイナーたちと交流があるんだ。雑誌の関係でね。べつに深いわけなんかないよ。わかるだろう？」落ち着いた口調だった。「わたしにわかるのは、女性が男性の服の世話をするようになるのは、ある種のサインである、ということ」

マテオがわたしを見つめる。なにもいわず、ただじっと見つめる。うっかり口走った言葉を即座に取り消したかった。あんなに自分にいいきかせていたはずなのに。ブリアンといえども、マテオにとってはスリルな味わいの新種のブレンドにすぎないのだと。マテオの相手といえば、若く頭がからっぽな尻軽女が定番だけれど、それとはかけ離れたタイプ（おそらく、この点がいちばんやきもきさせられたのだと自分では思っている）の彼女もまた、しょせんは今月のお気に入りどまりだと。彼女とわたしの元夫がどんな関係であろうとわたしには関係ないこと。おまえには関係ない、とマテオはいくらでもいえる立場にいる。けれど彼はそうはいわない。ただ、わたしのコメントに気詰まりな様子を見せているだけ。

「クレア、ぼくは決して……」彼がぽつりぽつりと言葉を洩らす。「ブリーとは……単にネットワークづくりなんだ」彼は肩をすくめ、目をそらした。「彼女はマナーをわきまえた同伴者を必要としている。彼女のためにドアをあけ、コートを持ち、彼女にわたしてやる人間を。わかるだろう……」

「むきになって遠回しないいかたをすることないわ。あなたが彼女になにを提供しているか、ちゃんとわかっている」

「ちがう。ぼくたちは単なる友人の間柄だ」

でたらめに決まっている。でも黙っていた。こんな会話をしているなんてバカバカしい。いつの間にか、浮気された妻みたいなセリフをぶつけている。わたしはもう彼の妻ではないのに。決まりが悪かった。でもマテオはわたしに寛容だった。

謝ろうとした時、海風がさあっと吹いてきた。和風のちょうちんがカサカサ音をたてた。思わず歯がカチカチと鳴った。ふるえる身体を自分の両腕で抱きしめた。マテオは頭を左右にふると、ヘルムート・ラングのイブニングジャケットをすっと脱いでわたしの肩にかけた。

「いいか、クレア。話題をそらしても無駄だ。どつぼにはまるだけだ……きみの場合ははまるというより、冷たい水のなかからあがってきたわけだが」彼がふたたび眉をあげた。お茶目な表情がちょっぴりもどってきた。そしてにっこり。「とにかく、きみから説明をききたい。だがまずはブリアンの車を借りてきみを送っていこう」

「大丈夫よ。あなたにそんなことしてもらわなくても――」

「どちらにしてもデイビッドと話をしたい。西海岸でのオープンの準備の様子を伝えたいんだ。今夜ここで接触しようとしたんだが、なにしろみんなが彼を放っておかない。ブリーにちょっと断わってくる。すぐにもどるから」

彼を止めることはできなかった。たぶん、凍えきっていたから。

マテオがパティオを横切ってゆき、ブリアンの肩に軽く触れるのを見ていた。友人の小さな輪のなかにいた彼女は微笑みながらふりむいた。やや作り笑いが入っている感じ。ふたりはしばらく会話している。微笑みが消えた。ハイビジョンテレビ並みに広い額の下の眉を思い切りあげて、ブリアンがこちらを見る。

わたしは目をそらし、パーティーの模様を眺めてやりすごした。いつの間にかマテオが肩を並べていた。彼がわたしの肘をつかむ。さきほどのボディガードよりもずっとやさしく。いやでもそれを感じた。

「ブリアンとおつきあいするとこんなに洗練されるのね。驚きだわ」

「いいから、いくぞ」

「ブリーはご機嫌ななめ?」

「それはこっちのほうだ」むっとした声を出して、わたしを押すようにして人ごみを進む。「これ以上はきくな」

「三角関係でお困り?」

わたしたちはサンドキャッスルのなかに入った。一階は人でいっぱいだ。内装を見て思わず口をあんぐり。これほど派手に飾り立てた家は初めてだ。全体としては中世の城を模したゴシックスタイル。きわめつきは高くそびえる石の塔。御影石、ガラス、鋳鉄、重硬材がふんだんに使われていて、とにかく部屋が広い（少なくともわたしが見た部屋は）。

段差のあるリビングルームをマテオに導かれるまま通り抜けた。低くなっているスペースはディスコ照明の整備されたダンスフロアに改造されている。それから長い廊下を歩いた。中世風のタペストリーが並んでいる。美術館に収蔵されている作品を忠実に複製したものだ。控えの間にはほんものの甲冑《かっちゅう》が飾られている。その先にさらに廊下があり、中世の騎士の肖像画が並ぶ。ついに巨大な玄関ホールに着いた。

ホワイエは石の塔の真下にある。この部分は丸天井となっていて、優雅な彫刻をされたアーチ型の石が中央部に向かってカーブを描く。たいまつ型の背の高い鉄製の火鉢（じっさいはガラスのなかにガス灯がともり、ほんものの炎はない）があたりを照らす。むき出しの石の壁には紋章が掲げられている。

幅の広い階段はカーブを描きながら中二階へと続く。中二階は彫刻のあるオークの柵で囲まれて、オークの黒さが歳月の長さを感じさせる。そしてホールの突き当たりに巨大な正面のドア。その周囲にはおおぜいの係員が警備にあたっている。

ドアは映画『アイバンホー』に出てくるような代物で、なにかが足りないとしたらポートカリス（敵の攻撃に対し天井から落とす鉄製の門）。幅広の刀を持ったほんものの騎士がいれば文句なし。

マテオは若い係員のそばにいって駐車チケットをわたした。ブリアンの車が着くのを待っていると、中二階がなにやらにぎやかになった。感じのいい声がきこえてきた。

「帰らないで。パーティーはまだ始まったばかりです！」

ハンサムな男性があわてて階段をおりてきた。すぐに誰だかわかった。メイドの制服を着たふたりの女性がすぐ後ろからついてくる。ひとりはロイヤルブルーのふわふわのバスローブを、もうひとりはバスローブにマッチしたスリッパを持っている。男性はマテオをぐいと脇に押しやってわたしのところにきた。マテオとほぼ同じ身長の彼でなければ、マテオを突き飛ばすなんてことはできない。高級感あふれる光沢のある麻のスーツに覆われた肩は、マイク・クィン警部補と同じくらい幅がありそう。

このパーティーの主催者だ。三十歳に届いたか届かないかという年齢、オリーブ色の肌、張った顎。きちんとヒゲを剃り、真っ黒な髪の毛にはきれいにクシがはいっている。ブラック・オニックスのような目でじっと見つめられてしまった。それも長い長い時間。力のこもったまなざしに、息が詰まりそうになった。

きゅうに恥ずかしくなって、はおっているマテオのジャケットでできるだけ身体を隠そうとした。じっとりと水を含んだ服のせいで身体のラインが強調されてしまうのが、いまさらながら気になってしかたない。

「どうかこれを。ずぶ濡れじゃないですか。どうぞ……」彼がようやく口をひらいた。

彼はメイドから床までの丈のバスローブを受け取り、それを広げた。

「もう出るところですから」マテオがぼそぼそこたえた。

わたしはジャケットを肩からすっと外し、マテオに返した。足を前に踏み出して、エジプト綿の厚手のバスローブに身を包んだ。ドレープのはいったやわらかく暖かいバスローブだ。

「このほうがいいでしょう？　それからこのスリッパも」男性は自ら片方の膝をついて、わたしのはだしの足にスリッパを履かせてくれた。

「あ、ありがとう」

わたしは仰天して口ごもってしまった。最後に誰かが膝をついて靴を履かせてくれたのは、確か十歳くらいだ。初聖体拝領式のためのエナメル革の靴を試着した時だった。

「ボン・フェローズです。わたしの家にようこそ」イギリス風のアクセントにはききおぼえがある。温かくてのびやかな笑顔だ。

いまさら驚きはしなかった。彼の顔は『グルメチャンネル』と『エレガント・ダイニング』という番組で知っていたから。イギリス人とポルトガル人の血をひくフェローズは大変なカリスマ性のある人物だ。テレビ番組、自分の名を冠したレストランチェーン、それ以外にもサイドビジネスの利益で大変裕福なはず。

「クレアと申します。クレア・コージーです」

「ええ、知っています。警備の者からきいています。彼らがあのように手荒なふるまいをしたことをお詫びします。お気を悪くされたのでは？」

わたしは笑いを押し殺した。なぜこんなに心配するのか、やっとわかった。訴えられてこてんぱんにやっつけられるのをひどく恐れているにちがいない。彼がこてんぱんにやられるのを見るのも悪くない。じっくりと観察しているうちに、彼に対する悪者のイメージがすっかり変わってしまった。

これほど魅力的な人物がほんとうに殺し屋を雇えるものなの？

「もちろんだ。ぼくはちゃんと見ていた。あの警備の責任者はそりゃあ手荒な真似を」

マテオがつっけんどんな口調でこたえようとする。

即座に彼を止めた。

「ご心配なく。こちらこそ、あなたのパーティーに押しかけてしまって。しかもこんな姿で」

「いやあ、あなたはこのうえなくチャーミングですよ。たとえずぶ濡れでも！　海からの贈り物ですね。魅力的な小さなヴィーナスだ」

「はあ、まあ……」言葉に詰まった。ばつの悪い気分。「とちゅうで会場の氷の彫刻を見ました。あちらはわたしほどずたぼろの身なりではないと思うわ」

フェローズは愉快そうに笑った。黒く力強い瞳が輝いた。

「あなたはわたしの隣人ということでしょうか？」

「ええ。デイビッドのところに滞在しています。ちょっとした事情があって、彼をさがしてビーチを歩いてきたんです。なにしろ暗くて。それで、ええと……考えが足りなくて……波打ち際にちかづきすぎてしまいました。いきなり高い波にさらわれて」

フェローズが眉根を寄せた。

「デイビッドといれちがいになってしまったんですね。彼はちょっと前に帰りました。彼のレストランの支配人、ジャック・パパスが来たのは遅かったんですが、パーティーをとちゅうで切りあげてデイビッドを車で送っていきましたよ。ああそうだ、デイビッドは気分がすぐれないといっていました」

フェローズはそこで間を置き、含み笑いをした。

「ほかの出席者とのおしゃべりで気分を害したのでなければいいんだが」

「彼はきっと楽しんだことでしょうね」あくまでも礼儀正しく応じる。

「それに、おそらくご存知でしょうが……わたしたちはかつて事業の上で対立しましてね。でもわたしは和解したくてデイビッドを招待したんです。それで、あなたとデイビッドはどういうお知り合いで？　もしやおふたりは……」

彼は含みをもたせて最後までいいきらない。

「ただの友人です」いらぬ誤解をされたくないので、すぐに正した。「カップＪで夏のあいだバリスタの監督役をつとめています。コーヒーのサービスのしかたをチェックして、豆の管理をして、デザートとコーヒーを組みあわせて、そんなところです」

フェローズは少年のようにわくわくとした表情で顔を輝かせた。

「では、みんながうわさしている〝コーヒー・ソムリエ〟なんだ！　お会いできて光栄だなあ。ハンプトンズは今シーズン、カップJの話題でもちきりですよ。白状しますと、デイビッドを今夜招待したのは、うまくとりいって彼の店のデザートセットを食べさせてもらおうという魂胆があったんです」

「どうぞいらしてください……わたしたちの試みをどうお感じになるのか、ぜひきかせていただきたいわ」

マテオが咳払いをした。「車が来た」

「そんなのダメですよ！」フェローズが叫んだ。さっとこちらにちかづいて、わたしの手を取り自分の手に包み込んだ。「どうか行かないでください。あなたの魅力とみごとなキャリアに魅了されてしまいました。それがすべてこのすばらしい小さな身体に秘められているのですから」

「残念ですが、ほんとうに行かなくては。マテオに送ってもらいます。でもすっかり親切にしていただいて」

マテオが文字通り目をまわしている。わたしは彼を無視した。

「とんでもない。わたしはとても自分勝手で」彼はマテオをちらりと見た。「どうしても行かなくてはならないみたいですね」

「ええどうしても」

マテオがまたわたしの肘をつかんだ。そのままわたしをうながしてドアのほうに歩いていかせる。ふり払ってしまいたかったけれど、騒動を起こしたくはない。

「あ、このバスローブとスリッパ」思わず足を止めた。

「どうぞそのままで」フェローズが手をふりながらいった。「いやそれよりも。そのうちに返していただこうかな……その時にまたおしゃべりしましょう」そこできっとマテオを見据えた。「ふたりきりで」

わたしはうなずいた。「おやすみなさい。フェローズさん」

「ボン、です。クレア。ボンと呼んでください」

「では、おやすみなさい……ボン」

最後までいいきらないうちに、マテオが巨大な正面ドアから押し出した。表に出ながらふうっと吐息をついた。ボン・フェローズは成功者だ。ハンサムでとても裕福な人物で、そしてあきらかにわたしに関心がありそう。その彼を容疑者リストにのせておくなんてどうかしている。でもリストから外すつもりはない。

あからさまに好意を示されて、まんざらではない。けれど彼にはデイビッドを狙うだけの動機がある。それに、裕福であまりにも洗練された、自分よりも十歳も若いパーフエクトな男性は、これまでの人生でわたしのタイプだった例《ためし》がない（これは正直な気持ち）。わたしに合っているのは、よれよれで、粗野で、皮肉屋で、きわめつきのタフガイ。がむしゃらに生きて粗削りなところのある男たち。そう、たとえばマイク・クィン警部補。彼の目尻のしわが頭に浮かぶ。そしてマテオも。ただしブリアンにつかまる前までのだ。

外に出ると気温がさらに下がっていた。敷地内はライトアップされていてお城のような屋敷の外装とそれを取り巻く花いっぱいの庭が光輝くおとぎの国のように見えた。階段をおりたところに停まっているブリアンの車のドアをマテオがあけた。光沢のあるシルバーのメルセデス・コンバーティブル。わたしは車に乗り込み、淡黄褐色の特注のレザーのシートに沈み込むように座った。そしてもう一度サンドキャッスルに顔を向けた。

ボン・フェローズが立っている。彼はわたしの視線に気づいて微笑み、手をふった。イギリスの貴族のようにさっそうとした姿だ。

わたしは小さく手をふって返した。が、こころのなかでは葛藤していた。彼をそのまま容疑者リストに残しておくことに。あるいは男性に対する好みを一新する能力のなさに。

14

ボン・フェローズのほうを、ちらりともふりかえろうともしないでマテオは運転席に乗り込んだ。

「シートベルトをしめて」吠えるような声。

肩からシートベルトをしめた瞬間、シルバーのメルセデスのボンネットの下のエンジンが始動していかにも高性能といった感じの音を響かせた。それとともにラジオがかかった。流れてきたのは『ミュージック・オブ・ラブ』という感傷的なバラード。好きな曲だ。でもマテオは手首を機敏に動かしてそれを消してしまった。ギアをいれてアクセルを強く踏み込むと、タイヤとドライブウェイに敷かれた石が激しく摩擦する音がした。

メルセデスがいきなり発進した。反動でシートに背中がぶつかった。マテオはドライブウェイを猛スピードでまわるものだから、スリップして一瞬車の後部が左右にふれた。そのまま花壇につっ込むかと思った。

「ずいぶん無愛想な態度だったわね」

マテオは頭をふり、正面のゲートから道路に出た。

「あの手の奴らは……どこにでもいるよ。世界じゅういたるところで出会った。貴族気取りの連中だ。信頼してはいけない相手だ」

「誰のことをいっているの？」

「誰のことだかわかるだろ。〝このわたしがあなたにスリッパを履かせてさしあげましょう〟なんてことをしゃあしゃあとやって、いったい何様だと思っているんだ。シンデレラマンか？」

「『シンデレラマン』はボクシングのヘビー級の世界チャンピオンじゃなかった？　ほら、映画になったでしょう？」

「ぼくは『プリンス・チャーミング』のことをいっているんだ！　よくきけよ。すてきな魅力も真夜中を過ぎればカボチャになる。それにあのイギリス風のアクセントは、中古車のショールームにある鉢植えみたいに安っぽい。第一なんだよあの名前は。ボンだと？　大量破壊兵器《ボム》にちなんだ名前の持ち主なんて、信用できるか？」

「ボンよ。B-O-M。ポルトガル語でグッドという意味。わかっているくせに。だから彼のレストランは〈グッド・フェロー〉という名前なのよ。それもわかっているでしょう。わざとわからずやのふりをしているだけでしょ。それから、お願いだからスピードを落として！」

マテオは顔をしかめてため息をつき、なにかをあきらめたかのようにシートにもたれた。アクセルに置いた足からようやく力が抜けた。なるほど、いまの彼の心境がわかった。わたしがパーティーで初めてマテオとブリアンに遭遇した時とそっくり同じなのだ。嫉妬。そしてそういう感情を抱く資格はないと気づいて困惑してあせっている。離婚したカップルはみんなそんなふうに感じるものなのだろうか？　ずっと前に手放した伴侶に対し、独占欲を募らせてしまうのだろうか？

「ところで、きみはパーティーでなにをしていたんだ？」マテオの声が落ち着きをとりもどし、さきほどよりもずっと理性的になっている。

「いったでしょう、わたしは……」

「デイビッドをさがしていた、とミスター・グッドバーに話すのはきいていた。ぼくはそんな言葉にはだまされないね。ぼくの考えでは、きみは運命の人《ミスター・ライト》をさがし求めていた」

「なんですって？」

「きみは賢い女性だ。賢すぎる。濡れたTシャツで登場して有名人シェフの気をひこうという計算ずくのしかけだろ。で、狙った結果をまんまと得たんじゃないのか。しかけは功を奏した。彼の関心をひきつけた」

激怒、のひとことだ。

「わたしはデイビッドをさがしていたの。あることが起きて、彼を見つける必要があったの。肺炎になるリスクを負ってまでわたしがあの男性に会おうとしてたなんて、本気で考えているの？」強調するように、まだ濡れている髪を軽くふった。

「気をつけて。このレザーのシートはブリーの特注なんだ」ぴりぴりした口調だ。

「あら、そうだったの？」

わたしは陰険な目つきをして、もう一度頭をふった。今度は洗い立てのプードルみたいに激しく。水滴がブリアンのメルセデスの車内に飛び散った。マテオが着ているヘルムート・ラングのスーツのジャケットにも数滴以上かかった。

マテオがニヤニヤした。

「まったく、ガキだな」

「そりゃあもう。あなたに似たのかしら」

幸いにも、あっという間にデイビッドの地所に着いたので、情けない口論はそこでお終いとなった。

「ここで曲がって」わたしは指さした。

ドライブウェイに入ってゆくと、さきほどの制服姿の警備員にストップさせられた。

「何者だ？」マテオがたずねた。

「デイビッドはセキュリティを少し強化したのよ」

マテオは、はてなといいたげに眉をあげた。けれど理由はきかなかった。

わたしは警備員に向かってあいさつ代わりに手をふった。

「わたしよ」ちかづいてきた若者に声をかけた。彼は懐中電灯でマテオの顔とわたしの顔を照らした。

「敷地を出られたとは気づきませんでした。ミズ・コージー」

「散歩に出たのよ……それで、ちょっとばかり濡れてしまったの」

警備員がマテオを見つめた。

「この人はマテオ・アレグロ。デイビッドと事業をいっしょにやっているの。あいさつがてら事業について情報交換をしに立ち寄ったのよ。デイビッドはもどっているんでしょう？」

警備員がうなずく。「パパス氏が一時間ほど前に送ってきました。ミンツァー氏を降ろして、そのまま行ってしまいました」

「よかった」あの支配人と会わずにすむと思ったらほっとした。人を見下したようなところも気にいらないけれど、もしかしたら不正をはたらいているかもしれないあの人物と。「ミスター・アレグロはちょっと寄っただけよ。すぐに帰りますから」

警備員はすぐには反応しない。メルセデスを通していいものかどうか思案しているにちがいない。

「通してちょうだい。わたしがマテオの保証人になるわ」猫なで声でいってみた。

ようやく警備員は脇によって、どうぞと手で合図した。

マテオはわたしのホンダの後ろにベンツを停めた。ホンダの前にはデイビッドの小型のスポーツカーが停まっている。警備員はわたしたちの後ろからついてきて、合カギでなかにいれてくれた。家のなかは明かりが落とされ、ホワイエには人気がなかった。居間にも誰もいない。

「デイビッドは寝てしまったのかもしれないな」

キッチンに入ってゆくとアルバータ・ガートがいた。いきなり入っていったものだからひどく驚かせてしまったのか、彼女はクリスタルのタンブラーを落としてしまった。一時間前に会った時には変わった様子はなかったのに、いまのアルバータは妙に動揺している。

「ああ、びっくりした！　おどかさないでちょうだい！　こっそり忍び寄ってくるなんて、ひどいわ！」彼女はクロスをつかむと膝を曲げて割れたガラスを拾った。

「ごめんなさい」

謝りはしたけれど、わたしたちはこっそり忍び寄ったわけではない。わたしたちの足音くらいはきこえたはず。よほどぼうっとしていたのだろうか。まあ、いいあうほどのことではない。険悪になるのもいやだった。

「アルバータ、こちらマテオ・アレグロ。デイビッドの事業のパートナーよ。ちょっとあいさつに寄ったの。デイビッドはもう二階かしら?」

「もうおやすみよ。体調が悪くて話せる状態ではないわ」アルバータはガラスとクロスをゴミいれに捨てた。「マティーニの飲みすぎだと思うわ。特製の『シューシュー・ドリンク』を手早くつくってあげたのよ——」

「なにをつくったですって?」

「二日酔い防止の飲み物。デイビッドがつくってくれと頼むの。パーティーに誠実に参加しすぎた時にね。これは彼流の表現。〝特製ドリンク〟を飲めばたいていは吐き気も頭痛もおさまるからすぐに眠れるのよ。でも今夜は全然きかなかったわ。苦しそうにうめいていたもの。毒を盛られたとデイビッドはいっていたわ」

「毒を盛られた!」反射的に叫んでいた。

「とにかく症状が重くて。どうしたらいいのかわからなかった。デイビッドは機嫌がとても悪くて、ひとりにしてくれというし。よほどラマー先生に電話しようかと思ったわ」

「待って。そのラマー先生なら知っているわ。マンハッタンにいらっしゃるドクターでしょう?」セントビンセンツ・ホスピタルに関わるチャリティーイベントで会ったことがある。マダムのお友だちのマクタビッシュ医師から紹介された。

アルバータが肩をすくめた。

「ほかに誰に電話したらいいのかわからないし。ハンプトンズのお医者さんは全然わからなくて」

「デイビッドの様子をのぞいてくるわ」わたしはキッチンから出た。マテオがすぐ後ろからついてくる。

アルバータがいそいで追いついた。

「とても機嫌が悪いのよ」張りつめた声で忠告した。

わたしは足を止めなかった。

「それはきいたわ。でも心配しないで。あの人が腹を立ててわたしをクビにしても、全然こたえたりしない。ちゃんと本職があるから」

寝室のドアのところまで来ると、ドアの向こうからデイビッドのうなり声がきこえた。そっとノックした。そして少しだけドアをあけた。きんきんに冷やされた空気がわっと襲いかかってきた。

「どうしてこんなに冷やしているの?」びっくりしてたずねた。

自分が温度を調整したとアルバータがいった。デイビッドは経験上寒くて暗い部屋で横になると偏頭痛の症状が軽くなるといいはったのだそうだ。バスローブのなかに濡れた服を着ているわたしはふるえあがった。

「デイビッド。わたしよ、クレアです」ささやきかけた。

「向こうにいって。具合が悪いんだ」デイビッドのふるえる声がする。

少しあけたドアから差し込むぼんやりとした光のなかで、デイビッドが毛布にぐるぐる巻きになっているのが見えた。こちらに背中を向けて横になっている。頭には枕をのせている。

「具合が悪いってきいたわ……アルバータがわたしたちに教えてくれたの」

「わたしたち?」

「マテオもいるわ。あいさつに寄ったのよ。でもあなたの具合が悪いのなら」

デイビッドがうめいた。「クレア、いまわたしは社交ができる状態ではない。いまにも死にそうだ……毒を盛られたのだと思う」

「毒を! 誰に?」

彼がまたうめいた。「あのフェローズというやつに。彼のパーティーではなにひとつ口にしてはいけないとわかっていた」

「ボン・フェローズがあなたに毒を盛ったというの?」

〝どうしようどうしよう。やっぱり思った通りだった。フェローズには動機もチャンスもあった。彼はプロの殺し屋を雇ったのよ。その殺し屋が誤ってトリートを撃ったにちがいない〟。

「警察に電話しなくては。オルーク部長刑事に、あなたの隣人があなたを殺そうとした犯人だと知らせなくては」

「うぅ！　ああ、ちがう、ちがうんだ！　お願いだ、クレア。そんな極端に走らないでくれ！　文字通りの意味で彼に毒を盛られた、といっているわけではない。彼が意図したわけでもない。あの男がグルメ向けレストランと自称する残飯ハウスでは、〝毒〟を使っている。毒というのはあくまでもわたしの表現だ。それにしてもプライベートのゲストにまであの下劣な代物を食べさせるとは、よほどの図太さだ。信じられない」

「代物？　それはいったいなに？」

「ＭＳＧ。グルタミン酸ナトリウムだ……わたしはＣＳＲになったにちがいない」

「ＣＳＲ？　それはなんだ？　相当やばそうだな」マテオだった。

「チャイニーズ《C》レストラン《S》・シンドローム《R》」デイビッドがまたうめいた。

「冗談か？　正式な病名というわけではないんだろう？」マテオは疑るような目でわたしをちらっと見る。

「その略語は医師が使っている。まちがいない。食品添加剤を使うレストランならどこでも、そして多くの加工食品によっても罹患すると医師が認めている。激しい腹痛と頭痛と」

そこでデイビッドはのどになにかが詰まったように、ベッドの上で苦しげにもがいた。水からあがったサカナが暴れるように。が、まもなく落ち着きを取りもどし、つらそうにため息をついた。

「いいから、出ていってくれ」哀れな声だった。

わたしはマテオとアルバータをひっぱるようにして廊下に出るとドアを閉めた。

「いちばんちかい病院は？　デイビッドには治療が必要よ」

「ここいらでわたしが知っている救急治療室《ER》といえば、サウスハンプトン・ホスピタルだけよ。十五マイルくらい離れているわ」アルバータがいった。

デイビッドはわたしよりちょっと大きいくらいの背の高さだけれど、彼をベッドからおろして車までつれてゆくのはひと仕事だ。幸いにもマテオがいるから力を借りない手はない。当然、救急車を呼ぶべきなのだが、デイビッドは救急車で運ばれることを頑として拒絶した。

「そうっと運んでくれ。そうでなければ断わる」デイビッドは痛みで顔面蒼白だ。目の下にはくっきりとクマができている。「自力で病院に行く。さもなければこのベッドで死ぬ」

わたしは目をつむった。〝また、あの醜い言葉……死ぬ〟。

「メルセデスを使ったほうがいいわ。そのほうが速いし、わたしのダサイおんぼろホンダよりもずっと頼りになる。デイビッドのスポーツカーはわたしたち三人が乗るにはきついし」

「ちょっと待てよ。あのメルセデスはぼくの車ではない」

「ケチなこといわないでよ。人の命がかかっているのよ。いいから手伝って」

しかしマテオはデイビッドのベッドにちかづくかわりに携帯電話を取り出した。

「なにしているの?」

「ブリアンに電話して事情を説明する。彼女がフェローズのパーティーで足止めを食わないように」

わたしは手を伸ばして携帯電話をたたんだ。

「ブリアンにはひとこともいっちゃダメよ。彼女はお友だちに洗いざらいしゃべってしまうわ。パーティーにいる人たちにね。デイビッドは嫌がると思う」

「馬鹿なこというなよ。ブリーはそんなことはしない」

「彼女は雑誌の編集をしている人よ。ゴシップを株みたいに売り買いしているようなものなのよ。最新のトレンドについてのゴシップやお金持ちと有名人に関するゴシップを発行部数を十パーセント上げるためなら彼女は親友でも裏切るでしょうね。いいから電話をしまって手伝って!」

マテオはあきれたという表情をして電話をジャケットにしまった。そしてデイビッドの上半身を起こすのを手伝った。デイビッドはうなり声をあげて頭を抱えた。突然めまいに襲われたのだ。デイビッドは大きめの赤いシルクのパジャマを着ている。そのせいでよけいに小さく、弱々しく、血の気が失せたように見える。触れると彼の肌は汗でべったりしていた。

「いそがなくては」

アルバータが先に立って進み、ドアをあけ、障害物をどけた。マテオとわたしはだらりとしたデイビッドを半分抱きかかえるように、半分ひきずるようにして階段で一階におろし、居間を通り抜けて正面のドアまで運んだ。

警備員が来て手を貸してくれた。わたしはわずかな時間を見つけて自室に走っていった。大いそぎでフェローズのバスローブを脱ぎ捨て濡れた服をはぎとり、フリースのジョギングウェアを着た。二分もかかっていない。スニーカーはビーチに置いたままだ。ほかの靴をさがしている暇はない。だからフェローズのロイヤルブルーのスリッパを履いたまま正面のドアに走ってもどった。

警備員が車のドアをあけ、マテオがデイビッドを支えて後部座席にのせた。アルバータはキルトを持ってきて、ガタガタふるえているデイビッドの身体を包んだ。

「なにかあったら電話するわ」

アルバータはくちびるをかんでうなずいた。

マテオがエンジンをかけて発車した。

「ああ、ダメだ」デイビッドがうめいた。「吐きそうだ！」

「ブリーのレザーのシートにはかけないでくれ！」

マテオが叫んでブレーキを踏んだ。

遅かった。

15

リチャード・デ・プリマ医師は精力的な感じの人物で年齢は三十歳くらい。白衣姿だ。髪は早くも白髪が混じり、腕のいいゴルファー特有の日焼けをしている。バインダーに挟んだ紙をつぎつぎにめくり一枚一枚の紙に目を走らせ、長い文章のところで目をとめた。ようやくデ・プリマ医師が顔をあげた。

「ここに運んでいらしたのは幸運でした」

「そんなに悪いんですか?」わたしがたずねた。マテオとわたしは医師とともにERの診察室のすぐ外で立っている。デイビッドはまだなかだ。

「ミンツァー氏は胸、肩、腹部、前腕、首の後ろに灼熱感があると訴えています。顔はくりかえし無感覚になり、腹痛はほぼ絶え間なくまだしつこく続いています。心悸亢進が見られ、病院に到着した時には喘鳴がありました。呼吸が困難ということです。ミンツァー氏はアナフィラキシー性ショックにひじょうにちかい状態であるとわたしは判断します」

「まあ、ひどい」わたしはマテオを見た。

マテオはわたしの肩に当てた手にぎゅっと力をこめた。

「それではここに運び込んだのは正しい処置だったということですね？　そうですね？」

「ええ、もちろんです。それから患者さんの話では病院に来るとちゅうで嘔吐したそうですが？」

マテオがため息をついた。「なんども」

「それはとてもよかった。嘔吐していなければ胃を洗浄しなくてはなりませんでした」

「デイビッドはどうなってしまうんですか？」わたしはたずねた。

「抗ヒスタミン剤を処方しました。このように重篤なアレルギー反応に対する標準的な処置です」

マテオが目をぱちくりさせた。

「アレルギーのせいで死にそうになったということですか？」

「ＭＳＧに対して比較的よく見られる反応です。これはグルタミン酸ナトリウムといって」

「ええ、それは知っています。マテオも知っています。でもデイビッドがＭＳＧに対して拒絶反応を起こすなんて、今夜初めて知りました。どうやら本人はずっと前から知っていたようですけれど。だからその添加物を避けようとしたんですね」

デ・プリマ医師はやさしげな微笑みをわたしに向けた。

「ミズ・コージー、MSGは現代の食生活にあまりにも浸透していて、完全に避けることはむずかしいんです。食品についているラベルの標示でいいますと、MSGは四十以上の異なる名前で表記されています。『加水分解プロテイン』という婉曲的な表記から『自然調味料』まで――おそらくこれはいちばんひどいまやかしですが――ありとあらゆる呼びかたがあります」

マテオが咳払いをした。

「肝心なことをきいておきたいんですが、デイビッドはよくなりますか?」

医師はうなずいた。

「今夜は入院してもらいます。経過を観察するというのがおもな理由です。危険な状態は脱しました」

「確かですか?」マテオが念を押した。

「症状は一時間から四時間続きます。しかしミスター・ミンツァーが摂取した量から判断して、もっと長く続く可能性があります。抗ヒスタミン剤が効くはずです。症状がおさまった後一日か二日、脱力感と疲労感に襲われるでしょう。これは二日酔いに似ていなくもない。しかし四十八時間から七十二時間で元の体調を取りもどすはずです」

「面会できますか?」わたしがたずねた。

「残念ですが、それは許可できません。休息が必要ですから。ここまでの移動で大変消耗しています」

「おっしゃる通りですとも」マテオが皮肉っぽくいう。

「先生はデイビッドがMSGを大量に摂取したといいましたね。どうしてそうおっしゃるんでしょうか?」

「あれほど強烈な反応をひき起こすからには、大量に摂取したにちがいありません。アレルギー反応の強さは、体内に取りいれたMSGの量にそのまま比例します」

わたしは頭を左右にふった。

「でもデイビッドは今夜出席したパーティーでほんの少し食べただけだといいました」

「あの反応からすると、相当な量を摂取しています」医師が主張する。「あなたがたがここに運び込んだことは幸いでした。短時間で大量のMSGを摂っていたので、MSGという物質に対して強く反応してしまうミンツァー氏の場合、命を落としても不思議ではなかった」

マテオとわたしは駐車場にもどってからほとんど言葉をかわさなかった。男子トイレからくすねてきたペーパータオルの塊で、マテオがブリアンのメルセデスの後部座席をきれいにするあいだ、わたしは外で待っていた。

手伝うと申し出たのだけれど、彼はふり払うように拒絶した。だから彼が鼻をつまんで後部シートを拭くあいだ、わたしは駐車場の灯りの周囲を蛾が飛び回るのを見ていた。午前三時ちかかった。きこえる音といえば、絶え間なく鳴くコオロギの声と木々を揺らす風の音だけ。

マテオは自分のジャケットをわたしの肩にかけた。「悪臭を吹き飛ばす」ためにコンバーティブルのトップを全開にしても寒くないようにというこころづかい。

わたしたちはデイビッドの邸宅に向かった。塩まみれになった髪が風になびく。おたがいに無言のままだ。このクレイジーな夜のできごとについて、自分なりに整理してみた。

これはまちがいなくデイビッド・ミンツァーの命を奪おうとする企てだ。二度目が実行されたのだ。むろんわたしにはそれを証明する術がない。けれどわたしにとってはなにもかも明白だった。誰が犯人なのかは、これ以上ないほどはっきりしているではないか。

デイビッド・ミンツァーとボン・フェローズはずっと反目しあってきた。ふくれあがったエゴとエゴの闘いであるにしても、それは人間同士のリアルな対立だった。若くエレガントなレストラン経営者フェローズは、デイビッドを自分のパーティーに招待して世間に「和解」をアピールするいっぽう、その機会を逃さずデイビッドにMSGをこっそり摂取させたのかもしれない。アナフィラキシー反応をひき起こすほど大量に。白い粉の状態ではグルタミン酸ナトリウムには味がない。フェローズのパーティーでデイビッドが口にしたあらゆるものに、大量のグルタミン酸ナトリウムを加えることは可能だったはず。マティーニからシーフード・サティのピーナツソースにいたるまで。仮説としては申し分ない。が、ひとつ大きな穴がある。デイビッドがMSGに激しく反応する体質だと犯人側が知っていなければ成り立たない。フェローズはどうやってそれを知ったのか?

わたし自身、デイビッドと知りあってかれこれ一年で、彼とはいい友人だと思っているけれど、彼のアレルギーのことは知らなかった。確かにカップJでMSGは一度も使ったことがない。けれど、それは店で提供する飲食物に関するポリシーの問題。わたしはそれに同意していたけれど、まさかデイビッド自身がその物質に対してアレルギー反応を示すとは思いもよらなかった。

けれどアルバータなら……おそらく知っていた。彼女はデイビッドについてひじょうにくわしい。何年にもわたって個人情報を蓄えているようなものだ。デイビッドの好き嫌い、仔細な健康状態、弱点を知り抜いている。さらにアルバータはデイビッドの遺言状のなかで遺産を受け取る者として名が記されている。デイビッド・ミンツァーが死ねば彼女は得をするのだ。たとえデイビッドの遺産のほんの一部しか受け取れないとしても、ミンツァーが所有する事業があげる利益は莫大なものであり、遺産そのものがとほうもない額となるはず。

しかし巨額の現金欲しさにアルバータ・ガートは雇用主の殺害に走るだろうか？　可能性はある。

確かにアルバータは感じがよくて、好ましい人物。しかし彼女にとってひじょうに不利な状況証拠もふえるいっぽうだ。たとえば彼女がかわいがっているトーマスという甥。彼女がなにげなく洩らした話では、デイビッドはその若者のことを知って力になってやった。遺言状で受益者のひとりとして書き加えるほど親身に面倒を見た。アルバータによれば、トーマスこと「トミー」は問題行動を起こし、社会へのつぐないをすませ、人生を建てなおした。そして彼は陸軍に入隊した際にライフルの使用法をマスターしたはず。ライフルの薬莢の説明はそれでつく。

では……アルバータは甥と組んで冷血な人殺しをたくらんだのだろうか？　独立記念日の狙撃犯はアルバータの甥の「トミー」だった、といっていいのか？　そして甥が誤ってトリート・マッツェリを殺してしまったので、アルバータが今夜もう一度デイビッド殺しをたくらんだのか？　彼女ならデイビッドの二日酔い防止の万能薬「シューシュー・ドリンク」にMSGの混合物を少々まぜるくらいかんたんにできたはず。

そういえば、わたしとマテオがキッチンに入っていった時、彼女はひどく動揺していた。彼女は流しでタンブラーを洗っていたのだ。そしてそれを落とした。あれは証拠隠滅だったのか？　彼女が洗っていたのは、デイビッドに毒入りカクテルを飲ませたグラス？

狙撃のあった前後のことを思い出してみた。花火の余興が始まる前にデイビッドは偏頭痛に襲われた。しかし偏頭痛の原因となるようなものは食べたおぼえはないと彼はマダムに話している。誰かがデイビッドの食べ物にＭＳＧを加えることができたのか？それは彼が信頼していた人物だったのか？　アルバータ・ガートのような人物？

さらに、どうしても気になることがある。どうしてアルバータは昨夜あんなにおしゃれしていたの？　メイクをしてジュエリーもつけていた。けれどパーティーには参加しなかった。自室でひとりきりで夜を過ごしていたのだ。

頭のなかで、彼女と話した場面を再現してみた。そうだ、続き部屋のある寝室のドアを彼女があけた時、テレビはついていなかった。けれどドアをあける前には、確かに話し声をきいた。あの話し声はアルバータと甥のものという可能性は？　わたしがノックした時、彼はあそこに潜んでいたのだろうか？　それとも単にテレビを消してからアルバータがドアをあけに来ただけ？

いままでの情報をすべて検討して整理がついたと思った時、砂に残った足ひれの跡を思い出した。あれについてはまだ考えていなかった。謎めいた侵入者についても。フェローズのプライベートビーチにあらわれ、わたしが船まで追って行ったフロッグマンはあいかわらず正体不明だ。彼はあそこでなにをしていたのだろう。航海灯を消した船と浜を泳いで行き来した目的は？

こうしてひとつひとつ考えてみると、愛すべきわが父親の格言が浮かんできた。〝いいかクッキー、誰であろうと闇のなかで動きまわっている奴はろくなことをしていないはずだ〟。

そして怪しげな〝十パーセント上乗せルール〟を実行しているジャック・パパス。パパスはデイビッドのアレルギーのことを知っているのだろうか？　彼は独立記念日のパーティーにいた。デイビッドを車で送っていったのは彼だ。マージョリー・ブライトはどうだろう。彼女はデイビッドの地所の木立にまぎれるようにしてこそこそしていた。おまけにフェローズのパーティーにも出没していた。とうてい「お隣さん」とは思えない彼女の口調をまだおぼえている。あのとげとげしい態度のマージョリー・ブライトは、デイビッドの死を願っていてもおかしくない。しかし彼女はどうやってデイビッドのアレルギーのことを知ることができるのか。頭をめまぐるしく働かせながら、マイク・クィン警部補の言葉を思い出した。そしてその正しさを痛感していた。金持ちはウエイターよりもたくさんの人間を敵にまわしているもの。

ため息が出た。〝待て、確実にわかっていることがひとつだけある……〟。

「今夜、誰かがデイビッドを殺そうとした」

「なんだって！」マテオがきき返した。

わたしはぎゅっと目を閉じた。もう夜も遅く、くたくただった。つい気がゆるんで、考えていることの最後のひとかけらを口に出してしまった。あるいは……フロイト的失言かもしれない。わたしはくたびれ果て、孤独を感じ、マテオに救いを求めたのかもしれない。どちらにしても、これ以上はお手あげだ。それを認めることにした。すべてをマテオに話してしまおう。わたしはさっそく実行した。トリート・マッツェリが撃たれたこと、フロッグマンみたいな足跡、ついさきほどフェローズ邸の外でほんもののフロッグマンを見たこと、アルバータ・ガートと彼女の甥について、ジャック・パパスとマージョリー・ブライトへの疑惑についてくわしく話したのだ。

きき終えたマテオの第一声は、案の定つぎの通り。

「それできみはぼくの娘とおふくろをあの家に滞在させているのか！」

「家を出るようにあなたがふたりを説得してみなさいよ。とにかく頑固で強情で、モラルが欠如しているところはあなたとそっくり。ひとりずつでもそうなんだから、それがふたりとなったら」わたしは両手をふりまわし、肩からマテオのジャケットが落ちそうになった。

「落ち着けよ、クレア」

「あなたのほうこそ。そうね、モラルが欠如しているというのは的外れかもしれない。あなたはべつとして。とにかく、デイビッドの身に危険が迫っていると案じているのはわたしだけなの。それからもうひとり、あなたのお母さまもね。マダムは危険だと知って――」

「きみはおふくろを、自分の絶叫マシンごっこにひきずり込んだのか？」

「絶叫マシンごっこじゃないわ」

「本気でそう思ってるのか？　こっちは何年もコカイン中毒で苦しんだ経験者だ！　きみはドラッグで判断力がいかれた状態だ。それにこの探偵ごっこはきみの手に負えるようなものではなくなっている。まさに絶叫マシンごっこじゃないか。きみにとってこれはドラッグで、きみはすっかり取り憑かれてしまっている。まちがいない！」

「ドラッグではないわ。絶叫マシンごっこなんかじゃない。それにわたしは絶対に取り憑かれてなどいません！　これは生死に関わる問題なのよ！　わたしはこういう事態が起きることを望んだりしていないわ。でも起きてしまった。いまはデイビッドの命について話をしているの。あなただって自分の目で見たでしょう。今夜、彼になにが起きたのか」

マテオが頭を左右にふった。「今回もおふくろを巻き込んでいるなんて、信じられないよ」

「あなたのお母さまはデイビッドの家に滞在しているのよ。結果的にすべてのまっただなかに居合わせてしまったということ。マダムを止めることはできないわ。お母さまがどういう人か、あなたはわかっているでしょ」わたしは肩をすくめた。

じつの母親なのだから、当然ながらわたしよりもよく知っている。だからマテオはなにもいわなかった。しかしべつの方向から切り込んできた。

「デイビッド自身はきみとはちがう見方をしているんじゃないかな」

「わたしと同じ危機意識を持っている人はいないわ。警察も、デイビッドもわかっていない。デイビッドははなからつっぱねて、頑として認めないわ。でもこうして危機一髪の目に遭ったのだから、そんな悠長なことはいっていられないんじゃないかしら」

マテオは無言のまま車を走らせた。わたしが抱えているジレンマについて、彼はどう考えているのだろう。車内の空白を車の走行音が埋める。デイビッドの屋敷がようやく見えてきたころに、マテオがやっと口をひらいた。

「それで、どうするつもり?」

意外だった。てっきり非難されると思っていたのに。

「ここを離れずにできる限りデイビッドを守るつもり。これ以上危害が加えられないようように。もちろんジョイとマダムのことも守るわ。ふたりとも強情でこの屋敷を離れようとしないからね。デイビッドを殺そうとした犯人をつきとめて、暗殺者の身元を警察に通報する。そうしたいと思っている」率直にこたえた。

マテオがハンドルを切ってデイビッドの屋敷のドライブウェイにメルセデスを乗りいれた。警備員があいさつ代わりにうなずいて、手で合図して許可した。マテオはメルセデスをわたしのホンダの後ろに停めてこちらを向いた。

「ぼくはなにをしたらいい？」

口をひらこうとした時、マテオの携帯電話の呼び出し音が車内いっぱいに響いた。あっと思った。わたしが肩からはおっている彼のジャケットから音がしたのだ。あちこちのポケットをさぐって、ようやく電話を見つけてマテオにわたした。彼が受け取った瞬間、呼び出し音が止んだ。

マテオはそのままシャツのポケットに電話をしまい、わたしのこたえを待っている。携帯電話が三回鳴った。届かない三つのメッセージ。まちがいなくブリアン・ソマーからのものだ。

わたしは肩からするりとジャケットを脱いで威勢よくドアをあけた。

「サンドキャッスルのパーティーで身元保証人になってくれてありがとう。それからいっしょにデイビッドを病院に運んでくれたことも……感謝しているわ、マテオ――」

「クレア！」

「すぐにもどったほうがいいわ。いそいで。ブリーが待っているから」

16

〝パラダイスの新しい一日《アナザー・デイ・イン・パラダイス》〟。

あっという間に翌朝だった。寝室の窓から差し込む朝日がまぶしくてたまらない。なにもかもすっかり忘れ、目がさめた瞬間は頭のなかが真っ白なキャンバスのような状態だった。が、すぐに前日のどす黒い記憶がキャンバスに飛び散った。

朝のひと泳ぎは省略することにして、そそくさとシャワーを浴びた。さいわい、ひとつだけこころ安らぐことがあった。昨夜やっとの思いで二階にあがっていくと、ジョイがなにごともなかったように帰宅していたのだ。彼女の部屋をのぞいてすこやかな寝顔を見たら、これでようやく眠れる気がした。

しかし元の義理の母はあいかわらず不在だった。行き先の見当もつかないままだ。部屋はからっぽだし、ベッドカバーは乱れていない。けれどパニックになったのはほんの数分だけ。ハンドバッグにいれっぱなしだった携帯電話にメッセージが入っていたので、ようやくそれで事情を飲み込んだ。

「クレア、知らせておくわね。今夜は外泊します……」そこでマダムが声をひそめた。「……お友だちのところにね。あなたからのメッセージ、きいたわ。グレイドン・ファースについてのメッセージ。その若者とボン・フェローズについてあちこちで情報を収集してみるわ。役立つ情報が手に入るかもしれないから。ではまた明日。おやすみなさい！」

マダムのメッセージをききながら、わたしは頭をふって髪を乾かした。マダムは〝お友だちのところに〟泊まった……。奥ゆかしい表現がかえって滑稽だ。ジーンズと黄色いVネックのTシャツを着ながら、あらためて決意した。〝わたしは本気よ。この謎は誰にも頼らずに解決してみせる〟。

革製のサンダルを履いてハンドバッグをつかみ、キッチンに向かった。しんとしたキッチンで機械的に手順をこなしてドッピオ・エスプレッソを支度し、それを飲み、クレマをじゅうぶんに味わった（クレマはゆたかなカラメル色の層で、これがなければ適切に抽出したエスプレッソとはいえない）。今日一日を乗り切る元気をたくわえたところでドライブウェイに停めていた愛車ホンダに乗り込んだ。勤務についている警備員に向かってさっと手をふった。ゆうべとはちがう新顔だ。屋敷の敷地を出ると幹線道路めざして田舎道を走った。目的地はモントーク・ハイウェイのサウスハンプトンの西側。

〝ハンプトン・ベイ、ニューヨーク州〟

頭のなかに焼きつけておいた。ボン・フェローズ邸のビーチの沖合に浮かんでいた『ラビットラン号』の船首には確かにそう書かれていた。船の名前と港名はあのフロッグマンを見つけるための唯一の手がかりだ。今日は仕事に行く前にあの船を見つけて所有者をつきとめるつもりだった。

デイビッドのサフォーク郡の電話帳にはハンプトン・ベイのマリーナが八ヵ所掲載されている。ページを破り、それを持って車に乗ったのだ。時間が許す限り、できるだけ多くのマリーナを確認してみよう。

ついていた。二ヵ所目でめざす金を掘り当てた。モンローズ・マリーナ。停船用水面《スリップ》にはおよそ六十隻の船が停泊している。狭い駐車場に車を停め、十余りの長いドックを歩きながら船の名前を確かめた。さがし始めてからおよそ十分後、『ラビットラン号』を見つけた。全長三十五フィートの白い船。船内機装備、グラスファイバー製。

〝あった〟。

日中の光のなかで見て、船はパワーヨットであるとわかった。操舵室があり、デッキの下にはサロンとギャリーがあるらしい。寝台つきの船室もあるかもしれない。

ドックから目を凝らし、人の気配をさがした。船に誰かいれば話がきけるかもしれない。けれどヨットに人影はない。そしてマリーナもがらんとしている。まぶしい朝日を浴びて目をうんと細めながら見ると、マリーナの端に係留されているヨットに中年のカップルが乗っているのを見つけた。そしてもういっぽうの端の中くらいのサイズのヨットからは若い男性が姿をあらわした。ほかに人影は見あたらない。

こういうリゾート地の午前七時というと、たいていの人が前夜のパーティーの疲れからまだぐっすり眠っている時刻。本気で漁をするつもりなら、夜が明けやらぬころに出港しているはず。このマリーナに係留されている高級ヨットから判断して、ここでは楽しむこと以外は誰も〝本気〟になるつもりはなさそう。

腕時計でもう一度時間を確かめて、ため息をついた。プロの私立探偵であれば日がな一日このあたりで張り込みをして誰かが『ラビットラン号』に乗り込むのを確認できるのに。でもいまのわたしはバリスタを仕込む技能に対して報酬を支払われている身。探偵の技能など誰にもあてにされていない。だからあと三時間もすれば土曜日のランチのシフト勤務につかなくてはならない。一週間のうちレストランがいちばん混雑する時間帯だ。

こうなったら当たって砕けろだ。マリーナを管理している人にあの船の持ち主をきこう。ただ、情報は確実にあるとして、それをわたしに教えてくれるだろうか？　クライアントの個人情報をおいそれと明かしてはくれないはず。だとしたら、それを可能にする都合のいいストーリーをでっちあげなくてはならない。うまく行けば船の持ち主が判明し、確実な手がかりとなる。

マリーナの事務所に歩いていった。駐車場と海の中間に建つ灰色の低層の建物だ。正面のドアのノブをまわしてみたが、しっかりカギがかかっている。閉鎖中という表示もなければ業務時間の案内もない。窓からのぞきながらノックした。

反応はない。人の気配もない。

朝摂ったカフェインがあいかわらず体内の細胞をかけめぐり、わたしをけしかける。いざ突入せよ、と。『ラビットラン号』が係留されているスリップにもどった。もう一度注意深くあたりを見まわしてから船に乗った。もしもこのツキが続いてくれれば、例のフロッグマンみたいな男の正体をつきとめる手がかりが見つかるはず(水泳用の足ひれと新しい指紋のついた猟銃も見つかれば、文句なしだ)。

磨きあげられたウッドデッキに降り立った。船尾側だ。私物らしきものはまったくない。操舵室も同じ。革製のシートがふたつ、操舵輪、専門的なベルや警笛があるばかり。

下におりてサロンとギャリーを調べてみた。ボルトで固定されたコーヒーテーブルには液体がこぼれた跡。床に包装紙が落ちていたので拾ってみた。トゥインキーの袋のようだ。狭いギャリーにはドリトスの小袋が置きっぱなしになっていた(これはサダム・フセインのお気にいりのスナックだそうだが、権力の座から追われたイラクの独裁者がわたしのお目当てのフロッグマンと同一人物とはどうしても思えない)。サミュエル・

アダムズのビールの空き瓶が六本とコーラの缶が少し。

流しの下の小さな容器にもゴミが入っていた。けれどたいしたものはない。トゥインキーの袋が数枚、グルメ向けの食品店がサンドイッチを包む際に使うような厚手のセロファン、そして新聞紙も少し。昨日付の《ニューズデイ》紙と《ニューヨーク・タイムズ》紙のスポーツ欄。

なにもない。持ち主の身元を示すものはなにひとつ見つからない。それはつまり、誰かがウェットスーツを着て、夜、フェローズの豪邸のそばに出没する理由も見つからないということだ。

デッキの下の部分をさらに進んでいく。ドアをあけると寝台つきの船室だった。寝心地のよさそうなダブルベッドと丸窓がある。けれど個人のものと見られるものはなにもない。狭い洗面所を調べようとしたその時、外で声がした。若い女性ふたりがおしゃべりして笑っているような声。

「お嬢さんたち!」

遠くからきこえる三番目の声は男性の低い声だった。

ここでこのままじっとしているべきというのはわかっていた。でも声の主を確かめたかった。寝室の丸窓からのぞいた。外の様子を少しでも見たい。

十六歳か十七歳くらいのほっそりした若い女の子がふたり、着古したジーンズとTシャツ姿で隣のドックに立っている。白髪まじりのかっぷくのいい男性がふたりにちかづいてきた。カーキ色のズボンに青いウィンドブレーカーを着ている。彼が話すのをきいて、思わずぎくっとした。

「……一年でいちばん忙しい週末だ。だからさっさとやってくれ。ここの船は昨夜遅く入ってきた。ここから順番で掃除を始めてくれ。手早くな」

それだけいうと、かっぷくのいい男性は向こうを向いてすたすたと行ってしまった。片方の女の子が男性の後ろ姿にわざとらしく敬礼した。もうひとりの女の子があきれたような表情をする。ふたりはしばらくリストを検討して、同時に顔をあげた。まっすぐ『ラビットラン号』を見ている。

「う、まずい」

反射的に丸窓から身体を離した。ツキはもはやこれまでか。ふたりはここに来ようとしている。たぶん、まもなく。

いまあせってドックにもどるのは、ひじょうによろしくないだろう。ヨットから離れるのをふたりに見られてしまう。それが直接、深刻な事態をひき起こすことはないだろう。若いふたりは、レンタルの船の清掃要員として雇われた地元の女の子にちがいない。おそらくわたしが出ていってもたいして気にはしないはず。わたしは不法侵入の罪に問われることなく愛車で走り去ることができる。しかし、それでは手ぶらでここを離れるということだ。

〝しっかりするのよ、クレア。なにかうまい方法を考えなくちゃ！〟。

思いつかない。女の子たちはどんどん迫っている。

「……それでね、彼はわたしの番号を知りたがったの。だから教えてあげた。だってそうしたら電話してくれると思うじゃない？」

「それは無理でしょ。電話番号だけをコレクションする男の子たちっているもの。ささやかな戦利品とかそんなつもりでね。もてない友だちに自慢するのよ」

想像力がいっこうに働いてくれない。マダムならきっとすいすいと切り抜けられるだろうに。ついでに、わが愛すべき父親も。

〝そうよ！〟。

あやうく大声で笑い出しそうになった。ふたりとも――賭けの胴元と威厳のあるマンハッタンの淑女――この状況に追い込まれたら、同じ手段に訴えるはず。

〝賄賂《わいろ》〟。

ハンドバッグをさぐった。昨夜担当したテーブルで受け取ったチップ二十ドル札が二枚見つかった。それをジーンズのフロントポケットに押し込み、すばやくキャビンのサロンへと移動してつくりつけのソファに座った。脚を組み、ここであなたたちを待っていたのよといいたげなポーズをとった。彼女たちの会話の最後の断片が、ぎりぎりのところでインスピレーションをもたらしてくれた。

「わあ、サイテー。ねえ、どうして男の子ってそんなふうなの？」

「いまごろなにいってるのよ。甘い恋愛なんてジョークとおんなじ。男の子ってすごくせこいの。たぶんDNAに組み込まれて――」

ふたりが階段をおりてきた。それぞれ清掃用具をたくさん詰めたバケツを抱えている。わたしがキャビンのソファに平然と座っているのを見た瞬間、足がぴたりと止まり、ふたりとも口をぽかんとあけた。

「すみません」ひとりめがいった。金髪を短いポニーテールにしている。鼻のあたりに薄いそばかすが散っている。「モンローさんがこのヨットをもう貸し出していたとは知らなかったんです」

「貸し出してはいないわ」わたしはしらけた口調でいった。

金髪の子と相棒のブルネットの子はおろおろした様子で見交わしている。ブルネットの女の子は頬がぽっと赤く、髪は後ろで編み込みの長い一本の三つ編みにしている。

「では……あなたがここにいるのは、変じゃないですか？」ブルネットがゆっくりとたずねた。

「そうね、変ね。でも自分でもどうしようもなかったのよ。じつはね、わたしがここにいるのは、真実の愛のためなの」

女の子たちが目を見張った。またたがいに見交わしている。でも今度はおろおろしてはいない。あきらかに、好奇心を刺激されて興奮している。

「じつはね、ベイバーで飲んでいたの。サウスハンプトンにあるバーよ。船がドックにはいれるところ」

女の子たちが勢いよくうなずく。ははん、ふたりとも知っているのね。偽のIDを使ってあの有名な場所に出入りしている可能性はおおいにある。

「それで、そこでひとりで飲んでいたら、いきなり男性からシャンパンのボトルを贈られたの」

またもやふたりの目がまんまるになった。

「ボトルをまるごと、ですか？」ブロンドがたずねた。

わたしはうなずいた。「クリスタルだったわ。五百ドルはしたはずよ」

「あなたのことをなにも知らないのに？」ブルネットだ。

「ひと目惚れだと思うわ。少なくとも、わたしのほうはひと目惚れだった。彼を見た瞬間、おたがいの目が合って……ぴんときちゃったの」

ブロンドが口をあんぐりあけている。「ぴんと、きちゃったんですか？」

わたしはまたうなずいた。「この人だ、ってぴんときたわ」

ふたりは視線をかわして、ため息をついた。

「ごいっしょしませんかと声をかけようとしたら、彼の携帯電話が鳴って。きっとなにか急用ができたんでしょうね。キャッシュをテーブルに放るようにして船まで駆け出していったから。彼とはそれっきり」

「その人の名前も知らないということ？」ブルネットがたずねた。ふたりとも愕然とした表情を浮かべている。

「ドックまで彼を追いかけたわ。でもその時にはすでに船はエンジンをかけて出て行ってしまった。彼をさがす唯一の手がかりは、この船の名前なの」

精一杯の演技で嘆き悲しんで見せた。ふたりはしばらく無言のままわたしを見つめている。

「いいにくいんですけど」ブロンドだった。「この船はレンタルなんです。昨夜あなたが会った男性が誰なのか、わたしたちにはわかりません。その人はこの船を借りて夜遅く出かけたということです。わたしたちは朝ここに仕事をしに来ているだけなんです」

「モンローさんにきけばわかるでしょ」ブルネットがブロンドにいう。

ブロンドは頭を左右にふった。「あの人は絶対にそういう情報は明かさない。レンタルの情報はすべて極秘だっていつもいっている」

ブルネットが肩をすくめた。

「そうしたら、この人にはもう希望がないということね」

「あなたたち」わたしはおだやかな調子で話しかけた。「この船を昨夜借りた人物の名前を調べてくれたら、とてもうれしいわ」二枚の二十ドル紙幣を目の前のテーブルに置いた。ボルトで固定された小さなコーヒーテーブルだ。

ふたりは二十ドル札をまじまじと見ている。そして互いに顔を見合わせた。

「調べるなんてわけないことよ、ジャニス。そうでしょ」ブロンドがブルネットにささやいた。「モンローさんはいつも外で船主さんたちとおしゃべりしているもの」

「どうかな。パム……」

「なによジャニスったら。この人の話をきいていたんでしょ。これはね、なんていうか、真実の愛のためよ！」

一分もしないうちにふたりの討論は終了して、わたしの申し出は受諾された。ジャニスという名前のブルネットは上甲板に行って、ボスの所在についての情報をつかんできた。ふたりが予想した通り、モンローはすでに事務所を出てマリーナのずっと先のほうまでぶらぶら歩いて、係留されているヨットのデッキでオーナーの若いヨットマンとおしゃべりしていた。

足りない清掃用具を取りにいくふりをして、パムという名のブロンドが事務所に行った。そして記録的な速さでもどってきた。けれど顔にはあきらかに敗北感を漂わせている。

「昨日の『ラビットラン号』についてひとつだけ記録があったから、それをとって来たわ。でも住所も名前もないの。電話番号だけ。変よね」彼女は数字を走り書きした黄色いポストイットをわたしにわたした。

「ごめんなさい」ジャニスがいった。「これがわたしたちにできる精一杯なんです。お金、返しましょうか？」

「気にしないで。パーフェクトよ。これさえあれば」ふたりにいった。

わたしは『ラビットラン号《走れウサギ》』をおりて脱兎のごとく駆け出し……はしなかった。そうしたい誘惑にかられたけれど、こらえて歩いた。さりげなく愛車に向かった。マリーナの向こう端にはかっぷくのいいオーナーの姿が見えた。まだ例のヨットマンとおしゃべりしている。いまここで、こちらに注意を惹きつけてはならない。

運転席に座り、発進した。ハイウェイに入ると駐車する場所をさがし、携帯電話をかけた。呼び出し音が一回、二回、三回――

「もしもし？」

低く、しわがれた声。彼とはずっと隣同士で寝ていた間柄なので、電話で起こしてしまったのだとすぐにわかった。

「ごめんなさいね、マテオ」

返事代わりのあくび。「ああ……いま何時？」

「どなたなの?」

自分の意思とは関係なく背中がこわばった。元夫に電話をして受話器の向こう側に女性の声がしたことなど、これまでいくらでもある。おかげで自動的に応答できる技を編み出したくらいだ。

「誰でもないよ、ブリー」受話器とはべつの方向にマテオが呼びかける。「仕事だ」

「ほほう、ではわたしはいま誰でもないわけね?」からかってやった。

「ちょっと待ってくれ」マテオがとがった声を出した。

受話器の向こうでくぐもった会話が続く。最後の言葉は、「……バスルームでかける」ドアが閉まる音。それからマテオが電話にもどってきた。今度はささやき声だ。

「なにかあったのか? こんな朝っぱらから電話してきたんだから、なにかあったんだろうな。ぼくが朝方やっとベッドに入る人間ってことを知らないきみじゃないからな」

「マテオ、わたしにわかるのはあなたがベッドに入ったというところまで。眠ったかどうかはまったく別問題ね」

「意味がわからないな?」

「昨夜きいた話では、あなたとブリーはただの友人だったはずだけど」

「そうさ」

「では、あなたはただの友人とただいっしょに眠っていただけ?」

「本題に入ろう。電話の用件は？」

「力を貸して欲しいの」

「また？」

「ええ、悪いわね、借りばかりつくって」

「大変な量の借りになっているぞ」

「お願いよ。結婚していたころは逆だったから、おたがいさまでしょ。毎度なにかをしでかすのはあなたのほうだった。たとえば例の一件、おぼえているでしょ――」

「そこまで！　いいたいことはわかった。ぼくはなにをすればいいんだ？　ノバ・スコシアまでドライブしてサーモンでも食べるか？　それともデイビッドが本物のエッグクリームを切望しているのかな。ブルックリンまでひとっ走りしてもどるには六時間もあればいいな。それとも」

「その必要はないわ。でも、ご好意には感謝します。お願いしたいのは、あるものをあなたのPDAに打ち込んで欲しいの」

ゆううつそうにはぁっと息を洩らす音がした。

「どうかしたの？　なくしちゃったの？」

「スーツのジャケットのなかだ。寝室にある」

「いまどこにいるの？」

「バスルームだ。ブリーの邪魔をしたくなかった」

「要するに、元の女房と話していることをブリーに知られたくなかったということね」

「そういうことはいっていない」

「ははん。わかった。わたしと話すことはブリーの邪魔になることなのね」

「ビンゴ」

「知るもんですか。とにかく、どうしてもあなたのＰＤＡが必要なの」

「いっただろ。それはいまブリーがいる部屋にある」

そこで口を閉ざせばよかったのだろう。けれどわたしはがまんならなかった。マテオ・アレグロともあろう男がなんというざま。第三世界に敢然とおもむきコーヒーを買いつけ、エクストリーム・スポーツに病みつきになっている男が、ブランドものの服をまとったパイソンみたいな女の前ではとんだ意気地なしになるとは。

「なに寝ごといっているの？　まさか、彼女がこわいとか？」どうだこれで目がさめるか、と期待した。

「なにいってるんだ。ちょっと待っていてくれ」

わたしはダッシュボードを指でトントン叩き、カモメが陸地に向かって飛ぶのを見ていた。ようやく元夫が受話器にもどってきた。

「よし、持ってきた」

「またバスルームにいるの？」

「ああそういうこと。どうして？」

「なんだかおもしろいと思って。彼女に気を使って用を足しているのね」

「ああ、とても愉快だね。さてきみはぼくの力を借りたいのかな、それとも電話を切って欲しいのかな」

「力を貸して」

「よし。さあなんでも打つぞ」

「人は撃たないでね」

「クレア――」

「インターネットに接続して電話番号から持ち主を調べるサイトに行って欲しいの。エリアコードと番号をいうからね。それを打ち込んで、わかった住所を教えて」

「クレア、きみ、まさか……」

「なに？」

「またもや探偵ごっこをやっているなんて、いわないでくれよ」

「またもや探偵ごっこなんてしていません」

「じゃあ、どうしてぼくにこんなことをやらせる？」

「手がかりをたどっているだけ」

「やっぱり、またもや探偵ごっこをしているじゃないか！」

「大きな声を出さないで。ブリーの邪魔になるわよ」

「力は貸さないよ」

「どうして？」

「歯止めがきかなくなる」

「歯止め？」

その瞬間まで、わたしはかなり浮き浮きしていた。機転をきかせ、いちかばちかの勝負に出てみごと成功した。そして確実な手がかりを見つけた。けれどマテオのたったひとことでスイッチが入ってしまった。気がついたら大気圏の外に飛び出していた。

「よくもまあ、人のことをドラッグ中毒みたいないいかたをして！」携帯電話に向かって叫んでいた。「昨夜いったでしょ。わたしはデイビッドを助けようとしているのよ。あなたはとうに忘れているのかもしれないけれど、あなたが中毒だった時代に、わたしがどれほどの思いで耐えたのか、わかっているの⁉　歯止めがきかなくなる、ですって⁉　人のことをドラッグ中毒みたいにいわないで！」

「落ち着けよ、クレア！　協力するよ。わかった。だから落ち着いてくれ」

しぶしぶ気持ちを落ち着かせて、マテオに電話番号を告げた。彼はそれをインターネットの電話番号から逆引きできる電話帳のサイトに打ち込んだ。いともかんたんにこたえが出てくる。電話に該当する住所をマテオが告げた。

「いまいる場所からとてもちかいわ。名前はわかる？」

「名字のイニシャルと名前だけ……S・バーンズという人物だ」

「ありがとう。あともうひとつだけお願い……」

マテオがうめいた。「なに？」

「あなたがまだハンプトンズにいるから頼むんだけど、病院に行ってデイビッドの様子を見てきて欲しいの。それにデイビッドと話したいといっていたでしょう？　西海岸でのビレッジブレンドのキオスク開店に向けて、準備の進捗状況について最新の情報を伝えたら？」

「そうだな」

「お見舞いに行ったらしばらくそこにいてちょうだい。なにか怪しいことがないかどうか、注意していてね」

「怪しいこと？　おい、クレア――」

「お願いよ、マテオ」

長い沈黙が続いた。

「やってくれる？」

「わかった。きみの勝ちだ。やるよ」

波の泡のようにふわふわのフラッペ
(ココアミント・エスプレッソ・スムージー)

【材料】(2人前)
エスプレッソまたは
濃くいれたコーヒー(冷ましたもの)……1カップ
チョコレートシロップ……大さじ2
カカオ・リキュール……小さじ2
ペパーミント・リキュール……小さじ1/2
牛乳……1カップ
クラッシュアイス……6カップ

【作り方】

コーヒー、チョコレート、ミントの香りに目がない人にお勧め。材料すべてをミキサーにいれ、氷がじゅうぶんに細かくなるまで高速で撹拌する。よく冷やしたグラスふたつに注ぐ。海辺で過ごすステキな夏の宵にぴったりのドリンク。

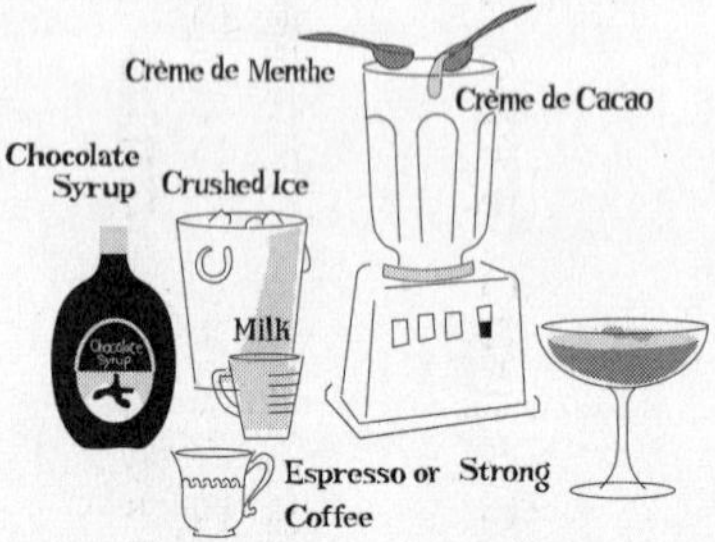

17

S・バーンズの家はゲート通りにある。ブリッジハンプトンという集落の細い道だ。ここの人口はおよそ千四百人。

全盛期のブリッジハンプトンでは、昔からの住人が捕鯨産業で生計を立てていた。しかし今日ではここは風格のある伝統的な家屋の村として知られている。そういう家はどれも町でひときわすばらしい立地のブリッジヒル・レーン地区の高台に建っている。

また、にぎやかなメインストリートの絵のような美しさでも有名だ。ただし独立記念日の週末には尋常な混雑ではなくなる。だからできるだけ渋滞は避けることにして、脇道を選んで走った。ささやかな庭のある煉瓦造りのドールハウスのような家が続く道を。

ゲート通りはハイウェイのおしゃれではない側にある。人通りの少ない細い道で、形よく刈り込まれた木々と木製の柵が道沿いに並ぶ。地中の穴から注ぎ出た水が、いきおいよく泡を立てて川となり、道路に沿ってカーブを描きながら流れていく。そして樹齢百年ほどの木々がうっそうと茂るなかに消えてゆく。木々の根の一部は地表にむき出しになっていた。

マテオからきいた住所は小さな農園のもので、一九六〇年代の典型的な住宅団地《トラクトハウス》が建っていた（さいきんでは抜け目のない不動産業者が「二十世紀半ばの住居」などと表現しているけれど）。家は広々とした敷地で木々に囲まれている。土地はなだらかなスロープを描いて下ってゆき、白い泡の立つかわいらしいせせらぎのところまで続く。

一度その家を通り過ぎ、それからその区画をまわってもう一度その家を見にもどってきた。運よく、二回目に通り過ぎる際に正面のドアがあいて男性が外に出てきた。向こうがこちらに気づく前に二台のＳＵＶのあいだに駐車し、ホンダのエンジンを止めてフロントシートをずらして彼を見た。

男は正面のドアのカギをしめてから郵便箱を確認して、銅色のぼさぼさの髪を手ぐしでなでつけた。背が高い。長い脚ははき古したジーンズに包まれ、広い肩幅の頑丈そうな上半身にはエレクトリックブルーのダイバーズシャツ。筋肉隆々の前腕にしみのようなものがある。タトゥーだろうか？　この距離からでは想像するしかない。

男は芝生を横切ってせせらぎにかかる小さな橋をわたり、道路に停めてあるバイクにまたがった。そしてそのままバイクでメインストリート方面に向かった。あの先には新聞の売店、パン屋、食堂があるのをすでに確認していた。ひとっぱしり新聞を買いに行ったのだろうか？　それとも手早くパンをつまみに行ったのか？　あるいはたっぷり時間をかけて朝食をとるつもりなのか？

十分待って、すぐにはもどらないと判断した。車をおりて通りを横切って小さな橋をわたり、家にちかづいた。正面のドアはもちろんカギがかかっている。けれど大きな出窓があけっぱなしだった。レースのカーテンがやわらかな海風をはらんで揺れている。周囲をうかがった。通りに人影はなくポーチにも庭にも人は潜んでいない。窓に寄ってなかをのぞいた。

家のなかは暗くてよく見えない。耳を澄ませてみた。なんの音もきこえない。ラジオの音もテレビの音も、足音も、声も。庭のピンクと赤のバラの茂みからハチがブンブン飛ぶ音がきこえるだけ。男が出て行った後の家はからっぽだと確信した。

それでも用心しながら、コンクリートの通路を通って家の裏にまわった。とちゅうには庭用のホースを巻いたもの、煉瓦製のバーベキューの炉があった。こちらにはポーチはなく、コンクリートの階段を二段あがれば裏口だ。網戸は閉まっていた。木のドアはあけっぱなしだ。ノックをしてみた。誰かがこたえたらいったいなんというのか、自分でもわからない。網戸に触れてみた。カギがかかっていない。なかに入った。

向こうみずな行動であるのは重々承知だ。とてつもなく向こうみずだ。これは一般に開放されているマリーナのレンタルの船とはわけがちがう。個人の住宅なのだ。そしていましがたここを出た筋骨隆々としたあの男は、クリスタルのシャンパンと真実の愛についてのおセンチな物語にだまされるほど、甘い人間には見えなかった。もしもつかまったら、不法侵入で警察に突き出されてもおかしくはない。ただし、その前に彼がわたしの頭をぶち割っていなければ、の話だけれど。でもこれだけ窓があいているのだから、バイクがちかづいてくる音をきき逃すはずがない。バイクの音がしたら、見つかる前にこっそり抜け出せばいい。

裏口から入ったところはよく片づいた狭いキッチンだった。プロバンス風のチェリーウッドのキャビネット、しみひとつない真っ白な壁、ガス台、冷蔵庫。わたしの目をひきつけたのは、ガス台用に置かれた見慣れた銀色で八角形のエスプレッソポットだった。

「なるほど。彼は自分でエスプレッソをいれる人なのね。大悪党というわけではなさそう」

流しの上の大きな窓から日光がさし込む。上のほうに元気そうなオリヅルランが掛かっている。水切りカゴにはグラスが三つ、皿が二枚、並べて干してある。この部屋で唯一、乱雑なムードを漂わせているのはゴミいれからあふれるゴミだ。ファストフードの容器、ドリトスのしわくちゃの袋、トゥインキーの包装紙。その隣にはサミュエル・アダムズのビールの空き瓶が並んでいる。こちらはリサイクルにまわされるものと見た。

〝この人物がなにを食べているのかについての手がかりはつかんだわ〟。そしてこの住所にまちがいないこともわかった。

それでも……なにかつじつまがあわない。バイクで出かけたあのごろつき風のむさい人物は、いかにもトゥインキーの包装紙とドリトスの袋とビールの空き瓶を残していきそう。でも汚れひとつないキッチンを維持して自分でエスプレッソをいれるタイプには見えない。

「誰かいますか？」

あたりに警戒しながらわたしは呼びかけた。がらんとした家に自分の声がうつろに響いた。隣の部屋に移動した。

キッチンに別人格を感じたと表現するなら、居間はまったく別の家であるように感じた。愛らしく女性的な空間だった。ピンクの色合いでまとめられ、あらゆるものがひらひらしている。椅子、ソファ、花柄の壁紙、一面に敷きつめたカーペット、テーブルクロス、カーテン。すべてバラ色、サーモンピンク、カーネーションのピンク、そしてわずかな赤という色調で趣味よくまとめられている。香りのするキャンドル、匂い袋、カラフルなキルト、新鮮な切り花が似合いそうな空の花瓶があちこちに配置され、なんともかわいらしい部屋。

はて、あのバイク乗りの男性はわがヘッド・バリスタであるタッカー・バートンに紹介すべきたぐいの人物なのだろうか。

隣は寝室。ドアが少しあいている。これまた納得のいかない空間だ。この家にゆきわたる整然とした秩序がここだけみじんも感じられない。ハリケーンが一部屋だけを荒らして去っていったなんてことは可能なのだろうか？

クィーンサイズのベッドはくしゃくしゃでベッドメイクされていない。衣類が椅子からも、ベッドの柱からもさがっている。床にはソックスが二足、スニーカーが二足散らかっている。汚れたデッキシューズと得体のしれないものも。壁際には雑誌が高く積まれてダンベルが重し代わりに置かれている。《ティーン・ピープル》、《セレブリティ》、《ディーバ》、《スター・ウォッチ》、《ガンズ・アンド・アモ》、《ソルジャー・オブ・フォーチュン》。こんなにてんでんばらばらな種類の雑誌を購読するのはいったいどういう人物なのか？

隅には、折りたたみ椅子とカードテーブルがセットされている。テーブルにはデジタルカメラが数台、ノート型パソコン、フォトプリンターがのっている。プリンターの横にはきっちりと重ねられた写真の束がふたつ。片方の束をとりあげてみると、デイビッド・ミンツァーの独立記念日のパーティーの写真ばかり。大部分が有名人の写真。デイビッドの写真も数枚混じっている。もうひとつの束は翌日のボン・フェローズのパーティーでの写真。キース・ジャッドの写真も数枚ある。写真を置いて部屋のなかをさらに見まわした。

寝室のふたつめのドアはバスルームに続いている。ガラスで仕切られた大きなシャワー室があり、からまったゴムホース、大きな空気タンクが三つ、水泳用の足ひれが二足、水泳用ゴーグルが数個ある。どれもていねいに洗ってある。シャワーの排水溝のふたには海水の塩と海草が残っていた。

〝あった〟。二時間でふたつめ。

ぐずぐずしてはいられない。にっこりした表情のまま後ずさりでバスルームを出た。〝大アマゾンの半魚人〟の隠れ家を見つけたと確信していた。ここまで確かめられれば満足だった。ところが、それ以上に確かめる羽目になった。

銃の撃鉄を起こすカチャリという独特の音がした。ぱっとふりむくと、とても大きな拳銃の銃口と向きあってしまった。バイクの男がそれをわたしの心臓に向けて狙い定めている。

「ふつうであれば、自分の寝室にひきしまった身体の小柄な女がいるのを見つけたら、俺のような男は大歓迎するだろう」彼の声は低く、抑揚がなく、意外にもさっぱりした感じだ。「しかし、あんたは招待もされていないのにここにいる。俺が少々いらつくのもわかるだろう」

どうしてこうなってしまったのか、わからない。バイクのエンジン音をきいたおぼえはない。彼が正面のドアをあける音もきいていない。それでも彼はここにこうして立って、わたしに銃口を向けている。あり得ない事態だ。

「お願いだから銃をおろして。わたしは銃は持っていないわ」

男はわたしをさぐるように見た。茶色の瞳に浮かんでいるのは怒りというより好奇心。四十歳くらいだろうか。顔にはそれだけの歳月が刻まれ、顎のラインは力強い。うっすらと無精ヒゲが見える。銅色のぼさぼさの髪の毛よりも、一日剃っていない顎ヒゲの色のほうが濃い。左の耳に小さなイヤリングをしている。短剣の形で柄の部分に宝石がついている。

「不法侵入は犯罪だ。わかっているだろう?」

「あなたには銃がある」状況が状況なだけに、できるだけ冷静な口調で対応した。内心は激しく動揺していたけれど、この状況をうまく収めるにはまず自分の感情をコントロールするところから始めなくては。「警察を呼ぶのはあなたの自由よ。そうなればわたしは手錠をかけられて牢屋に放り込まれる。あるいはあなたがその銃をしまって、おたがいに文明人として話しあうという道もあるわ」

男は銃をしまわなかった。おろすつもりもないらしい。

「座れ」

わたしの後ろにあるベッドのほうを彼が指し示す。

ベッドの端に座った。

「よし。俺の指示に従え。そうしたら面倒なことにはならない。あんたが話す。俺がきく。わかったか?」

わたしはうなずいた。

「名前は?」

ウソをついてもしかたない。「クレア・コージー。あなたの名前は?」

男が冷たい視線を浴びせた。

「人間というのは忘れっぽいものだ。決めただろう、クレア。あんたが話す。俺はきく。おぼえておけ。誰に雇われた?」

「わたしはバリスタ・マネジャーよ。正確を期すとコーヒー・ソムリエも兼ねているわ。カップJで……レストランの名前よ……イーストハンプトンの」

男が目をぱちくりさせた。あきらかに意外なこたえだったようだ。

「ちょっと待て。あのミンツァーが新しくひらいた店か? 今シーズンの雑誌や新聞の紙面を総なめにしたあの店か?」

わたしはうなずいた。男が顔をしかめる。

「じゃあ、デイビッド・ミンツァーに雇われたのか?」

わたしはこたえなかった。

「いいか、ひとつアドバイスしておこう。男に銃をつきつけられたら、そいつの質問にはこたえるほうがいい」

わたしは腕組みをして、内心の恐怖を悟られないように精一杯、虚勢を張った。

「男がわたしに銃を向けて、まだ撃っていない時には、彼には撃つ気がないと解釈するわ」

ほんのかすかではあるが、男が茶色の目を見張った。

「そうやっていちかばちか勝負に出るつもりか？」

「バーンズさん」あくまでも理性的な態度を貫く。「わたしは自分を信じます。あなたがわたしを撃つつもりなら、とっくに撃っているはずよ」

「バーンズさん、といったな？　どこをどうして俺にたどりついた？」男がニヤニヤした。

「昨夜ビーチであなたを見たのよ。サンドキャッスルの外で。岸からはあなたの船の名前は見えなかった。だからちょっと夜更けのひと泳ぎをしたの」

「船まで泳いだのか？」

「ええ」

「ゆうべ？」

「その通りよ、バーンズさん」

「こいつは驚いた。あの船は六十ヤードか七十ヤード沖合に停めていたはずだ。よく低体温症にならなかったな」

「たやすかったとはひとこともいっていないわ。賢い方法だったともいいません。でもあなたが借りたヨットの名前を確認できた。あなたが利用したマリーナをつきとめて、地元のとてもかわいい女の子二人組を買収したの」

「そのタフな神経はどこから来ているんだ？　クレア・コージーさんよ」

「一日に最低八杯から十杯のコーヒー」

男が声をあげて笑った。それから銃をおろしたので、心底ほっとした。安全装置をかけて背中のほうに押し込んだ。おそらく背骨の終わるあたりでベルトに固定したホルスターにしまったのだろう。わたしの元夫もコーヒーを求めてアフリカに行く際には同じ位置に銃をしまう。

「よかった」わたしはベッドから立ちあがった。「銃があるとどうも落ち着かなくて……とりわけ、それが自分に向いていると」

男は筋肉のついた腕を組んで、自分より三十センチほど背の低いわたしをじっと見た。

「もしも俺があんたの立場なら、こういう状況で気を許したりはしないね」そこで黒っぽい色の眉を片方あげて見せた。「俺はあんたを徹底的に叩いて口を割らせることだってできる。甘いな」

「やめてちょうだい！」わたしは両手を上にあげた。「ここはハンプトンズよ。あなたいったいなにをするつもり？　ルイ・ヴィトンのブリーフケースで叩くの？　とにかく、バーンズさん、わたしのパートナーはわたしがここにいることを知っているし、もしわたしの身になにか起きたら——」

「おっと、パートナーなんていないはずだ。その手は古い。自分でもそう思うだろ？　それに、俺はあんたが通りの反対側にホンダを停めてそこからこっちを見ているのに気づいていた。あんたはひとりだった」

「わたしに気づいていたの？」

「それから、〝文明人〟らしく話しあうのもいいが、俺をバーンズさんと呼ぶのはやめてくれ。バーンズさんなどという人物はどこにもいない」

「なんですって？」

「サリー・バーンズという女性はここの所有者だ。彼女は毎年夏にここを貸し出す……それも俺にいわせればバカ高い賃料で」

「それで合点がいったわ」思わずつぶやいた。

「なんの合点が？」

「バービーピンクの居間の隣は荒くれ男でございという寝室。片づいたキッチンとエスプレッソのポットには似合わないビールの空き瓶とトゥインキーの包装紙。あなたが自分でいれているわけではなかったのね」

「なにを?」

「エスプレッソよ。一杯いかが? わたし、うまいのよ。もちろんあなたがいれられるのなら、よろこんでごちそうになるけど」

「きみの話についていこうと、努力はしている。しかしきみはわざわざ俺を怒らせようとしている」

「ねえ、コーヒーをいれさせて。そうしたらほんとうに文明人として話しあえると思う」

異論を唱えようとする相手を押しのけて部屋を出た。彼もわたしの後に続いてキッチンに入ってきた。キャビネットをあさると真空パックになったコーヒーの小さな袋が見つかった。地元の高級食品店のものだ。

「よかった。アラビカ種ね。ロブスタ種は使いたくないわ。やはり高地で穫れた高品質のアラビカ種でなくては」

「え?」

「ひとりごと。神経性習癖よ」

さらにキッチンをあさって小さなミルを見つけた。豆を細かく挽き、ポットのいちばん下の部分の半分まで水を注ぎ、フィルターにコーヒーの粉をぎゅうぎゅうと押しいれ、水をいれたものにはめ込む。

バイクの男はすっかり心を奪われたように見入っている。腕組みをして、ひき締まったお尻を片方カウンターにのせている。

「爆弾をつくっているみたいだ」

「ちかいわね。イタリアの爆弾」

「時間がかかるのか?」

「これに上の部分を取りつければいいの」ポットの上の部分をはめ込んだ。彼の視線を感じて顔をあげた。

彼はニヤニヤしている。「はめ込むのが上手なんだな、クレア」

睨みつけてやった。「わたしたちは文明人をめざしているのよ。忘れたの？」

男が鼻を鳴らした。カウンターからおりてキッチンテーブルの椅子に座った。彼の視線を感じながらデミタスカップをふたつと砂糖つぼをさがしだした。

素朴で風味豊かな豆が放つこの上ないアロマが部屋を満たした。熱々のエスプレッソをカップに注ぎ、ひとつを彼にわたす。彼はクリームもミルクも欲しがらず、砂糖にも手を伸ばさない。

「うまい」ひと口、さらにもうひと口飲んだ。「とてもうまいよ」

わたしはトゥインキーの空き袋を身ぶりで示した。

「わたしのお手製のチョコレート・ウォールナッツ・エスプレッソ・ブラウニーをごちそうする時間がなくて残念。いまあなたが飲んでいるエスプレッソにとてもよく合うのよ。いつものデザートよりもね、バーンズさん、ではなくて――」

彼は降参だとばかりにため息をついた。

「ランドだ。ジム・ランド」空いている手をテーブルのこちら側に伸ばしてきた。「よろしく、クレア」

わたしはためらった。けれどこころを決めて彼の手に自分の手を重ねた。わたしたちは握手した。彼の手のひらはごつごつした感触。わたしが手をひっ込めようとすると、彼はぎゅっと握った。力強く。

「俺の家に来た目的は？」

わたしはごくりと唾を飲んだ。彼の手のなかのわたしの手はなんとも頼りない。

「あなたの家ではないときいたわ」

「話すんだ」

「こそこそ嗅ぎまわっていたのよ。あなた、見たでしょう？」

「なぜだ？　ほんとうは誰に雇われているんだ？」

「いったはずよ。デイビッド・ミンツァーだって」わたしは手をひいた。強く。彼は放した。

「説明になっていない。それではなにもわからない。なにをさがしていたんだ？」

わたしは深く座りなおした。気合いをいれるためにカフェインをごくっと飲んだ。

「わたしもあなたにはききたいことがあるの。ランドさん。あなたはプロのカメラマンね？　パパラッチ、というほうがふさわしいのかしら？」

「ノーコメント」

「そのタトゥーから判断して、海軍にいたのではないかと思う」

彼は腕のタトゥーを見た。イーグルがファウルアンカー（鎖がからんだ錨）をつかんでいる柄だ。

「シールズの隊員だった。海軍の特殊部隊だ。除隊する前夜、所属していたチームで飲みに行った。スタートはサンディエゴ、最後はティファナだった。そこでタトゥーをいれた。定かな記憶ではないが」

「そうなの」

「で、そちらは場合によってはコーヒーもいれる私立探偵、と了解していいのかな？　雇い主はデイビッド・ミンツァー」彼は椅子に深く座った。手にカップを持ったまま返事を待っている。

「どうして探偵だと思うの？」

「仕事上の相棒ケニー・ダーネルに用心しろといわれたからだ。俺たちは金持ちや有名人が人に知られたくない写真を撮ってしまうことがある」

「それで私立探偵にちょくちょくさぐりをいれられるの？」

ランドは肩をすくめた。「いまのところはない。この仕事についてまだ二度目の夏だからな」

「ほんとう？」

「海軍では偵察写真が専門だった。いまの俺は、あのころの年収を超える額をたった数ヵ月で稼ぐ。有名人のプライベートビーチ、海辺の別荘、その近辺でスクープ写真を撮ってタブロイド紙や新聞、ゴシップ雑誌なんかに売る。それ以外の時期はカリブ海でダイビングとサーフィンざんまいの悠々自適の身だ」

「これがあなたの退職後の計画だった？」

「俺のではない。パートナーのケニー・ダーネルの計画だ。奴は海軍でいっしょだった」

「その人もシールズだったの？」

ランドがぼさぼさ頭を左右にふった。

「ケニーは訓練期間中に脱落して、その後すぐに除隊した。だがパパラッチとしては凄腕だ。海軍を離れた直後からタブロイド紙に写真を売り込んだ。もっと本格的にやりたくなった彼は資金や装備、船の手配、家を借りたりすることで協力しあえる相棒をさがしていた。あんたが知っているかどうかは知らんが、ロングアイランドのこの一帯で借りようとすると、相当高い」

「知っているわ。それであなたのパートナーはいまどこにいるの？」

「ケニーはクイーンズに帰っている。おふくろさんが手術したもんだから二週間休みをとって、家でおふくろさんの面倒を見ている」

ジム・ランドはさらに仕事について話し、わたしたちはエスプレッソを飲み終えた。

「あなたの仕事がどんなものなのか、ちょっと見てみたいわ」

「どんなものを？」疑ぐるような口調だ。

「独立記念日にデイビッド・ミンツァーの家で撮った写真を全部、というのはどう？」

ランドはノーといいたかったはず。でもすでにわたしたちは人と人として交流している。彼からは信頼のようなものさえ感じている。ほんとうにそうだろうか？　そう見せているだけ？

「ほんとうに私立探偵じゃないのか？　確かに探偵にしてはキュートすぎる。しかし人はみかけによらないからな」

わたしはもう一度彼に要求した。彼は腰をあげ、寝室から写真を持ってきた。さっき見たものよりたくさんあった。それを一枚一枚めくってゆく。自分でもなにをさがしているのかはわからない。もっと多くの証拠だろうか。

写真を半分まで見たあたりで、ランドがテーブルの向こうから手を伸ばしてわたしの腕にふれた。

「ところで、俺は質問にこたえた。今度はなぜきみがここにいるのか、きかせてもらおう。ちゃんとした説明を」

思いきってトリート・マッツェリ殺しのことを話して、ランドの顔を見た。重要な部分を話す際には彼の目を見つめた。この事件はまだ新聞にはのっていない。ただし地元のボナッカーたちはおそらく事細かに知っているはず。わたしは犯人のほんとうの狙いはデイビッドだと考えていると述べ、銃撃事件についてどんなふうに調べているのかを話した。

ジム・ランドはこれといったリアクションを示さない。まじめな顔をして、表情を変えずにひたすら耳を傾け、こちらを見つめている。話し終えたところでようやく口をひらいた。

「ちょっと待て。確か、プロの探偵ではないといったな」

「そうよ」

「警察官でもない？」

「もちろん」

「じゃあ、どうしてそんなに首をつっこむ」

「トリートはわたしの部下だったの。わたしは彼の上司。そしてデイビッドはわたしのボスで友人。彼の身を案じているのよ。首をつっこむのは義務だと感じているわ」

ジムはもう一度鼻を鳴らし、頭を左右にふった。

「海軍時代の訓練教官がそういう熱血漢だった。以前についていた指揮官は『正義の精神を決して休ませるな』とよくいっていた。まさかこんなところでまた出会うとはな……」彼が顔をあげて、わたしと視線が合った。

「……魅力的だ。独身だろ?」

わたしは目をそらした。写真に目を落とし、話題を変えた。男性のくどき文句に本能的に反応する自分を抑えた。彼は無骨な魅力と確かな知性をあわせ持っている。居心地のいい家でこんなふうに男性的魅力を全開にされると、刺激が強すぎて神経にこたえる。しかしバスルームにあった器材を思えば、やはりこのジム・ランドという人物は怪しい。相当怪しい。この家のどこかにライフルが隠されている可能性はじゅうぶんにある。

「デイビッドの地所で起きた殺人について、ほんとうになにも知らないの?」

もう一度彼の顔を見た。ごまかし、罪の意識、いらだち。そんなものを読み取ろうとした。

「ああ、知らないね」余裕のある口調だ。「正直なところ、銃撃のことを知っていたらその場を離れず警察が遺体を移動させるところを撮っただろう。殺された若者は気の毒だと思う。悪意はまったくない。でもそういう写真を撮れば大変な額で売れる。スクープ写真としてな。が、あいにく俺は花火が始まるだいぶ前にひきあげた」

「この写真、借りてもいいかしら？」

ランドがためらっている。

「ほんとうにバリスタなのか？」

「ええ、マネジャーよ。あなたはほんとうにスキューバダイビングをするパパラッチなの？」

ランドがもう一度、茶色の目でわたしを見つめた。

「今夜ついてきて自分の目で確かめたらどうだ？」

「ついてくるって？　どこに？」

「仕事に。海に出るんだ。ちょうど相棒が欲しいと思っていたところだ。ケニーは今シーズンはまったく役に立たなかった。いつもだらだらと不満をいうばかりで。あんたとなら、楽しそうだ。なにをどうするのか説明するよ。俺がうそをついていないとその目で確かめたら、容疑者リストから抹消する気になるだろう。写真が欲しければ、どれでも持っていけばいい」

「ひょっとしたら、わたしはあなたに船から突き落とされるかもしれない」こちらだって負けてはいない。

「チャンスをどう活かすかはきみしだいだ。しかしきわどいところを狙うスリルはたまらないぞ」彼がにっこりした。目が輝いている。「きみならよくわかるだろう。そうでなければ、危険を冒してここに入ってきたりはしないな」

テーブルの上の写真をぐいと押しやり、わたしは立ちあがった。

「あなたはわたしの元夫と同類ね。行かないと仕事に遅刻してしまう」

ランドは写真をかきあつめて手に持ち、わたしに続いて正面のドアまで来た。

「ハンプトン・ベイのモンローズ・マリーナだ。今夜真夜中の十二時に。いっしょに行こう」たたみかけるような口調だった。

「仕事があるわ。さよなら、ランドさん」

わたしは足早に道をわたり、ホンダの運転席にするりと乗り込んだ。エンジンをかけて顔をあげると、愛車の屋根に彼が片腕をのせてもたれていた。いきなりあらわれたので心臓が止まりそうになった。わたしの視界に影が入らないようにして、音ひとつたてずに忍び寄ってきたのだ。

「プリントアウトはきみにあげよう。手元にデータがあるから」あいている車の窓から写真をわたされた。

ありがとうとはいわなかった。無言のまま写真を受け取り、いっさい後ろを見ないで車を走らせた。けれど半区画行ったところで、どうしてもがまんできずにバックミラーをちらっと見た。

彼は道路のまんなかに立っていた。両足をふんばり、筋肉がついた腕を組んで、去ってゆくわたしを見ていた。その姿を見たら、もうひとりの男性とくらべずにはいられなかった。わたしが車で去るのを見ていたボン・フェローズと。あれから二十四時間もたっていない。

あれほど洗練され、裕福で、文句のつけようのない紳士的態度であったフェローズには惹かれなかった。だから彼を容疑者リストにのせておいてもこころは痛まない。けれどランドの場合はまったくちがう。

彼とは距離を置く。それは決めていた。しかし、むさくるしいほどの男っぽさと皮肉まじりのユーモアのセンスを持ち合わせたジム・ランドという人物は、まさしくわたしのタイプ。それを自覚しているからこそ、彼と接近することはひじょうに危険なのだ。いままでにつきとめた事実から判断して、ランドが殺人犯である可能性がいちばん高い。そしてわたしはつきとめた事実をオルーク部長刑事に報告する義務がある。それなのに最後の最後に未練たらたらでバックミラーで見てしまったわたし。男性に対する好みを一新する能力のなさに、ふたたび悪態をついた。

18

「われわれが彼を尋問しましょう、ミズ・コージー。貴重な警告を感謝しています」

「どういたしまして」

オルーク部長刑事との電話でのやりとりは首尾よくいった。一件落着。ランチタイムの勤務に入るずいぶん前に彼にメッセージを残していた。折り返しの電話がかかってきたのはディナーの準備にかかろうという時刻だった。

電話でのオルーク部長刑事はいまひとつ煮え切らない態度でよそよそしかった。けれどわたしがあるダイバーに偶然出くわし、トリートが撃たれた晩にデイビッド・ミンツァーの屋敷付近にいたことをそのダイバーが認めたときいて、おおいに関心をそそられたようだった。

あいにく捜査の進展状況についてはあまり教えてもらえなかった。トリートの肉親ではないわたしに話す義務はないというニュアンスだった。けれどわたしは彼の遺体を発見し、空の薬莢を見つけ、重要なできごとに関しての貴重な証人でもある。それをあら

ためて主張した。

サフォーク郡の刑事はこれを圧力と受け取り、かなり閉口した様子だったがいつでも、電話してくださいと丁寧に応じた。もちろんそうするつもりだった。彼らがジム・ランドを尋問し、その後の捜査がどういう展開になるのかを知る必要があった。

「ねえ、ママ……ママったら。どうかしたの？」

オルーク部長刑事との電話の後、わたしはカップJの休憩室でひとりソファに座ったまま宙を見つめていたのだ。すぐ前のコーヒーテーブルにはジム・ランドからわたされた写真がある。トリートが殺された晩に彼が写した写真だ。ジョイが立っているのに気づいて腕時計を見た。ディナーの勤務までまだ三十分ある。

「あら、早いのね」

「昨日遅刻したから、その埋め合わせをしようと思って」ジョイは靴の裏で床を擦るようにしている。腕組みをしたりそれを解いたりしている。「あのね、ひどいことをいって悪かったと思っている。もう喧嘩はしたくない」

「まあ……わたしもよ」わたしは両腕を前に差し出した。ジョイはソファのわたしの隣に座り、わたしたちは抱きあった。

「ママにはわたしの気持ち、わかって欲しいの……グレイドンのこと、ほんとうに好きなのよ。それにこの土地がすごく好きなの。とても美しい土地ですもの。トリートがあんな目に遭ったのは残念だと思う。でもわたしはもともとひとりででも来るつもりだったのよ。夏が終わる前に街に帰れなんていわないでね」落ち着いた声だった。

ジョイの前髪が伸びて目にかかっている。それを払うようにしてジョイの目を見た。

「ただあなたのことが心配なだけ」

「わたしの運転免許証、見る？　もう十八歳を過ぎているのよ。グレイドンでも、キース・ジャッドでも、ほかのどんな男性でも、自分でその人と一夜を過ごしたいと思ったらそうするわ。昨夜そうしなかったのは、それが正しいことだと思わなかったから。動機がママへの腹いせなんてなさけないもの。男の人と寝る時は、純粋にそうしたいという気持ちからそうする。まちがっても、なにかを証明するためではないわ」

わたしはにっこりした。

「男の人と寝る時には、その人のことを愛しているからであって欲しいわ。でもそうでないのなら、これだけはおぼえておいて。もう何度もいっているけれど、自分の選択の結果には自分で責任を持つこと」

「わかっているって。ママがそうしたように、でしょ？」

「どういう意味？」

「あの晩、トリートが殺された晩に……やっとママとパパの結婚のいきさつを知ったの。マダムが教えてくれた」

わたしは顔をしかめた。「よけいなことを」

「キース・ジャッドの電話番号をみんなの前で破られた時には、ママのことが憎らしくてたまらなかった……でもね、マダムが話してくれたの……ママは昔、思いもよらずに妊娠してしまって、こういうことになったのだと。ちょうどわたしくらいの年齢の時に——ほんとうはいまのわたしよりも若かったんじゃない？」

「ママがあなたの年齢でなにをしたか、しなかったのか、マダムからあなたに話して欲しくなかったわ」

「どうして？　ママはわたしを産んだこと後悔しているの？」

「いいえ。あなたを産んだことは人生のなかで最高のできごとよ」

「じゃあ、ママの〝失敗〟はそれほど悪くはなかった、ということ？」

「ママの失敗は、あなたのパパと結婚したこと。でもあの時には、それがわからなかった。とにかく、いまはわたしのことはどうでもいいの。昔のことだからね。だからあなたには一度も話さなかったのよ。ママがしたことを逆手にとって、だから自分もなにをしてもいいんだ、なんて思って欲しくないの。ママのように厳しい選択を迫られるような状況になって欲しくない。うまくいかない結婚生活を送ることになったり、人間関係で失敗するようなことになったり。傷ついたりするのを見たくないのよ」

「でも、見ないわけにいかないわ、ママ。人は誰でも傷つくものよ」

「痛みを抱えて生きてゆくしかないということね」

ジョイは頭を左右にふった。

「ママったら、しっかりして。もっとリラックスして。ひと夏の恋という言葉を知らないの？　マダムだってそのまっさいちゅうよ！」

「せっかく忘れていたのに。あなたとちがって、マダムはとうとうゆうべは帰ってこなかったのよ」

「ええっ!?」ジョイは激しく憤慨してぴょんと立ちあがった。「マダムはどこにいたの？　誰といっしょなの？　ゆうべダイニングルームでずうっとべったりしていた、あのポニーテールとベレー帽のお年寄り？」

「ジョイったら、しっかりして。もっとリラックスしなさい」笑いがこみあげてくるのを抑えることができない。

「茶化さないで」両手を腰にあてている。「わかった？　わ、わ、わたしは備品の補充をします。マ、マ、ママはマダムに電話してね」

そのまままわれ右をして休憩室からいきおいよく出ていった。鉄の意志を持つ小さな大司令官みたいだ。

〝おやまあ。わたしの娘はいつからあんな親分肌で押しつけがましくて知ったかぶりの人間になったの？〟娘を目で追いながら思った。

ちょうどその時、手に持っていた携帯電話が鳴った。出る前に、画面に表示された相手の電話番号を確認した。

「まるで超能力者ですね。ちょうどいまこちらからかけようとしたところです」

「今日はなにか変わったことはあった?」

ため息が出た。「今日はまだ終わっていません。終わってからきいてください。昨夜はいかがでした?」

「極上だったわ!」

「それで、まだその極上のウィルソンさんとごいっしょですか?」

長い間があいた。マダムがぐっと声をひそめた。

「どうしてエドワードといっしょに過ごしたと知っているの?」

「からかっているんですか?」

「奥ゆかしさを保とうとしているだけ」

「ではそういうことにしておきましょう。でもドクター・マクタビッシュはなんとおっしゃるでしょうね」

「あらいやだ、あのすてきなドクターとわたしは婚約しているわけではありませんよ。それについさいきん運転免許証で年齢を確認したら、わたしはもう十八歳を越えていたわ。ひと夏の恋という言葉を知らないの?」

「マダムは孫娘とあきれるほどよく似ています」

笑い声がマダムの返事だった。

「よく目をあけてごらんなさい、クレア。ジョイは親分肌でとても聡明で大変な世話焼き。あなたと瓜ふたつじゃないの。それで、事件のことでなにかあたらしい情報は？」

わたしはまだカップJの休憩室にひとりきりだ。ランチタイムは終わり、ディナータイムの勤務まであと二十分ある。立ちあがって誰も入ってこないようにドアを閉めた。

そしてランドとの遭遇についてマダムに情報を伝えた。

「たったいまオルーク部長刑事と話していたところです。サフォーク郡警察はランドを尋問することになります」

「まあ。それであなたはそのランドという人物が犯人だと思うの？」

「彼にはこれといって動機がないんです。でも彼は注文通りの写真を撮るプロです。要するに彼はカメラをライフルに持ち替えた。そうにちがいないとわたしは睨んでいます。報酬とひきかえに誰がそれをさせたのか。デイビッドの命を守るには、それを突き止めなくてはならない。刑事さんたちがジム・ランドの口を割らせて、雇い主の名があきらかになることを期待するばかりです。彼がだんまりを決めこんだら、捜査はふり出しにもどってしまう」

「つまりデイビッドの死を願う人物の正体はまだわからないということ？」

「そうです。そしてわたしたちがそれを突き止めるまでは、デイビッドの身はずっと危険にさらされたままでしょう」

「ええそうね。わかるわ。ということは、まだわたしたちの情報を必要としているということ？」

「情報、ですか？」

「ええ。エドワードとわたしは今日はとても忙しかったの。例のミスター・フェローズについての情報収集。そのとちゅうでマージョリー・ブライトに関してひじょうに興味深い事実を発見したのよ」

マダムによれば、エドワードは富裕層がおおぜい入っているイーストエンド・カントリークラブのメンバーで、ふたりはそこでボン・フェローズについてきき込みをしていたのだという。

「フェローズについてききまわっている時に、マージョリー・ブライトを見かけたのよ。彼女、クレー射撃をしていたのよ」

「マージョリー・ブライトがクレー射撃を？　ほんとうですか？」

「ええ、ほんとう。彼女、クレーをつぎつぎに撃っていたわ。小さなお皿が、デイビッドの独立記念日のパーティーの花火のように空中で飛び散ってましたよ」

ある考えがわき起こった。マダムはまだ話を続けていたが、わたしはコーヒーテーブルの上のランドの写真を取り上げてもう一度、順に見ていった。今回はある特定のものをさがしながら。パーティー会場全体を広角撮影したものが数枚ある。屋敷の脇の敷地まで写っている。どれも日沈よりずっと前の時刻なので、樹齢の古い大きな木々のあいだでタバコを吸う女性の姿がはっきりと見えた。

「マージョリー・ブライト」わたしはつぶやいた。

「ええ！　彼女は射撃の名手ですよ。エドワードとわたしはクラブに飾られたトロフィーも見たのよ。ガラスケースに納められたトロフィーをね。洗濯洗剤で財をなした一族のあの女性は、クラブで毎年開催されるクレー射撃のトーナメントで過去五年のうち三回優勝していましたよ」

「マダム、きいてください。いまちょうどマージョリーがデイビッドのパーティーでうろついている証拠となる写真を見ています。オルーク刑事とデイビッドは彼女がパーティーの後で〝通り抜けした〟だけだと推測していますが、それを覆す証拠となる写真です。彼女はビーチに行くためにデイビッドの敷地を利用したのではないわ。デッキにいるパーティーの出席者の目にとまらないようにうろついていたんです。でも、なぜでしょう？　なんの目的で？」

「デイビッドを撃つ機会をうかがっていたのよ！」マダムがいきなり断言した。「その写真で、彼女は銃を持っている？」

「いいえ。前もってライフルを砂山に埋めておいたんでしょう……撃ったのが彼女だとしたら、それは可能ね」

「となると、ひとつはっきりしたわね。彼女はジム・ランドという人物を雇う必要はなかった。仮にランドが彼女に雇われたとしたら、自分の雇い主を不利にするような写真をわたすかしら?」

「いまになって彼女を裏切る、というのであればべつですけど。あるいはジム・ランドのいっていることが正しいのか。つまり狙撃犯はほかにいる……」

「でもマージョリーが誰かを雇ったとしたら、デイビッドの敷地でうろつくような危ない真似をするかしら? みすみす自分に注意をひきつけるだけでしょう」

「もしかしたら……マージョリー・ブライトという人はお金持ちにありがちなシビアな感覚の持ち主で、自分が雇った人間が報酬に見あう働きをするかどうか確かめたかった」

マダムとわたしはそのことを考えてしばし沈黙した。あの女性の性格ならじゅうぶんにあり得る。

「ひとつだけ問題があります。彼女はどうやってデイビッドのアレルギーを知ったのかしら」

「どういうこと?」

「デイビッドは昨夜のボン・フェローズのパーティーで毒を盛られたんです。わたしはそう睨んでいます」

「毒を盛られたですって？　まあ大変。彼は大丈夫なの？」

「ええ、無事でした。マテオとわたしが車で病院に運んで、まだ入院しています。マテオから一時間前に最新の情報を電話でききました。ドクターから退院の許可がおりれば、おそらく今夜マテオが車でデイビッドをイーストハンプトンまで連れてくるはずです」

「まあ、よかった！」

「でもそこなんです。マージョリーは昨夜デイビッドが出たパーティーに同席していました。彼女がほかのゲストとおしゃべりしながらひっきりなしにタバコを吸っているのをわたしは見たんです」

「ではあなたはこう考えるのね。デイビッドを狙ったはずの弾がトリートにあたってしまったので、翌日の晩彼女はデイビッドに毒を盛ろうとした」

「ええ、その可能性はあります」わたしはソファにどさっと沈み込んだ。「でも、彼女はできなかったはず」

「できなかったはず？　それはなぜ？」

「デイビッドに盛られた毒というのは、ひじょうに高濃度のＭＳＧだったんです。デイビッドがMSGにアレルギーがあるなんて、どうして彼女にわかるのかしら。このわたしだって知らなかったのに」

「ちょっと待ってちょうだい」マダムがいった。マダムのくぐもった声がきこえ、さらに呼びかける声がした。「エドワード、あの雑誌を持ってきてちょうだい……」紙がガサガサする音がしたかと思うと、マダムが電話口にもどってきた。

「ねえ、クレア。マージョリー・ブライトはデイビッドのアレルギーのことを知っていたにちがいないわ。ボン・フェローズもね」

「でも、どうやって――」

「エドワードは《イーストエンド》誌のバックナンバーを持っているの。それをふたりでずっと読んでいたのよ。そうしたら――」

「バックナンバーがあるんですか？　どれくらい？」

「そうね、十年ぶん以上かしら。彼はこの雑誌にハンプトンズのギャラリーの催しの論評やアートの世界についての記事を執筆していますからね。それでね、わたしたちはとても興味深い記事を見つけたの。エドワードがその記事をおぼえていたのは、デイビッドとボン・フェローズとマージョリー・ブライトの大きな写真つきだったから。海のそばで三人がポーズをとっているのよ。写真のキャプションにはこう書かれているわ。

『よき隣人たち！　さいきんブライト家の地所を購入したばかりのデイビッド・ミンツ

アー氏とボン・フェローズ氏。いっしょにポーズをとっているのは、エルマー・ブライトの土地を受け継いだマージョリー・ブライト氏』」

「ではマージョリー・ブライトがふたりに土地を売ったのかしら？」

「そうではないのよ。エドワードの話では、売ったのは彼女のお兄さんのギルバート・ブライトだったそうよ。彼女はおそらく、そのことに激怒したんでしょう。でもどうすることもできなかった。その土地は兄が相続したものだったから。彼女が写真でポーズをとっているのは、《イーストエンド》誌からそう要望があったからよ。この雑誌はイーストハンプトンの人なら誰でも読んでいるわ。誰でも、ね」

「デイビッドとフェローズはとても仲良さそうですね。まるで土地を共同購入したみたい」

「この記事はふたりの友情の終わりの始まりだったのかもしれないわ。読むからきいてちょうだい。『イーストハンプトンに住んでここでレストランをひらくことはかねての夢だった、とふたりはべつべつの機会に記者に語っている。むろん、それは共同経営を意味するものではなく……』」

「続けてください」

「記事にはデイビッドの発言が引用されているわ。『わたしはボンのレストランでは絶対に食事ができないんですよ。ＭＳＧが大量に使われていますからね。わたしはひどいアレルギーがあるんです。まったく嘆かわしいことです。真に誇りのあるレストラン経営者であれば、自分の料理にMSGをちかづけたりしないはずです……』」

「まあ！　デイビッドが辛口なコメントをする人だとは知っていますけど、活字にするにはインパクトが強すぎますね。なにげなく記者に洩らしてしまったんでしょうけど。それが記事に使われることをデイビッドは予想していたんでしょうか」

「ええ、わたしは予想していたと思うわ。いずれ勃発するレストラン戦争に勝つために、彼はこの時点からすでにロビー活動を開始していたんでしょう。フェローズのほうもね。彼が記者に語った部分を読むわね。『デイビッドはめざましい成功をおさめています。それはほんとうです。しかし一日二十四時間一週間に七日間セルフプロモーションをしていればあたりまえかなという気もします。彼はスタイルを追うばかりで実質がともなっていないように思えます。〝誇大広告のプリンス〟なんて呼ばれたりもしていますね。彼に少しでもその自覚があれば……』」

「ひどい言い草。なにが『よき隣人たち』よ」わたしはつぶやいた。

「ボン・フェローズもマージョリー・ブライトも、まちがいなくこの記事を読んだでしょうね。自分たちが写っているのだから。だからふたりともデイビッドのMSGのアレルギーは知っていたはず」

「でもデイビッドの独立記念日のパーティーにはふたりともいなかったわ。マージョリーはパーティー会場の外でうろついていた。フェローズは招待されていなかった」

「なにがいいたいの？」

「デイビッドが自分が主催したパーティーで偏頭痛を訴えていたのをおぼえています？ それが原因で花火が始まる前に二階の寝室にいったんです」

「そうね。デイビッドは腑に落ちない様子だったわ。そういう症状をひき起こす食べ物はいっさい口にしたおぼえがないといって」

「誰かがデイビッドの食べ物か飲み物にMSGをこっそりいれたという可能性もあります。パーティーを中座させて、二階の寝室に行かせて、そこにいる彼を狙って撃つ、というシナリオだったのかもしれない」

「でも、誰が？」

「わかりません」

「ずいぶん手の込んだやりかたね。どうして犯人はそんなややこしい方法をとったのかしら。こういってはなんだけど、デイビッド・ミンツァーを殺すならもっとかんたんなやりかたがあるでしょうに」

「わたしもそう思うんです……」

「クレア！ クレア・コージーは？ いったい彼女、どこにいるんだ」休憩室のドアの向こう側でジャック・パパスの声がする。あいかわらず癇の強そうな口調だ。

コリーン・オブライエンが軽快なアイルランドのアクセントでこたえている。

「たぶん、休憩室だと思います。プライベートな電話をしているとジョイがいってましたから」

ソファから立ちあがるより前に、猛烈ないきおいでドアがあいた。あまりのいきおいで、そのまま壁にバンとあたってしまったくらい。

「なぜこのドアは締め切りだったんでしょうね⁉」

浅黒く焼けた支配人をわたしは静かなまなざしで見据えた。

「電話をしていたんです」

「誰に？」彼が室内に突入してきた。肉がいっぱいついた顔が真っ赤だ。

「プライベートの電話です」

コーヒーテーブルの上の写真を彼がちらっと見る。

「で、これは？」

「後でかけなおしますね」マダムにいった。

「もうひとつだけいっておくわね、クレア。グレイドン・ファースのこともあれこれきいてみたのよ。あなたが知りたがっていたでしょう。なんにも心配いらないわ。ファース家はこの土地でターバー・ファースという薬局を共同所有しているのよ。億万長者ですよ」

「わかりました。もう行かなくては」電話をたたんだ。

たとえファースが〝兆〟万長者であっても、そんなことは関係ない。グレイドンの家族が裕福だと判明しても、彼自身の性格がわかるわけではない。それに、彼が夏のあいだイーストハンプトンのレストランでウェイター稼業をしている理由も不明だ。けれどそれについてマダムと話しあっている時間はなかった。目の前に激高した様子のカップJの支配人がいる。

パパスはジム・ランドの写真を乱暴な手つきでさわっている。わたしは静かに立ちあがった。

「わたしがなにをしていようと、あなたには関係ありません」

彼はいっこうに応じる様子もなく、荒っぽいしぐさで写真をつぎつぎに見ている。

「この写真は……デイビッドのパーティーの写真だ」

「あなたには関わりのないことよ」ついに写真を奪い取った。

ジャックは黒い目をキラキラ輝かせてわたしを見据える。

「ではなんに関わっているのかな？」

「どうしてもあなたが知りたいというのならいいます。ちょっと調べていることがあるの……」

「調べているだと！」相当ショックを受けたようだ。動揺している。「調べているというと……具体的には？　なにをどう調べている？」

「デイビッドの周辺で怪しいことが起きているの。だから調べています。彼はわたしの友人よ。彼に危害が及ぶようなことを放置するわけにはいかないわ」

「なにをいいだすんだ。あんたはバリスタとしてちやほやされているにすぎない。だからといって思いあがるな」すっかり興奮している。

「言葉を慎んで。わたしを侮辱してもなんにもならないわ。悪いけど、まだ休憩のとちゅう――」

パパスは自分の腕時計をトントンと叩いて見せた。

「休憩時間は五分も前に終わっている。いまわたしがなにを考えているか、わかるか？」

「いいえ。でもいつかきかせてもらえると信じているわ」

「あんたは態度に問題がある。あのプリン・ロペスという子と同じだ。わたしからデイビッド・ミンツァーに報告しておこう。さあ、さっさと準備にとりかかってくれ。ディナータイムが迫っている。やるべきことは山ほどある！」

19

毎週土曜日の晩は、カップJの混雑がピークに達する時。パーティーに行く前にまずはカフェインで盛りあがろうという四十歳未満のお客さんたちでぎっしりになり、パーティーにそなえて深夜までカフェインで気分を盛りあげている。パパスはまだプリンの後任を雇っていない。わたしは接客係とコーヒーカウンターの責任者のひとり二役であっぷあっぷしている。

八時ころにつぎの休憩をとった。パパスとまたやりあうのは避けたかったので厨房を抜けて裏口から出ると、駐車場に停めていた愛車に乗り込んでドアをロックした。そしてようやく携帯電話をかけた。

「オルークです」

「こんばんは。たびたびですが、クレア・コージーです」

うれしくなさそうに息を吐き出すのがいやでもきこえた。

「ああ、ミズ・コージーですね？　どうかしましたか？」

「お忙しいのは承知していますが、じつはお伝えしたい情報がもう少しあるんです。例のマージョリー・ブライトが射撃の名手だということ、ご存知でした？　クレー射撃のチャンピオンなんですよ」

「いいえ、知りませんでした。いま知りましたよ」

「なぜこんなことをお話しするのか、おわかりでしょう？　彼女はライフルで標的を狙って撃つだけの技能を持っているんです。それに彼女がただデイビッドの地所を通り抜けたのではないと証明できる写真も手にいれました。パーティーのあいだ、彼女はあそこでうろついていたんです。なにかの理由があって人に気づかれないようにこそこそ動きまわっていたんですよ。このふたつの事実は、彼女が容疑者であることをものがたっているのではないでしょうか」

「彼女にはトリート・マッツェリを殺す動機があったんですか？」

「正確にいえば、デイビッド・ミンツァーを殺す動機です」

「いいですか、独立記念日に殺されたのはミンツァー氏ではありません。それくらいわかっているでしょう。あなたは死体の発見者なのだから。情報提供には感謝します。だがわれわれは捜査の過程で強力な手がかりをつかんでいます。それは現時点ではミズ・ブライトとは無関係です」

「ジム・ランドのことでしょう？　彼の身柄を拘束しているんですか？」

間があいて、またもやうんざりしたようなため息。

「ミズ・コージー。われわれはジム・ランドを尋問しました。しかし彼には完全なアリバイがあった。独立記念日の晩にトリート・マッツェリを撃つことは、あの人物には不可能です。ですから身柄を拘束してはいません。現時点では容疑者でもありません」

「ランドはどんなアリバイを主張したんですか?」

「これ以上は申しあげられません」

「待って、でも――」

「ミズ・コージー、ミズ・ブライトに関するあなたの情報は参考にさせてもらいます。しかし独自にこの事件について調べるのはやめていただきたい。その過程で違法行為が認められれば、告発されて厳しい法の裁きを受けることになりますよ。わたしがいいたいこと、おわかりですね?」

「わかっています。ではこれで」イライラして歯ぎしりした。

「悪く思わないでください。では」

電話を切ったとたん、怒りがこみあげてきた。こんなバカバカしいことがあるだろうか。殺人を食い止めようとしているのに、法を盾にそれを封じようとするとは!

「ジョイ、ちょっと話があるんだけど、いい?」駐車場からもどるとジョイを呼んだ。

ジョイはデザートを準備するコーナーでグレイドン・ファースとコリーン・オブライエンとしゃべっていた。裏口のところにジョイを呼び寄せた。

「わたしは十一時にあがることにしたわ。あなたは確か閉店までの勤務だったわね」

「ええ。それがどうしたの?」

「まっすぐデイビッドの屋敷にもどるつもりだったけれど、ちょっと片づけておきたい用事ができたの」

「夜の十一時に? どんな用事?」

「たいしたことではないわ。ただ、あなたには携帯電話ですぐに連絡がつくようにしておきたいの。電源を切らないでいてね。これからの予定をくわしく教えてちょうだい」

「店が終わってからグレイドンといっしょにちょっと出かけるわ。明日の朝はいっしょにサーフィンをするから、あまり遅くはならないつもり。計画が変わったら知らせる」

「避妊は大丈夫?」わたしはささやいた。

ジョイが目をまるくした。

「ええ。もしも必要となれば、ちゃんとするわ。お願いだからよけいな心配しないで!」

数時間後、わたしはモンローズ・マリーナの駐車場に停めたホンダの運転席に座っていた。真夜中の十二時まであと十五分。

オルーク部長刑事との会話でわたしはフラストレーションの塊となっていた。そして腹を立てていた。そのせいで冷静な判断力がいささか弱まったのかもしれない。けれどいまこの瞬間、わたしは平常心をとりもどしている。冷静沈着な態度で論理的思考につとめようとしている。

トリートが殺された晩、ジム・ランドにはアリバイがあった。オルーク部長刑事はそのアリバイに納得している。しかしわたしにはオルーク部長刑事が真犯人をつかまえられるとはどうしても思えない。ジム・ランドが潔白だとも思えない。頭のなかにはジム・ランドの誘いがずっとこびりついていた。

〝今夜真夜中の十二時に……俺といっしょに行こう……俺がうそをついていないとその目で確かめたら、容疑者リストから抹消する気になるだろう。写真が欲しければ、どれでも持っていけばいい〟。

「ひょっとしたら、わたしはあなたに船から突き落とされるかもしれない」自分の返事を思い出してつぶやいた。

車からおりてドアをバタンとしめた。平常心を必死に保ちながらドックをどんどん歩いて『ラビットラン号』のところまで来た。ヨットはまだスリップに係留されている。灯りはついていない。ジム・ランドがいる気配はまったくない。船上は無人のようだ。

「よくもだましてくれたわね」

あきらかにからかわれたのだ。

〝わたしったらなんて馬鹿なの。彼に手玉にとられて〟。

「失礼ですが、どうかされましたか？」

ふりむくと、若い男性がドックをこちらに向かって歩いてくる。茶色の髪を短く刈って童顔に真剣な表情を浮かべている。ネイビーブルーのウィンドブレーカーの前面に『モンローズ・マリーナ・セキュリティ』の文字がある。ウィンドブレーカーは前のファスナーを外しているので、なかのシャツのポケットに写真つきの身分証明証がクリップで留めてあるのが見えた。写真の下の名前を声に出して読んだ。

「T・ガート」

「わたしの名前です。なにか用事ですか？」

「人と会う約束をしていたのよ。でも、どうやらすっぽかされたみたい」

「それはお気の毒に。タクシーを呼びましょうか？」

「いいえ、大丈夫。駐車場に車を停めてありますから。もう行こうとしたところ」

「わかりました。おやすみなさい」彼はいま来たほうにもどっていく。

「待って」彼に呼びかけた。

若者がふりむいた。「はい、なにか？」

「ひょっとしてアルバータという伯母さんがいない？」

若者がうなずいた。「はい。アルバータ・ガートです」

「知り合いよ。とてもいい人よね。では、あなたがトーマスね？」

「そうです」

「アルバータはあなたがハンプトン・ベイで警備の仕事をしているといっていたわ」

「ええ、昼間やっています」彼が腕時計をちらりと見た。「深夜からはべつの場所で働いているんです。すみません、お話のとちゅうですが勤務の交代時間なので」

「わかったわ。会えてよかった」

「ぼくもです」

トーマス・ガートがマリーナの事務所にもどってゆくのを見ながら、アルバータの言葉を思い出していた。トーマスは以前問題児だったけれど陸軍に入隊してすっかりまっとうになったといっていた。礼儀正しい口調もその成果にちがいない。

アルバータのことはまだ疑っていた。彼女にはデイビッドを殺す動機がある。そしてトーマスは銃の扱いに慣れているはず。でも……あの童顔の若者は見るからにひたむきな感じだった。

〝ありとあらゆる気質の殺人犯がいる。姿かたちも、身体のサイズも千差万別だ〟。

マイク・クィン警部補の言葉がよみがえった。その場の好印象に流されて判断を誤ってはならない。それは重々承知している。けっきょく容疑者リストにある人物はひとりも減っていない。だからわざわざここに来ようと思ったのだ。

ドックを歩いて駐車場にもどり、腕時計で時間を確認した。ちょうど真夜中の十二時。ジム・ランドはわたしをだますように警察当局をだましたのだろう。アリバイをでっちあげて警察の目をよそに向けたのだ。でもわたしはオルーク部長刑事のようにあっさりあきらめたりしない。

〈フロッグマン〉には自分で問いただそう。自分の耳で彼の言葉をききたい。そしてそれを信じるかどうか、自分の頭で判断したい。彼が自分の雇い主をかばっているのなら、その雇い主の正体をあばいてみせる。

ブリッジハンプトンのジム・ランドの家まで行くつもりだった。彼がいなければ、あらわれるまで愛車のなかで待つだけのこと。〝なにがなんでも彼の正体をつかんでみせる。絶対に〟。自分にいいきかせながら車のドアをひいてあけた。

「あっさりあきらめるの?」

ふりむくと、ジム・ランドが五十センチも離れていないところに立っていた。さりげなく腕を組んでいる。どうだと勝ち誇ったような自信たっぷりの態度と表情だ。さきほどとは打って変わってきれいさっぱり身なりを整えている。ヒゲを剃り、ダイバーズシャツからシーフォームグリーンのボタンダウンに着替えている。ジーンズは新品のようだ。

つかの間、声の出しかたがわからなくなった。暗い駐車場の静かな影のように背後から忍び寄って来られたのだから、無理もない。なんとか冷静さを保ち、ようやく声を出すことができた――

「さすが元シールズの隊員ね」

「脅かしたかな？」

「脅かそうとしたの？」

「いや。でも少々仕返しする権利はあるだろうね。きみのほうこそ俺を脅かそうとしただろう？」

「いつ？」

「いつだと思う？　きみがサフォーク郡警察を俺の家によこした時さ」

動揺して唾を飲み込んだ。いきなり劣勢に立たされてしまった。

「そうする必要があったからよ、ランドさん。それくらい予想していたでしょう？」

「だからきみがここにいるのを見つけてびっくりしたよ。てっきりだまされたと思ったからね」

「おもしろいわね。わたしのほうも同じように思ったわ」

彼がにっこりした。「発想が同じってことか。きみと俺とは」

「それで、いっしょに連れていってくれるの？」

ついてくるようにと彼が手招きした。ドックが並んでいるほうに歩いていったが、さきほどとはちがう方向に向かう。彼が身ぶりで示したのは、マリーナのずっと向こう端に停泊している灯りのついた船だ。

「『ラビットラン号』ではないのね」スリップに向かって歩きながらたずねてみた。

「二晩続けて同じ船を借りたことはない」

「どうして？」

彼は肩をすくめた。「追っ手をまくために」

今夜借りた『ラビット・イズ・リッチ号』に乗り込んで出航した。これも全長およそ三十五フィートのヨットだが、『ラビットラン号』とはちがって舵は室外にある。気持ちのいい夜だ。暖かくて空気が澄んでいる。強い潮の香りのなか、マリーナをゆっくりと出るとスピードをあげた。

「いい夜ね」

吹きつける風の音にかき消されないように大きな声を出さなければならない。でも会話をすることに意味がある。どんな内容でもかまわない。クィン警部補はいつかこういっていた。

〝容疑者に口を割らせる最良の方法は、しゃべらせることだ〟。

あいにくジム・ランドは無反応。外気の状態には関心がないとみて話題を変えることにした。

『ラビットラン』と『ラビット・イズ・リッチ』といえば……小説のタイトルね」

「ああ、アップダイクだ」

「ジョン・アップダイクの『ラビット』の四部作は読んだ？」

「郊外生活者の苦悩てんこもりの小説を読むタイプに見えるかい？」

「ええと……」

「まあそう緊張しないで。俺が読むのはノンフィクションだ。たいていはジオポリティカル・ヒストリーだな」

「じゃあ、誰がアップダイクのファンなの？」

「バイロン・バクスター・モンロー。マリーナのオーナーだ。以前は大学教授だった。レンタルの船にお気に入りのアップダイクの小説や短篇のタイトルをつけている」

「親しいの？」

「彼は躁病で軽いうつ症状もある。彼はそれを〝セルフメディケーション〟とやらで癒している。たいていはアルコールだ。やっこさんバーに行っちゃあ、郊外に住む伝統的なアッパーミドルクラスの空虚さについて、もったいぶって話すのが好きなんだ。とりわけアップダイクについては話す話す。どうしてそんなことを知っているかといえば、俺はおごってもらえる限りきいてやることにしているから」

「あなたも〝ゼルフメディケーション〟をしているというわけね。アルコールで」

「たまにビールを飲むだけだ。俺に効くのは危険だけさ。アドレナリン中毒なんだ。きみと同じく」

「わたしと同じ？」

「今朝俺に話したのを忘れたのか？　タフな神経の秘訣は一日八杯から十杯のコーヒーだといっていただろう。カフェインがきみのドラッグってわけなんだな？」

「合法的な物質よ」むきになっていい返した。

「では俺が借りた家で今日きみがしていたことは、合法的かな？」

〝嫌なやつ〟。

「いいか、きみが家に忍び込んだことを警察に話すこともできた」

「なぜ話さなかったの？」

「それは……」彼はにっこりした。「きみが逮捕されたら、俺とのデートの約束を守れなくなるじゃないか」

〝デートだって。それって皮肉なのかしら。それともまたわたしをからかっているの？〟。

彼が船を操縦しているのをしばらく見ていた。いまは海岸線と並行して走っている。

左手にハンプトンズの豪邸のかすかな光が見える。つまりマンハッタンから遠ざかり、ロングアイランドの先端に向かっているということだ。そのずっと先まで行けば陸地から完全に離れて外洋に出る。

「東の方向に向かっているのね？」

内心の動揺が声にあらわれないように気をつけた。

「北東だ」

彼が羅針盤を軽く叩く。わたしたちの前には目がくらむほどたくさんの計器が並んでいる。ソナー、ＧＰＳ、種々のハイテク機器。通信や気象に関係するものだろうと推測するしかない。

「北東ね。燃料タンクは満タン。このダッシュボードからわたしが判読できるのはそれだけ。操舵輪はべつとして」

ジムがニヤニヤした。

「きみにしっくりくるスタイルは推測航法かな？　自分が関わったことから推測して判断する。しかもスタート地点は死」

この人はたちの悪いジョークをいっているのか、脅しのつもりなのか、わからない。でも後者と受け止めておこう。

「脅かさないで。わたしがいまあなたといっしょだということは、十人の人が知っているのよ」

ランドはなにもいわない。数分間操縦を続け、突然エンジンを止めた。船のスピードが落ちた。波が船体に打ち寄せるのを感じる。船が穏やかに上下に揺れる。

〝いよいよなの?〟彼が船からわたしを海に放り込む確率は五十パーセントくらいだろうか。

「きみを脅しているつもりはない」

やわらかな口調だ。元シールズ隊員はまっすぐ前方を見据えた。なにかをじっくりと考えるように暗い海を見つめている。きれいに剃った顎を彼が手でこすると、ほのかに柑橘系の香りとせっけんの香りがした。無精ヒゲはもうない。顎のきれいなラインが見えた。大理石をのみで彫ったようなシャープな角度。二十年前のわたしなら、スケッチしたくてたまらなかっただろう。

突然彼がこちらを向いた。彼を見つめているのがばれてしまった。

「俺が仕事するのを見る気はあるか?」

「銃を使う仕事?」

「銃は使わない。撮るだけだ」

ランドは下におりて船室で正装に着替えた。ジーンズとボタンダウンのシャツから黒いウェットスーツに。カメラは本格的なすばらしいもので、防水で信じられないほどのズームレンズつき。それ以上くわしくはわからないが、カメラよりもずっと印象的なのは彼の肉体のほうだ。ぴったりしたウェットスーツが無駄のない筋肉を強調している。〝これは公共の財産だわ。この人はまるでギリシャの彫像〟。

「ほら。きみにやる」

わたされたのは昨日の新聞だった。ロングアイランドのこの地域で広く読まれている新聞。

「これを？」

「第一面だ。写真のクレジットを見てみろ」

第一面にでかでかと載っているのは、サウスハンプトンのベイバーの上空にあがる花火の写真だった。ハンプトンズの独立記念日のみごとな光景がその一枚に収まっている。美しいヨットが係留されている脇には有名な水飲み場。上空で炸裂する色とりどりの光をすてきなカップルが抱きあったまま見つめている。写真のクレジットは『ジム・ランド』

「すばらしい写真ね。どうやって撮ったの？」

「海からだ。俺は海にいたんだ。だが探偵としてのきみがこだわるのは、俺がいつそれを撮ったのかだろう。新聞の日付を見てみろ」

「ええ。これは独立記念日の写真ね。新聞は五日付の発行」

「ベイバーの上に花火があがった時刻には俺はサウスハンプトンにいたことがわかるだろう？　いっている意味、わかるか？」

わたしはうなずいた。彼がなにを見せようとしているのかを理解した。

「あなたのアリバイね。警察はトリート・マッツェリの死亡時刻を知っている。あなたはその時刻にはデイビッド・ミンツァーの屋敷のそばにいなかった」

「その通りだ。いっただろう。俺がミンツァーのところで撮った写真はすべて日が沈む前に撮ったものだ。だから撮った写真はすべてきみにあげたんだ。どうだ、俺を信じるか？　それともサウスハンプトンで撮ったデジタル写真を一枚残らず見たいか？　最初から最後まで百枚くらいだ。ディスプレイ画面にずらりと並ぶ写真をすべて撮るあいだ、そこにいたということだ」

「どうかわかって欲しいの。誰かがわたしの友人の命を狙っているのよ」

「それはきいた。しかし俺はきみがさがし求めている男ではない……」彼が片方の眉をぐいとあげてにっこりした。「きみの犯罪捜査に限定していえばな」

こんなに露骨にいい寄られたら、いやでも反応してしまう。でも、ひとまず無視。

「あの晩なにか怪しいものを目撃したかどうか、警察にきかれたでしょう？　あなたがデイビッドのビーチにいた時のことを」

「もちろんだ。そしてこたえはノーだ。残念ながらなにも見てはいない。とにかく……

もどってきたらまた話そう。いいね？　俺がいちばん恐れたのは、ここで船を離れているあいだにきみがやおら臆病風に吹かれてモーターを始動させて船ごととんずらすることだ。大西洋にひとりぽっちで取り残されるなんて、ごめんだ」

笑いがこらえられない。

「わたしはちょうどそれとあべこべのシナリオを考えていたわ。あなたに船から放り出されるものと、なかば本気で思っていた」

「信頼というのは美しいものだと思わないか？」

〝くやしい。あなたを好きにならせないで〟。

元シールズ隊員は船上を動きまわっていて酸素タンク、ゴーグルといった器材を装備してゆく。格好いいダイバーズウォッチをはめてから双眼鏡をとりあげ、指をさしながらわたしにわたした。

わたしは目を凝らして彼が指し示した海岸線を見た。数軒の豪邸に灯りがともっている。一軒はビーチで盛大なパーティーのまっさいちゅう。

「もしかしたら、あのパーティーがお目当ての場所？」

「当たり」

わたしが見ている前で彼は船尾から飛び込んだ。その姿が暗い波のなかに消えると全身を寒気が走った。海面は月の光を浴びて銀色に染まっている。ジム・ランドは真っ黒なガラスのような海に消えたままだ。

ふたたび彼の姿があらわれるのを辛抱強く双眼鏡で見ていた。ついに砂浜にいる彼を見つけた。海からあがるところはまったく気づかなかった。きれいに刈り込まれた植木と低木の茂みでカモ陰に身をひそめながら移動してゆく。フラージュし、たっぷり四十分動かなかった。豪邸でおこなわれているパーティーに入なにも気づかず、まったく怪しむことなく、入れ替わり立ち替わりゲストがあらわれた。カップルやグループが彼が構えるレンズのフレームのなかに入り、出ていった。ようやく彼が移動する。滑らかな動作でふたたび海のなかにもどった。そしてあっという間に船にあがってきた。

「まだいたか」酸素を吸うためのマウスピースとゴーグルをはずしながら軽口を叩く。

「まだいるだけの理由があるから」

「とうとう俺を信頼するようになったか？」

「このプカプカ浮かんでいる大きな物体のエンジンのかけかたがわからない」

ジムがにっこりした。

「ちょっと着替えてくる時間をくれ。そうしたら特訓してやろう」

十分後、彼が上甲板にあらわれた。

「いま撮ったものを少し見るか？　いいのが撮れたんだ」

「もう写真になっているの？」

「デジタル技術のおかげでな。下に行こう」

吹きさらしの甲板からキャビンにおりていくと、床に固定されたテーブルにジムがノート型パソコンとプリンターをセットした。スクリーンにはいま撮ったばかりの写真のサムネイルが標示されている。わたしを折りたたみのデッキチェアに座らせ、彼はわたしの肩の後ろから身を乗り出して数枚をクリックして成果を見せた。

驚きのあまり思わず首をふった。

ジムがそれに気づく。

「ハイテクの威力にたじたじってところか？」

「キース・ジャッドがこの狭い土地でこれほどたくさんのパーティーに招待されていることにたじたじ」

「キース・ジャッド？　ああ、後ろのほうに写っているな。いつものように若くてかわいい女の子に囲まれている。その写真は彼を狙ったんじゃない。ほらこの人物。ラジオ・ブレンナー、野球のスター選手だ。ポップの歌姫《ディーバ》のジーナ・サンチェスの腰に腕をまわしている。このふたりは三月から交際している。でも夏になってから彼らがいっしょにいるところをまだ誰も撮っていなかった。これで俺のクライアントは一番乗りだ」

「そうね」

わたしの声の硬さに彼が気づいた。ノート型パソコンのスクリーンから視線を外して、こちらを見る。

「そうね、か。よかった、じゃないんだな」

「よかったもなにも、わたしは発言する立場にないわ。あなたの人生に口を挟もうとは思わないけど……」

「けど？」

「どうしてベイバーで撮ったような写真だけにしぼらないの？　堂々と撮れるような写真だけにしたらいいのに？」

「堂々と撮るほうもやっている。相棒のケニーもそうだ。彼はここで警察の委託を受けて事故現場の写真を撮っている。シーズン中には悲惨な交通事故が山のように起きる。件数を知ったら驚くぞ」

「この夏は、マンハッタンから移動してきたせっかちなエリートたちに交じってこの界隈を運転したから想像はつくわ」

「そういう仕事はたいして儲からない。夏が終わるまでに俺は自分の船を持ちたいんだ。年を食ってよぼよぼになったらダイビングはできなくなるからな。その前にたっぷり稼いでリタイアするつもりだ。人生は短い、クレア。俺はじっさいにそれをこの目で見た人間だ。だから断言できる」彼が肩をすくめた。「ひとときたりとも無駄にする時間はない」

「さっきいったように……あなたの人生に口を挟もうとは思わないけれど……決して気持ちのいいものではないわ。ほかの人たちのプライバシーを侵害している」

「そうか？　つまりきみが今日俺のプライバシーを侵害したように？」

彼のいうことはもっともだった。わたしは不法侵入をしたくせに、より高い目的のためだと自分にいいきかせて正当化した。それでも彼のプライバシーを侵害したことには変わりない。違法行為でもある。

ジムがかがめていた腰を伸ばした。背が高いので頭が天井をこすった。

「俺はいろんなところに行った……たくさんのものを見た。貧困も、苦しみも……そんなのはもう見たくない。それにくらべれば、スナップ写真が雑誌に載ったくらいでピーピーいっている汚らしい金持ち連中など、地球規模での宝くじでいえば大当たりをひいた勝者の部類だ……なにか飲むか？」

わたしはうなずいた。うなずいた自分に驚いた。でもなにか飲まなければやりきれない気持ちだった。自分ののぞき見趣味をおおいに恥じていた。表情から判断してジム・ランドも同感のようだった。

彼はギャリーの冷蔵庫から冷えたビールを二本取り出して栓をあけた。一本をこちらにわたして、また甲板にあがった。船尾のそばのクッションつきのベンチに腰かけた。

わたしは手すりにもたれて立った。おたがいにしばらく無言のままビールを飲んだ。船体に波があたり、暗い水面で船はゆっくりと上下に揺れた。

「どうしてシールズを辞めたの？　年齢のせい？」

「ケガだよ。負傷したんだ……訓練中に」

「そうだったの。もったいないわね。極秘の任務とかそういうのでケガするならともかく」

ジムが声をたてて笑った。

「なにがそんなにおかしいの？」

「シールズの隊員はなにがあっても〝訓練中〟にケガをしたというんだ。ほかの説明は許されない」

「ほんとに？……まあ！　ごめんなさい……それで具体的にどんなケガなの？」

「減圧症。いわゆる潜水病だ。内耳と関節をやられた。レジャーのダイビング程度ならいいが、それより深く潜れば、たとえば三十メートルも潜れば骨が激しく損傷するはずだ」

「それでいまはこういう仕事をしているのね。潜るとしてもせいぜい――」

「最高でも六メートルだ。カリブ海では、冬のあいだならもっと深くまで潜る。十五メートル……でもそれが限度だ」

「そうなの……」

ベンチに寄って彼の隣に腰をおろした。ぼさぼさ髪は濡れてぺったりとして黒っぽく見える。緑色のボタンダウンのシャツの襟が湿っている。柑橘系の香りとせっけんの匂いはまだ消えていない。そしていまはかすかに海の匂いも。いい匂いだ。この匂いを好きになりたいとは思わない。でも好きになってしまった。

わたしたちは並んでビールを飲み、海面で躍る月の光を見ていた。少なくともわたしは彼がそれを見ていると思っていた。けれど視線をあげると、彼のまなざしはわたしに注がれていた。

一陣の風が吹いて栗色の髪の毛が顔にかかった。ジムの茶色の瞳は溶け出しそう。彼はなにもいわず、微動だにしない。

至近距離で稲妻が走るのは、きっとこんな感覚なのだろう。こうしているとジム・ランドのなかで渦巻くエネルギー、激しく燃えたぎるものが伝わってくる。彼はなにも隠そうとはしていない。なにを望んでいるのか、わたしにははっきりとわかる。触れられたら、それでもうお終いだ。わたしは三百度のオーブンのなかのチョコレートのように溶けてしまうだろう。だから彼がそのチャンスを見つける前に立ちあがった。

「ジム、あなたの力が必要なの」

「俺の力が？」

「デイビッドが狙われている。彼の命を狙う人物をつきとめなくては」

ジムが目をそらし、ゆっくりとひと口飲んだ。「俺の力が必要なんだな？」

「そういったはずよ」

彼の視線がわたしにもどり、目が合った。「お礼をしてもらえるのかな？」

「ええ」

片方の眉があがった。「どれくらい？」

「成果に応じて」

「成果とは？」

「殺人犯をつかまえられたら」

ジム・ランドの顔にゆっくりと笑みが広がっていった。

「その話、乗った」

疑わしいと思っていること、そして自分なりに推理したことをすべて話した。話し終えるまで黙って粘り強くきいていた彼は、下におりてノート型パソコンを使おうと提案した。スクリーン上でパーティーの写真を調べれば、手がかりが見つかるかもしれないと考えたのだ。スクリーン上で写真を自由自在にズームするのはお手のものなので、すべての写真についてデイビッドの周囲でなにが起きているのかを分析しようというのだ。

ファイルにはおよそ七十枚の写真が収められていた。二十二枚目までは怪しいものはなにひとつ見つからなかった。そして二十三枚目。全身を悪寒が走った。主役はにっこり微笑む美しくて若い映画スター。わたしの目をとらえたのは、その後方に写っているものだった。

「後ろのほうにいるデイビッドをズームアップできる？　もっと大きな映像にできるかしら？」

「わかった」ジムがカーソルを動かしてクリックした。「なにを見つけたんだ、クレア？」

「デイビッドとレストランの支配人のジャック・パパスが話をしている。ジャックはなにかしているわ」

「デイビッドに自分のドリンクをわたして味見をすすめているみたいだ」

「つぎの写真を出してみて、順番通りに」

同じ若手女優の数秒後の写真だった。

「これもデイビッドの部分を拡大してみて。やっぱりね。デイビッドはドリンクを返している。ジャックは自分のドリンクの味見をさせて、それを取りもどしている」

「だから？」

「だから、デイビッドは自分が主催したパーティーで何者かに少量のMSGをひそかに飲まされたの。これはまさにその現場だと思う」

「パパスがデイビッドを殺そうとしたというのか?」

「パパスにはその動機があると思うの。ここに写っているのは、デイビッドが偏頭痛を起こして寝室に行くように仕組んでいる現場だと思う。デイビッドが寝室に行ったら犯人は撃ち殺すことにしていた」

「なるほど。で、パパスの動機は?」

「横領。それは証明できると思う。オルーク部長刑事は飲食物へのMSGの混入という仮説には耳を貸さないかもしれないけど、カップJとデイビッド・ミンツァーからの横領計画を裏づける帳簿は無視できないはず。パパスがあの帳簿を店の自分の事務机にカギをかけてしまってあることはわかっている」

ジム・ランドは椅子の背にもたれ、わたしを見据えた。

「きみはどうやってその帳簿を手にいれるつもり?」

わたしは腕組みをして、顎をトントン叩きながら考えた。

「あなたがシールズに所属していた時、音をたてずにどこかに侵入しなくてはならないという場面は?」

「あったよ」

「それならカギのこじあけかたを知っているわね？」

「ああ知ってる」

「ではさきほどの質問ですが、ジム・ランドさん。わたしがどうやってその帳簿を手にいれるか、ではないわね。正しくは、わたしたちはでしょう」

「きみは俺を違法行為にひきずり込むと決めているようだな」

「助かったわ、あなたのほうからそういってくれて」

ジムが笑った。「ひとつだけおぼえておいてくれ」

「なに？」

「殺人犯をつかまえるのに力を貸したら、俺に礼をするときみは約束した」

「ものごとには順番がありますからね。だいじなことから片づけていきましょう」

20

愛車のホンダを走らせ、カップJにもどった。バックミラーにはずっとジムのハーレーのライトが映っている。レストランに到着したのは午前三時ちかかった。建物は暗く、人気はない。駐車場はからっぽ。車からおりると、ジムが隣に乗りつけてバイクのエンジンを切った。

いっしょにレストランまで暗い道を歩いた。正面のドアのガラス越しに警報装置の小さな赤いライトが見えた。システムが稼働していることを示して侵入者に警告しているのだ。

ジムは両手をジーンズのポケットにつっ込み、ドアの枠にもたれている。

「このカギをあけて欲しいんだな?」

わたしはかぶりをふった。

「カギは持っている。あなたにはずしてもらいたいカギはなかにあるの。ともかく、警報システムが稼働しているわ。ドアを無事に通り抜けても、キーパッドをどうにかしな

くてはならない。あなたは暗証番号を知らないでしょ」

「警報装置におたおたする俺ではない」

「大きく出たわね」

カギをカギ穴にいれてまわした。ドアをあけてから、十秒以内に暗証番号を打ち込むと警報装置は解除される。店でも警察でも警報音が鳴ることはない。キーパッドに暗証番号を打ち込んだ。ビーという音がして小さなライトが赤から緑に変わる。

「全面解除」肩越しに呼びかけた。

レストランのダイニングルームに足を踏みいれると、すぐになにかが変だと気づいた。まず、空気が重くよどんでいるように感じた。それからおぼえのあるにおい。後ろから来たジムがわたしの肩をぎゅっとつかんだ。彼もそのにおいを感じ取ったのだ。

「ガスだ」ふたり同時だった。

「口火が消えているのよ、きっと！　元栓を閉めなくては」

あわてて前に出た。けれど二歩も進まないうちにジムの手が肩に食い込み、ひきもどされた。

「クレア、行くな。ここから出るんだ」

「ダメよ、待って」

抵抗したが、数秒のうちにクラクラして頭がぼうっとした。目をぱちぱちさせると星が見えた。膝から力が抜けた。ジムがわたしをさっと抱きあげてレストランの外に運び出した。彼はむせながらホンダのボンネットにわたしを横たえた。ボンネットの熱が背中に伝わった。咳が出て息が苦しい。

「このままレストランを爆発させるわけにはいかないわ。そんなわけにいかない」咳のあいまに叫んだ。

ジムはボンネットから身を離し、建物を見た。彼の視線をたどると正面のドアが開け放されている。彼がわざとそうしておいたのだ。いきなり彼がボタンダウンのシャツをぱっと脱いだ。

「ジム、いったいなにを――」

彼はポケットのなかをさぐり、携帯電話をわたしの手に押しつけた。

「緊急通報だ」

そういってからシャツで鼻と口を覆って後頭部で結んだ。そのまま頭を低くさげた体勢でレストランのなかにふたたび駆け込んだ。

九一一にかけるとすぐに通じた。ガスが漏れていること、ここの住所、人が建物のなかにいることを知らせた。

レストランのなかから音がした。店内の両開きのドアがあき、ガラスが割れる音。まだふらふらしていたけれど、愛車のボンネットからぽんとおりて正面ドアまでの道をいそいだ。頭がズキズキと痛み、脳の指令が足に伝わるのに果てしなく時間がかかるように感じた。

正面のドアに着いたちょうどその時、ジムがキッチンから出てくるのが見えた。顔をシャツで覆ったままだ。足取りはしっかりしているように見えた。なにか手伝おうと思って店のなかに足を踏みいれると、彼があわてて駆け寄った。

「出るんだ、クレア。ガス漏れは止めた」シャツに覆われているのでくぐもった声だが、言葉ははっきりききとれる。

「あなたは大丈夫なの？」

「おいおい、俺が元シールズの隊員だったことを忘れたか？　隊員なら誰でも三分間は息を止めていられる」

「なかはどうなっているの？　コンロには安全装置がついているはずよ。口火がひとつでも消えたらガスは自動的に止まるはず――」

「コンロが原因ではない。ガス管が切断されていた」

「なんですって？」

「メインのガス管からコンロにつなぐ管がぶらぶらしていた。あれはたぶん切断されたんだ。ガスの元栓を締める必要があった。とちゅうあの両開きのドアをあけて、悪いがその時に少し壊した。ほかに窓はないのか？」

「スタッフの休憩室に大きな窓があるわ」

「どのドアだ？」

「ガスはもう出ていったわ。だからわたしがやる」

「よし任せた。俺は防火扉をあけて固定しよう」

わたしは新鮮な空気を思い切り吸って休憩室に走っていき、ドアをあけた。なかはほとんどガスの臭いがしなかった。おそらく閉まったドアがガスの侵入を防いだのだろう。窓に向かって足を踏み出したとたん、悲鳴をあげてしまった。

ソファに人がばったり伸びている。ジーンズと花柄のブラウス姿の女性だ。床にはサンダル。ポニーテールにした赤褐色の巻き毛が枕に散っている。肩をつかんで仰向けにした。コリーン・オブライエンだった。肌はかすかに青ざめ、しし鼻のあたりに散ったそばかすがいつもより妙に濃く、血のように赤く見える。

わたしは半狂乱になってコリーンの身体を揺さぶった。

「目をあけて！　起きて！」

ジムが傍らに来てわたしをコリーンからひき離し、かがみ込んだ。耳を彼女の胸にあてる。

「かすかだが息をしている。外に運ぼう」

ジムはソファから彼女の身体を持ちあげて肩にかついだ。ダイニングルームを抜けてレストランを出るまでものの一分。彼はコリーンをホンダのボンネットに横たえた。病院のストレッチャーよりもずっと活躍しているボンネットだ。

「知っている子か？」

「ええ！　店のスタッフよ」

「自殺を図ったと思うか？」

わたしは目をぱちくりさせた。

「さあ……どうかしら……」

トリートが撃たれた晩の彼女の憔悴ぶりを思い出した。だから考えられないこともない。

ジムはコリーンの口のなかや、のどを調べて異物がないことを確認し、心肺蘇生法《CPR》を施した。一分もしないうちにコリーンは目をあけたが、身を起こし、嘔吐した。

ジムがわたしのほうを見た。

「もう大丈夫だ。胃のなかのものを全部吐き出せばな」

コリーンがわたしの愛車に盛大に嘔吐する間、彼女の髪を押さえてあげていた。因果は巡るとはよくいったもの。ブリアンのメルセデスの後部シートのことを思い出した。でも車のことなどどうでもいい。コリーンが生きているとわかってほっとした。

「なぜ、自殺だと思ったの？」

「誰かがコンロにつながるガス管を切断している。自殺か、破壊行為のどちらかだ」

コリーンが頭をしきりにふる。「なにが起きたの？」

「ガス漏れよ」うそをついた。「どうしてレストランのなかにいたの？」

「じつは……ここのところずっと泊まっていたんです。でも誰にもいわないで」

ジムが鼻を鳴らした。「もう手遅れだと思うよ」

肘でぐいと突いて彼を黙らせた。「どうして泊まったりしたの？」

コリーンは立とうとした。肩を強く押さえて止めた。

「じっとしていなさい」

有無をいわせなかった。それにしても消防隊はいったいどこにいるのだろう。サイレンのひとつもきこえやしない。

「なぜ店に泊まっていたのか、説明して」

「わたしがいるシェアハウスをやっている人たちが、この夏のまっさかりにいきなり値上げをしたんです。もう腹が立っちゃって。せっかく稼いだお金をまるまるあんな人たちに巻きあげられるなんて嫌だったの。ここの仕事も失いたくなかったし。だから夏が終わるまで休憩室のソファで寝ることにしたんです」

わたしは唖然として彼女を見つめた。

「いったいどうやって？」

「そんなのかんたん。毎晩支配人か店じまいの係が戸締まりするまでトイレに隠れていて、朝、シェフが出勤して来る時にも隠れているんです。そうすれば誰にも姿を見られずにすむから。それに支配人に店じまいを任されたことも何回かあったし。あの人がボン・フェローズのパーティーに行った晩もそうだった。そういう夜は店で自由にしていられた」

広い通りのほうから警笛が一回きこえた。木々のあいだに真っ赤なライトが見える。消防隊がやってきたのだ。サイレンは鳴らしていない。なるほど、ここは富裕層ばかりのコミュニティ。お金持ちの住民の邪魔にならないように彼らは静かに駆けつけたのだ。ジムが道路のほうに視線を向けた。消防隊が到着する前に彼はすばやくシャツを身につけた。

「コリーン、よくきいて。とてもたいせつなことなの。今夜店を閉めたのは誰?」

「支配人です。なかなか帰ろうとしなかったわ。かなり遅くまで事務室にこもっていました。ようやくカギを締める音がしたので休憩室の窓からのぞいたら、支配人が車を出すのが見えたわ。二時三十分ころ。それから眠ったんです」

村の消防車がライトを点滅させながら駐車場に入ってきた。パトカーと救急車がその後ろから続く。ドアがひらいたかと思うと救急隊員がふたり飛び出して、わたしたちめがけて走ってきた。

消防隊長と消防士数人が酸素マスクをつけた姿で現場を確保し、レストランに入っていった。コリーンは救急車に。わたしは巡査部長にちかづいてゆき、名を名乗った。

「これは事故ではありません。ガス管が故意に切断されているみたいです。そしてコリーンの話では、ガス管に最後に触れる機会があったのはレストランの支配人ジャック・パパスだそうです。彼は経営者のデイビッド・ミンツァーと一部の業者からお金を横領していましたから、レストランを破壊して横領の事実を隠蔽しようとしたにちがいありません」

警官はそわそわと落ち着かないそぶりだ。

「だとしたら、重罪です」

「ええ。でもコリーンはレストランのなかで寝ていたんです。彼女は最後に店を出たのは支配人だと証言できます。それに、今夜わたしは彼の帳簿を調べるためにここに来たんです。彼が業者とのあいだで取り決めた内容をオーナーが知ったら、決して許さないでしょう。支配人であるパパスによる金銭の強要ですから」

「供述調書を作成しなければ」警官がいった。

「よろこんで協力します」わたしはそこで爆弾発言をした。「それからジャック・パパスはデイビッド・ミンツァーの命を狙っていました。まちがいありません。独立記念日にデイビッドの家で起きた殺人に彼は関わっているはずです」

警官はごくりと大きな音をたてた。彼の役職では、わたしがいま口にした犯罪は手に余るのだろう。

「ここでお待ちください、ミズ・コージー。サフォーク郡警察に電話をいれます。ロイ・オルーク部長刑事がこの事件を担当しています」

ジム・ランドがやってきて並んだ。

「これで謎は解けたかい?」

「だといいんだけど」

「きみは、ジャック・パパスが自分の犯罪を隠蔽するために店の全焼をくわだてたと考えているのか?」

わたしはうなずいた。

「よく考えてみて。夏の終わりにはたくさんの業者が、ジャックとの取り決めにしたがって請求書の残額と十パーセント上乗せした分の支払いを要求してくるわ。店を爆発させて、その混乱に乗じて逃げ出して飛行機に飛び乗ってしまえばヨーロッパに帰れる。業者が受け取るべき商品代の半分とともにね。デイビッドはあきらめて破産を申し立てるにちがいないと踏んでいたのでしょうね」

ジムは顎をごしごしこすりながら考えている。

「では、なぜいま店を爆発させる? この先七月、八月と詐欺を続けることができたのに」

「わたしにも原因があるのかもしれない」

「どうして？」

「不正な取り決めをプリンに見破られたと知ったパパスは、デイビッドに気づかれる前に彼女を解雇したの。つぎに怪しんだのはわたしだった。でも契約上わたしのことはプリンのようにかんたんにはクビにできないと彼は知っていた。そんな時、彼の事務室をあさっているところを見つかり……そして今夜、あなたがデイビッドのパーティーで撮った写真を見ながら、プライベートな電話をしているところを彼に見つかった。調査をしていることを認めざるを得なかったわ。そうしたら彼はあきらかに血の気がひいた。ところで、血の気がひくといえば……なんだか急にふらふらしてきた……」

視界が少しぼやけたかと思うと、その場でよろめいてしまった。

「おい、しっかりしろ、クレア」ランドがわたしの肩に両手を置く。「座ろう」

崩れるように車のフロントバンパーに座り、自分の額に手を当てた。

「たぶん、わたしのせいでパパスはパニックになった。発覚することを恐れて、いても立ってもいられなくなった。そのために、あの罪のない若い女の子が危うく命を落とすところだった」

「おいで」

ジムがわたしをひき寄せ、わたしは彼に身をあずけた。頭を彼の胸に押し当て、たくましい腕の筋肉を両手でつかんだ。

「気持ち悪い。ガスを吸ったせいね」わたしはつぶやいた。

「ガスじゃないよ、クレア。アドレナリンが消えていくところだ。不安定で混乱した気分になるのはそのせいだ。シールズで所属していたチームのリーダーが格言をつくっていた。戦闘の場面での真実を突いているが、人生においてもそっくりそのまま当てはまる」

「どういう格言？」弱々しくたずねた。

ジムが肩をすくめた。

「スリルが去った後、破綻が訪れる」

21

翌朝、わたしは文字通りベッドから這い出た。口のなかにかすかにガスの味が残っていた。パジャマの上からバスローブをはおって、階段を足をひきずりながらキッチンに行った。通りかかった大きな部屋にデイビッドがいるのが見えた。やはりバスローブをまとっている。電話での会話に集中していたので、わたしにはほとんど気づいていない。

わたしと同じく、デイビッドも昨夜はほとんど寝ていない。彼はレストランに呼ばれ、ガス漏れの後の地所の安全を確保しなくてはならなかった。消防署はガス会社が復旧作業を終えるまでレストランを立ち入り禁止にした。おそらくデイビッドはその件で電話しているのだろう。

デイビッドもわたしも寝不足だったので、カフェインたっぷりのブレックファスト・ブレンドのはいった小さな缶に迷うことなく手を伸ばした。

朝日を浴びたキッチン全体にほっとする素朴なアロマがゆきわたるころ、デイビッドがやってきて大きなテーブルに向かってどさりと椅子に座った。そして彼の心情をあらわすような長い長いため息をひとつついた。

「シーズンさなかに新しく支配人を見つけるなんて、至難の業だ」

「ジャック・パパスみたいな支配人を置いておくくらいなら、いっそいないほうがいいわ」

デイビッドは頭を左右にふった。「彼はひじょうに有能だった」

「そうでしょうね。あの人は頭がよくて勤勉で時間に正確だったから。有能な支配人だった……横領をべつにすればね。どうしてあんなことをしたのかしら？」

デイビッドはため息をついた。

「わたしは彼の要求を拒んだ。それがまちがいだったんだろう。彼はギリシャに帰国して自分の店をひらきたがっていた。夏のシーズンが終わったら金銭的な援助をしてくれないかと頼まれた。けれどわたしは海外のレストランに援助することには関心がなかったんだ」

「あなたから資金の援助を受けられないのなら、べつの方法で工面しようと考えたわけね」

「おそらくね。クレア、これ以上きみに負担をかけたくはない。なにしろすでにこれだけ面倒をかけているからね。でも新しい支配人が決まるまで力を貸してくれないだろうか」

わたしはうなずいた。「もちろんですとも」

「これからの二週間、カップJでフルタイムの支配人として働いてもらいたい。新しい支配人が見つからなければ、もう少し長く。そうなると勤務時間を延ばしてもらわなくてはならない。そしてパパスがわたしの名前を使って業者と取り交わした、ろくでもない契約を破棄して、一から交渉しなおす作業も加わる。だがそのぶんの報酬ははずませてもらうよ。確約する」

「わたしはかまいません。マテオにつぎの出張を延ばしてもらえば、ビレッジブレンドのマネジメントは彼がカバーするでしょう。でもシェフのボーゲルを起用することは考えないんですか？　わたしではなく、彼に支配人の仕事をしてもらうのが筋ではないかしら」

デイビッドはため息をついた。

「ボーゲルはメニューを考案したりすることは大の得意だ。才能もある。だが大の苦手とする分野がある。彼も自分でそれを認めている。給与の支払い、従業員のスケジュール管理、人事管理、顧客サービスといった仕事だ。支配人としては落第だな。彼の側もそんな仕事はお断わりだろう」

「そういうことなら、ひき受けましょう」

デイビッドは音をたてずに拍手して見せた。

「ありがたい。さて至福のコーヒーを味わうことにしよう！」

カップにコーヒーを注ぎ、いっしょにテーブルについて熱いコーヒーをこころゆくまで味わった。身体が必要としているカフェインをたっぷり取りいれた。

「しかし、あの子には気の毒なことをした。コリーンはわたしのレストランで危うく死ぬところだった。ほんとうに……彼女の命を救ってもらってなんと感謝したらいいのか。そしてもちろん、レストランを救ってくれたこともお礼のいいようがない。もしもあの子が命を落としていたら、おそらくわたしは立ちなおれなかっただろう！」

「トリートの件は？　彼も命を落としたわ」冷静な口調でたずねてみた。

「そうね」ふいにマダムがあらわれた。「そしてトリート・マッツェリは密告屋だった。そうでしょう？」

デイビッドがうなずいた。

「ええ、その通りです。ドラッグに関する情報提供者として雇われていた」

朝食の場でいきなり衝撃の事実をあかされるとは。

「なんですって？　いったいなにを知っているの？」

「たったいまオルーク部長刑事と電話ではなしたところだ。どうやら警察は殺人に使われた銃を発見したらしい」

胃がねじれるような感覚。「どこで？」

「マンハッタンから来た若い男性の車のトランクで。彼は七月六日の未明にドラッグの取引の容疑で逮捕されている。警察は弾道検査をしてトリートについてくわしく調べた。オルーク部長刑事は確信が持てたところでわたしに連絡してきた」

「なにを確信したの？」わたしはたずねた。

「トリートはコカインのディーラーという前歴があったんだ。逮捕され起訴されたが、有罪判決は受けていない。彼は麻薬取締局に協力して刑事免責と引き換えに情報提供者になった」

驚きだった。これまでのわたしの推理はすべて的外れだったわけだ。

「オルーク部長刑事の話では、科学捜査でビーチにあった薬莢とトリートの頭から取り出した弾とライフルを、結びつけることができるそうだ。たいしたものだ。そして凶器である銃はドラッグのディーラーとして知られている男の車から発見された。オルーク部長刑事は、殺し屋が狙ったのはトリートひとりだけだという結論を出した」

「トリートが麻薬取締局にドラッグ・ディーラーのことを密告していたから？」

「そうだ。オルーク部長刑事は凶器を確保して事件は一件落着だ。決定的な証拠だからな」

「状況証拠的でもあるわ」

デイビッドは目をぱちくりさせた。「どこが？」

「まず、なぜパーティーのさなかにトリートを狙ったのかしら。しかもわざわざ殺し屋を使っている。トリートが屋敷を出るところを狙って道路で撃つほうがずっとかんたんでしょう？　なにもシーズンでいちばん大々的な社交の場を選んで撃つ必要はないはず」

「理論上はそうともいえるな」

わたしは頭を左右にふった。

「凶器は故意にトランクに置かれた可能性だってあるでしょう？　薬莢があんなふうにさりげなくビーチに置き去りにされていたのも、同じ理由かもしれない。プロの殺し屋はそんなミスは犯さないと思う」

「逮捕された男がプロの殺し屋だったという情報はない。たぶん、ただのちんぴらだな」デイビッドが反論した。

「賭けてもいいけれど、その銃には指紋もないはずよ」鋭く切りかえした。「真犯人は警察に凶器を発見させたがっていた。垂れ込みくらいしていたかもしれないわ。そうやって自分以外の人間が犯人として告発されるのをもくろんだのよ」

「それくらいにしておけ、クレア。オルーク部長刑事が事件は解決したといったんだ。だからもう済んだことだ」いらだった口調でさえぎった。

「もうひとつ質問があるわ。それだけいわせてくれたら黙る」

彼がため息をついた。「いってみなさい」

「警察はどこで銃を発見して犯人をつかまえたの？」

「ハイウェイのおしゃれではない側だ。ハンプトン・ベイのどこかだろう。とにかくトリートを殺した犯人がつかまったときいて、わたしは心底ほっとした。さっそく警備会社との契約を解除する。これで制服姿の人間が四六時中、自宅に待機している日々とはおさらばだ」

わたしはびっくりした。「なぜ警備をやめさせるの？」

「もう必要がないからだ」

「なにいっているの。この屋敷で殺人があったのよ。それにレストランの支配人のおかげでビジネスをめちゃくちゃにされそうになったところじゃないの。少なくともあと数週間はこのまま厳重な警備を続けたら？　わたしのためだと思って、お願いよ」

マダムが片方の眉をくいとあげた。

「デイビッド、クレアのいう通りですよ。ジャック・パパスという支配人の正体を見抜けなかったばっかりに、とんだことになったんでしょう。ここはひとつ、わたしの義理の娘のいうことに耳を傾けるべきだと思いますよ」

〝元の義理の娘ですってば。それにマテオとブリアン・ソマーとの仲を考えると、日々、〝元〟の度合いは強くなっていますからね〟。

デイビッドはわたしからマダムへと視線を移し、ふたたびわたしを見た。そして降参するように両手をぱっとあげた。

「多数決で負けを認めるよ！」彼は空になったカップをテーブルに置いて立ちあがった。

「さて、着替えるとしよう。知人を何人か訪問しなくてはならないし、ガス会社とガラス会社に無理をいってでも人をよこしてもらわなくてはならない。すぐに店を修理しないと今夜のカップJの営業に間にあわないからな」

幸いにも日曜日の営業は実現した。カップJのスタッフにとってもお客さまにとってもありがたいことだった。ただし人気のブランチの時間には間にあわなかった。天気もよく、午後の四時にはガラス会社はすでにひきあげ、ガス会社はガスを復旧させ、立ち会った村の消防隊長は建物の安全を宣言した。

シェフのボーゲルは厨房で準備に入り、スージー・タトルは夜のラッシュにそなえてダイニングルームの準備を進め、わたしは休憩室のソファで納入業者のリストの点検にとりかかった。ジャック・パパスとの十パーセント上乗せの取り決めを白紙にもどし、月曜日に食材を納入してくれる業者をこのなかから見つけなくてはならない。そんな魔法のようなことがほんとうにできるだろうか。パパスはいまはサフォーク郡の留置場のなかで保釈のための審問を首を長くして待っているはず。

作業が少し進んだところで、スージーが飛び込んできた。

「エスプレッソマシンが壊れているみたいです」あらたな危機か。

スージーについてコーヒーカウンターのところに行き、くわしい状況を確認した。エスプレッソマシンはコンセントにつないであったが、そのコンセントがショートしていた。高圧延長コードを厨房の壁からコーヒーカウンターまでひっぱり、明日の朝電気技師を呼んでソケットを見てもらうまでなんとかしのぐことにした。とりあえず危機を回避して、書類を取りに休憩室に向かった。

ドアのすぐ外で足を止めた。グレイドン・ファースの声がきこえたのだ。携帯電話で誰かと話しているようだ。

原則として、わたしはプライベートな会話を立ち聞きしない（ただし犯罪捜査に関わる場合はべつ）。でもグレイドン・ファースはわたしの娘とつきあっている。親としてはこの際、原則を無視してもよかろうと自分に許可を与えた。それにマダムが発掘した新事実にも好奇心をそそられていた。彼が薬局の経営で富を築いた一族であるなら、文字通り何百万ドルもの価値ある身の上。それなのになぜ最上流階級の一員として家族とともに贅沢三昧の夏を過ごさないのか。なんでまたこの若者はハンプトンズのレストランでウェイターをしているのだろう。

しかしわれわれながら勝手なものだと思う。あれほどデイビッド・ミンツァーの身の安全と健康を心配しているといいながら、いざとなれば娘のほうを優先している。その身を案じるあまり、虫食いのような会話を必死にきこうとしているのだ。

「こっちは約束通りやっている、ボン」グレイドンがいう。

〝ボンですって？　ボン・フェローズと同じボン？〞グレイドンに見つからないように注意しながら、さらにドアのそばまでそうっとちかづいた。

「ああ、そうしてもらえるなら。もちろんんだ。でも……このあいだは直後にあんなことが起きて、相当びびったよ」

ダイニングルームの床にグラスが落ちて砕ける音がしたので、びくっとした。グレイドンはその音を無視してそのまま会話を続けている。

「わかった。あんたがそこまでいうのなら。何時に？……オーケー。十一時三十分だな。あんたはたいした爆弾《ボム》だな、ボン。じゃあまた後で」

わたしはきびすをかえして厨房の向こう端まであわてて走った。すぐ後からグレイドンが休憩室から出てきた。そして銀の食器類をセッティングしていたスージー・タトルの手伝いをした。

グレイドン・ファースはボン・フェローズとなにを相談していたのだろう。なにかいかがわしいことをたくらんでいそうだ。それればかりか、ひょっとしたらデイビッド・ミンツァーを殺そうとして未遂に終わったことについて話していたのではないか。

誰もが忙しそうに働いている。わたしは厨房でシェフのボーゲルに直談判してみた。

「今夜はどうしても早くあがりたいんだけれど、いいかしら？　後をお願いしてもいい？」

「ああ、任せて」

「ありがとう。恩に着るわ。わたしが早く出ることは誰にもいわないでね。お願いよ」

シェフは万事心得たような表情でウィンクして見せた。

「おおいに楽しんできて」彼がささやいた。「この夏、あなたはじつによく働いていた。少々楽しむ権利はあるよ」

わたしはにっこりしてお礼をいった。それから書類を取りに休憩室にもどり、携帯電話をかけた。わたしの「不法行為」を絶対にとがめない人物に。

【作り方】

1. オーブンを160度に予熱する。
2. チョコレート、バター、カルーアを湯せんで溶かし、滑らかなクリーム状になるまでまぜる（およそ5分間）。
3. 大きなボウルにたまご、砂糖、バニラ、塩をいれ、電動ミキサーで泡立って量が二倍になるくらいまで、およそ5～10分間攪拌する。
4. 3を2に少量ずつゆっくりとまぜてゆく。全部まぜたものを、スプリングフォームのケーキ型にいれる。
5. ケーキ型をロースト用の天板などに置く。沸騰した湯を慎重に天板に注ぐ。ケーキ型の高さの半分ほどまで。ケーキがややふくらみ、縁の部分が固まるまで、およそ40～45分間焼く（時間はそれぞれのオーブンに応じて）。湯を張った天板からケーキ型をあげて、ワイヤーラックにのせて室温まで冷ます。覆いをかけて冷蔵庫で一晩冷やしたら、出来上がり。

【召しあがる前のコツ】

食べる30分前あるいは1時間前にスプリンフォーム型からケーキを外す。皿にケーキを逆さにして、底についているオーブンシートをはがす。食卓に出す皿に、今度は底の部分を下にしてのせる。粉砂糖をふり、季節の新鮮なラズベリーやイチゴを添えてどうぞ召しあがれ。

小麦粉を使わない
チョコレートカルーア・ケーキ

夏デカダンスなムードたっぷりの夏のおいしいデザート。コーヒーのフレーバーがうれしい。このケーキには完熟ラズベリーや穫れたてのまるまるとしたイチゴがとてもよく似合う。いちばんおいしく食べるコツは、じゅうぶんに冷やすこと。

【材料】
セミスイート・チョコレート（粗く刻んだもの）……２カップ
無塩バター（刻んだもの）……120 グラム
カルーア……1/4 カップ
たまご（大）……８個
砂糖……1/4 カップ
バニラ……大さじ１
塩……小さじ 1/2

【スプリングフォーム型を準備するコツ】
直径９インチの型に油を塗り、底にはクッキングシートを敷く。アルミホイルで型の外側をくるみ、天板で湯せんにした時にケーキ型にお湯がいらないようにする。ケーキ型の底もサイドの部分もしっかり覆う。

22

その夜は海の上もかなり穏やかだった。今夜借りた『ラビット・リダックス号《帰ってきたウサギ》』は、操舵装置が外にある。下には船室がある。クロムメッキの手すりはよく磨かれている。甲板はグリニッチビレッジのわたしの住居の寄せ木張りの床よりもいい味を出している。

わたしたちは錨をおろし、穏やかな波にやさしく揺られている。ボン・フェローズが何百万ドルも投じた中世風のお屋敷、サンドキャッスルからおよそ五十メートルの沖合だ。屋敷の段差のある居間は海に面している。巨大なガラスの窓越しに内部がよく見える。闇のなかで長方形のスペースがまぶしく輝いている。

腕時計に目をやった。操舵装置のぼんやりした光が照明代わりだ。十一時二十分。

「そろそろね」

ジム・ランドにささやきかけた。彼はいかにも高そうな双眼鏡でサンドキャッスルの地所を見ている。口を固く結び、黒いウェットスーツに包まれた身体は緊張感に満ちて

いる。

「俺たちは具体的にはなにをさがしているんだ?」ジムは目標とする一帯から一瞬も視線を外さない。

「わからないけれど、とにかく怪しいなにか」力なくこたえた。

ジムは声をあげて笑い、双眼鏡をおろした。

「この世は怪しいものだらけだ。誰もがなにかしらの罪を犯している」

「あなたはわかっていないのよ。ボン・フェローズとデイビッドとのあいだには長年の確執があるの。ボンが欲しがっていたハンプトンズのレストランをデイビッドが手にいれたのよ。つまりボンは何百万ドルもの収入をふいにしたということ。でもほんとうにダメージを受けたのは彼の自尊心ね。男性にとってそういうたぐいのダメージは耐えがたいものよ」

「だからといって殺人を企てるとは限らない」ジムは依然として双眼鏡をあてている。

「けれどもしかしたら……おやおやおや——」

「どうしたの?」

「……ドラッグのユーザーだったのか」

背中が固くこわばるのを感じた。「もしかして、コカイン?」

「コカインを吸引しているか、さもなければ鼻とストローでコーヒーテーブルを掃除しているかのどちらかだ。おお、やっぱりな。白い粉が入ったかなり大きな袋が出てきた。そのなかから少量テーブルに出してなにかといっしょに細かく刻んでいるぞ」

「刻んでいるの？　刻むって――」

「コカインをベビーパウダーみたいなあたりさわりのない物質と混ぜているんだ。こうしてかさをふやして質を落とす」

「なぜそんなことを？　あの人にはうなるほどお金があるのよ」

「まったくだ。わけがわからないな。いましがた高純度のものを二ラインも吸引していたからな。あるいは誰かをだまそうとしているか、それとも……」

「それとも？」

「彼は増量したものを新しい袋にいれて封をした。それを脇に置いて、ほかのものをすべて片づけて二本のストローだけを残している」

ジムが双眼鏡の位置を変えた。わたしは肉眼で屋敷のエントランスにヘッドライトがちかづいてくるのを確認した。車は建物の石の塔の下あたりで停まった。車種は見分けがつかない。そう思っていたら、ジムがこたえをくれた。

「ミニ・クーパーだ」

「グレイドンね」

ジムがうなずく。「二十代半ばのひょろひょろしたガキ、だろう？　そいつが車をおりて……ひとりじゃないな」

「え？　誰かいっしょなの？」

「かわいい女の子もおりてきた。濃い茶色の髪の毛が肩まである。きみの髪に似ている。きみと同じく曲線美がすてきだ――」

「見せて！」叫ぶなり双眼鏡を奪った。レンズをのぞき、焦点を合わせ、はっと息が止まった。「ああなんてこと。まさか。あれはわたしの娘よ！」

ジム・ランドがわたしから双眼鏡を取り返し、ボンの居間を見た。

「フェローズが立ちあがった。自分で玄関に出迎えるようだ。使用人はいないってことだな。そして彼らと会うことを誰にも知られたくない」

ジムがわたしと向きあった。

「きみの娘に電話するんだ。いますぐに。彼女、携帯電話を持っているだろう？」

わたしはうなずいてバッグをあさり、携帯電話をひらいた。短縮ダイヤルを検索するまでもない。彼女のナンバーは先頭にある。

「なんていったらいい？」

「おいおい、母親だろう。きみ以外誰がここで娘にストップをかけられる」

〝そりゃそうね！〟。

わたしは通話ボタンを押した。呼び出しの音が一回、二回、三回鳴り――わたしは息をつめた。わたしの言葉にそむいて携帯電話の電源を切っていたらどうしよう。希望を捨てそうになったその時、娘の声がした。

「どうしたの、ママ?」あきらかに迷惑そうな声。

「いいからききなさい」すさまじい剣幕で迎え撃つ。「いまボン・フェローズの家にグレイドンといっしょにいるのね。ふたりでコカインを受け取りにきた。サーファー野郎のボーイフレンドといっしょにそれを使おうとしているんでしょう!」

「ママ……わたし……わたしは」

「なにもいわないで。うそはききたくないから。いまのあなたの居場所はちゃんとわかっているのよ。グレイドンのミニ・クーパーでサンドキャッスルに乗りつけたところね、いまからやろうとしていることも――」

「そんな。どうやってそれを――」

「ききなさい。そこを出てすぐにデイビッドの家に行くのよ。そうしなければ警察に通報します。逮捕された娘の保釈金を払うほうがまだまし。夫をボロボロにしたドラッグで娘の人生まで崩壊させるよりずっとね!」

ジムはわたしを見ている。あきらかに感心している表情。ちらちらとまたたく光のなかで、彼がうなずいて親指を突きあげるのが見えた。けれどまだ終わったわけではない。とどめの一撃を加える時が来た。

「ジョイ……わたしの短縮ダイヤルにはサフォーク郡警察のオルーク部長刑事のナンバーが登録してあるのよ。それを使わせないで！」

ロごもっているジョイになにもいわせず、電話を切った。こうすればわたしが警察に通報していると思うだろう。

「どうなっている？」ジムにききながら、体内でアドレナリンが放出されて血圧が上昇しているのを感じる。

ジムが屋敷を観察している。

「きみの娘は出て行こうと……」彼がにやっとした。「よし。出て行くぞ」

わたしの肉眼でもミニ・クーパーのヘッドライトが点灯するのが見えた。ジムは双眼鏡をわたしに押しつけて船のエンジンをかけた。一瞬の後、船は波を切って岸と平行にデイビッド・ミンツァーのプライベートビーチまで進んだ。

「見て、あそこ！」

わたしが指さした方向をジムが見る。波のあいまにモーターボートが浮かんでいる。デイビッドの屋敷のちょうど前だ。航海灯は見えない。完全に海に同化している。わたしがそのボートに気づいたのは、デイビッドの屋敷のパティオの明るいプール・ライトがボートのシルエットを浮きあがらせたから。いつもならこの時刻には屋敷は暗くなっているはずだった。

「誰が乗っているのかはわからないが、見つかりたくないらしいな」

「ええ、いつものあなたのテクニックね」

ジムがじろりとこちらを見た。「そうだ、クレア。だからこそ怪しいんだ」

ジムはエンジンを切って船の方向を変えた。反動でゆっくりと船が岸のほうにちかづく。

「つかまっていろ」

ジムが押し殺した声を出す。船はぐらぐら揺れながら浅瀬にのりあげた。ジムが船室におりて、なにかをごそごそさがしまわっている。そして拳銃に弾をこめながらあがってきた。

「まあ」

「クレア、下のデッキに隠れていろ」声は荒らげていないけれど、張りつめた鋭い声。

「でも」

「はやく！」

わたしは短い階段をおりていった。ジムが甲板から浅瀬に飛びおりて水しぶきがあがる音がした。すぐに、そっと甲板にのぼった。身をかがめ頭を低くして移動する。岸にあがったジムの姿が見える。懐中電灯で砂浜を照らしている。やがて灯りを消すと、そのまま暗がりのなかに消えた。

彼の姿を見失ってこわくなったわたしは船の端まで這ってゆき、そこから浅瀬にそっとおりた。冷たい海水の流れのなかでスニーカーが砂にめり込んだ。

砂浜を横切ってジムが消えたあたりまで移動した。プール・ライトの光はここまでは届かない。真っ暗だ。懐中電灯を持ってくればよかったと後悔した。が、そこで思いついたのが携帯電話。あれなら小さな画面が青く光る。携帯電話をすばやく取り出してぱっとひらいた。

かすかな灯りで砂浜を照らすと、そこに足跡がついていた。水かきのある足ひれの跡だ。暗がりのなかで目を凝らすと、足跡はデイビッドの屋敷の正面のほうに続いている。いくつも連なる小高い砂の山へと。それを追ってよろめきながら進んだ。ジムが向かった方向と同じでありますように。

砂の山をのぼりながら屋敷のプールのほうを見て、ライトがついている理由がわかった。熱いお湯が泡立つジャグジーのなかでデイビッドがくつろいでいる。手にはドリンクを持っている。大声で警告しようと思ったけれど、ここからでは遠すぎてデイビッドにはきこえない。リズミカルに砕ける波の音がわたしの声を飲み込んでしまうだろう。それよりも、デイビッドをこっそり狙っている人物にわたしがつけていることを知らせて警告したほうがいい。

誰もいない砂浜を横切ってべつの砂山にのぼりかけ、そこで足を止めた。デッキライトの光のなかに人のシルエットが浮かんでいる。その人物が立ちあがった。スコープのついたライフルがはっきり見える。その人物がライフルでデイビッドに狙いをつける。ぞっとした。

「やめて！」精一杯声をはりあげた。

殺し屋がこちらを向いた。ライフルごと。けれど相手がわたしに狙いをつける前にジムが砂山のなかから飛びかかって殴りつけた。なにかが割れるような音があたりの静けさを破った。宙に向けて発砲されたのだ。砂の山のなかで閃光が走った。

ジムがライフルを砂地に叩きつけ、殺し屋の肩をつかんで自分のほうに顔を向けさせた。その顔を見た瞬間、ジムが叫んだ。

「ケニー、いったいなにしてるんだ？」

〝ケニー？　ケニー・ダーネルのこと？〟。

ジムのパパラッチの相棒ではないか。そのケニーがジムを殴り、ふたりは乱闘を始めた。

わたしは大声で助けを呼んだ。銃声をききつけた制服姿の警備員がすでに砂山の頂上にのぼっていた。そこから懐中電灯の光で乱闘状態のふたりの男を照らした。

「動くな！　動いたら撃つぞ！」警備員が叫んだ。

「やめるんだ、ケニー！」ジムが叫んだ。「やめろ！　もうおしまいだ！　警備員が背中からおまえを撃つぞ。観念しろ！」

けれどケニーは海に向かって駆け出した。警備員が膝をついて撃つ構えを取り、狙いを定めた。

「やめろ！」弾が飛んだ方向にジムが身を投げ出した。

警備員は悪態をつき、ひとまず撃つ体勢を解いた。ジムが駆け出し、ビーチのまんなかあたりで相棒に追いつき、タックルした。

警備員も砂浜を突っ走り、声をあげた。

「しゃがめ。動いたら撃つぞ」

ジムはケニーを取り押さえ、その傍らに警備員が駆けつけて膝をついた。わたしもすぐ後に続いた。ジムは肩で息をしている。怒りと悲しみがいりまじったような目でこちらを見ている。

わたしは腕を組んで片方の眉をあげた。

〝これがお礼をすべき成果なの？〟。

彼は頭を左右にふった。「船にいろといっただろう」

「わたしのことを〝危険中毒〟ともいったわ。せっかくのドラッグを見逃す手はないでしょ？」

「さあ、立て」警備員がケニーを砂浜から連行してゆく。その顔を見て思わず目をぱちぱちさせた。見おぼえのあるベビーフェイスだ。「トーマス・ガートさん？　あなただったの？」

「はい」青白いすべすべした肌が汗で光っている。「この時間の勤務につくように伯母から頼まれたんです。不審なことが続いて、これはきっとミスター・ミンツァーが狙われているのだと伯母は考えたんです」

「アルバータがそういったの？」

「はい。伯母はミスター・ミンツァーのことをとても心配していました」

あたりが暗いおかげで、わたしの顔が赤く染まったことは誰にも気づかれずにすんだ。〝そのアルバータをわたしは容疑者扱いしていた。しょせんは素人探偵ね〟。

ジムの傍らに行った。彼は手錠をかけられた犯人を見つめている。トーマスが彼を屋敷まで連れていき、わたしたちはその後からついていった。

わたしは狙撃犯を見て、それからジムに視線を移した。

「ではこの人が、あなたの」

「相棒を紹介するよ。ケニー・ダーネルだ。どうやらおふくろさんは奇跡的に回復して彼はもどってきたようだ。そしてカメラではなく銃で標的を狙った」

アルバータとデイビッドが屋敷の芝生が始まるところでわたしたちを迎えた。

「警察を呼んだわ。間もなく来るでしょう」アルバータがわたしたちにいった。

ジム、トーマス、そしてトーマスに拘束されたケニーに続いてデイビッドも屋敷に入った。わたしは庭に残ってアルバータと話をした。

「デイビッドがトラブルに巻き込まれているのではないかと、ずっと心配していたのね？」ささやき声で話した。

アルバータはうなずいた。

「ええ。あの気の毒な青年がデイビッドのバスルームで撃たれてからね。そうしたらデイビッドが病気になってしまったでしょう。これは誰かが彼に危害を加えようとしているんだなと確信したのよ」アルバータはわたしに身を寄せてささやいた。「デイビッドは身体が弱いほうだけど、あそこまで虚弱体質ではないわ。だから、誰かが彼に毒を盛ろうとしたのだと確信したの」

「なぜわたしにいってくれなかったの？　デイビッドにも」

「ちょっといいにくいんだけれどね。わたしはずっとあなたのことを疑っていたの」

「わたしを？　まあ驚いた」

「それからなぜデイビッドに話さなかったかといえば……わたしが知っているデイビッドとあなたが知っているデイビッドとはちがうのよ。あの人はほんとうに頑固でね。あの人を助けるためになにかしようと思ったら、決して気づかれないようにしなくては。

彼は情をかけられるのを嫌うわ。たぶんあの人自身が並外れて情に厚いせいでしょうね。わたしね、ずっと後ろめたかったのよ。デイビッドはわたしにとって息子同然の存在。その彼をみすみすひどい目に遭わせてしまったようで」

「独立記念日のパーティーに出なかったの。だからデイビッドの力になれなかった。わたしね、デートをしていたのよ」

「どういうこと？」

「デートを？」

「しーっ！　デイビッドには知られたくないの。この屋敷にわたしが男性を泊めてもてなすなんてこと、彼は決して賛成しないと思うから。べつに深刻なおつきあいではないのよ。ひと夏の恋」

「だからあんなにおしゃれして、お化粧もしてジュエリーもつけていたのね？　あなたの部屋から声がきこえたのも、そういうわけだったのね？」

「お願いだから彼にはいわないでね」

「絶対にいわないわ」

家のなかから、人がもみあう音がした。そしてケニーの声も。

「放せ、このくそったれ！」

キッチンに入ると、思った以上に人がいた。ジョイとグレイドン・ファースが着いていたのだ。ふたりはなんの騒ぎかとキッチンにやってきたにちがいない。

「なぜこんなことをした?」ジムが相棒を問いつめる。

わたしが割って入ろうとする前にジム・ランドは相棒に殴りかかり、顔を強くひっぱたいた。ケニー・ダーネルは打たれた勢いで転がるように倒れた。しかし堂々と立ちあがり、血を吐き出した。そしてあざけるような笑いを浮かべた。

「くたばれ、ランド」

「いいかげんにしないか」デイビッドがいても立ってもいられない様子で両手をもみあわせている。

トーマス・ガートは依然としてケニーの両手首にかけた手錠をつかんでいる。冷静な表情だ。

ジムはこちらを見る。ショックを隠せないわたしの顔を見て、きゅうにきまり悪そうな表情を浮かべた。

「彼は口を割ろうとしない」

「ジム」わたしはケニーの目を見据えた。「あなたがこの人の口を割らせる必要はないわ。だいたいのことは想像がつくから。わたしがそれをすべてオルーク部長刑事に話します」

「おまえになにがわかる」ケニーが反論した。

ジムが一歩前に出てまた手をふりかざす。わたしはふたりのあいだに身をいれた。

「なんてことだ」デイビッドがこめかみを叩きながらうめく。

「じゃあ、話してあげるわ。あなたはクイーンズのお母さんが病気だとジムにうそをついた。銃撃事件が起きた時刻にはハンプトンズから遠く離れた場所にいたというアリバイづくりのためにね。自分の母親が息子のために口裏を合わせることは承知の上。そして誰かを殺人犯に仕立てあげる必要があった」そこでわたしはジムのほうを向いた。「それには絶好の人物がいた。相棒のジム・ランド。ケニーはあなたのやりかたをそのまま真似て、ウェットスーツと足ひれを使った。そうすればあなたを巻き込むことができると知っていた。おそらくあのライフルもあなたの持ち物のなかに隠すつもりだったんでしょうね。いいお友だちだわ」

「黙れ」ケニーが口をひらいた。

「おまえが黙れ。そうしなければ、この俺が――」ジムがいい返した。

「ところがふたつの問題が起きた」すばやくわたしが割って入った。「まず、ケニーは殺すべき相手をまちがえた。それから犯行の晩に嵐が来て足ひれの跡をすべて洗い流してしまった。警察が証拠として確認したのはケニーが故意に犯行現場に残した薬莢だけ。困ったことになった。今度こそデイビッドを殺さなくてはならないし、その罪をジムに着せなくてはならない。だからトリート殺しについてはプランBに切り替えた。つまりほかの人間を犯人としてでっちあげた」

「ということは警察が逮捕したドラッグの売人はこの男のでっちあげか?」デイビッドがたずねた。

「ええ」わたしはジムのほうを向いた。「ケニーは警察の委託を受けて写真を撮っていると教えてくれたわね。交通事故の写真を、そうでしょ?」

「ああ、その通りだ」

「そのつてでケニーはここの警察の捜査状況を知ることができた。おそらく内部に友人がいるんでしょう。それでトリート殺しの捜査の進展を確認した。ケニーは警察がすみやかに銃撃犯をあげて早々に事件を解決したがっているのを知っていた。そしてまた、警察内部の友人を通じてトリートがドラッグの取引に関わっていたという情報を得た。ハンプトン・ベイでドラッグの売人をやっている若者の車のトランクにライフルがあると警察に密告したのはケニー本人でしょうね。密告したのはあなたでしょ、ケニー?どういう手を使ったの?　匿名の電話でもしたの?」

ケニーが侮蔑するようににやりとした。

「あたしってなんて頭がいいのかしら、って顔だな」

わたしはうなずいた。

「あなたよりはいいかもしれない。なぜならわたしはトリート殺しの真犯人がつかまったとは信じていなかったから。でも警察は解決したと考えていた。それで気をゆるめた。デイビッドもね。そこであなたは、今度こそほんとうの標的を殺すという目的を果たそうと考えた」

わたしはジム・ランドともう一度向きあった。

「ケニーは今夜も、前回と同じくあなたになりすました。ただし今回は嵐の来ない晩を確実に狙った。そして、今夜使ったライフルがあなたの荷物のなかから見つかるはずだった」

ジムが頭を左右にふった。

「どうしてだ、ケニー？　俺たちはうまくいっていたじゃないか」

ケニーの顔が嫌悪で歪んだ。

「なにもうまくなんかいっちゃいない。このビジネスはもともと俺のアイデアだった。確かにおまえを誘ってやった。でもいつでも使い捨てにしてやるつもりだった」

「おまえは落伍者だ。どうしようもない奴だ。シールズでも外の世界でもな。スポーツくじで借金がふくれあがって銀行から融資も受けられなかった。忘れたのか？　装備も船のレンタル代も、資金を融通したのは俺だ」

「ああ。でもこのビジネスは俺のアイデアだ。だから自分の儲けをこれからは独り占めすると決めた」

「バカな奴め。凝りずにスポーツくじで借金をふくらませたんだろう？　よくよく金に困ってこんなことをするとはな」

ケニーが目をそらした。

「おまえと手を切ってへたに商売敵が増えたら元も子もない。そこで、一石二鳥を狙った。臨時収入を稼いで、おまえをしばらく追っ払える方法だ。軍事雑誌に広告を出したら、みごと釣れた。デイビッド・ミンツァーを殺す依頼が舞い込んだ」

「おお、なんてことだ」デイビッドがうめいた。

デイビッドにとってはつらいかもしれないけれど、ケニーへの尋問にわたしは手ごたえを感じていた。あとはケニーに雇い主の名を白状させるだけ。わたしたちがきくべきことは、その一点にしぼられる。わたしは腕組みをして頭を左右にふり、キッチンのなかを歩き始めた。

「ケニー、ひとつだけわからないことがあるの。なぜ最初の時に盛大なパーティーのまっさいちゅうを狙ったのかしら。デイビッドを殺すならビーチでも道でもどこでもできたはずなのに」

「おお」デイビッドがふたたびうめいた。

ケニーがわたしを見てニヤニヤと笑った。

「なんだ、頭がいいといってもその程度か」

「わからないのよ。あんなに人があつまるパーティーでなぜ撃たなくてはならなかったのか。しくじる確率は高いし、つかまる危険だって大きいはず、でしょう？」そこでジムのほうを向いた。「あなたの相棒がシールズから脱落した理由がよくわかるわ。頭が悪すぎるもの」

「いわせておけば調子に乗りやがって」ケニーが唾を吐いた。「クライアントの注文通りにやったんだよ」

「では頭が悪かったのはボン・フェローズ、ということね？」

「ああそうだ。デイビッドの自宅のパーティーで撃つというのは奴のアイデアだった。あいつも一石二鳥を狙ったんだ。デイビッドは死ぬし、多くの人があつまる場所で撃たれたとなれば、うわさに尾ひれがついて犯罪組織に命を狙われたにちがいないとか、マフィアの組織に片づけられたとかささやかれてデイビッドの各種事業もつぶれる」

「うぉぉぉぉぉ！」

アルバータがデイビッドに駆け寄って慰めた。真実の追究はこの人にはきつすぎたようだ。

「標的をまちがえたのが運のツキだな」ジムだった。「それでやりなおす羽目になった。けっきょくおまえには荷が重すぎる任務だったんだな、え、相棒さんよ」

「くたばれ。俺はうまくやりおおせるはずだった。おまえさえいなければこんな奴いまごろ死んでいたはずだ」

ジムが鼻を鳴らした。

「その手柄は取り消させてもらうぜ、相棒よ。おまえをしとめたのは俺じゃない」ジムの視線がわたしの視線をとらえた。「クレアだ」

ふうっと息を吐いた。これ以上犠牲者を出すことなく自供までこぎつけることができて、心底ほっとしていた。これ以上この屋敷で流血沙汰が起きたら、デイビッドの神経はもたなかっただろう。

あいにく、尋問はまだ完全に終わってはいない。

わたしはグレイドンとジョイのほうを向いた。ふたりは無言のまま、目をまるくしてきいていた。娘を巻き込むのは本意ではなかった。が、すでに娘は自ら巻き込まれてしまっているのだ。〝お願いだから、いまここで学んでちょうだい。自分の選択の結果には自分で責任を持たなくてはならないのよ〟。

わたしはグレイドン・ファースのほうに足を踏み出し、彼の目を見据えた。

「今日の午後、なぜボン・フェローズと話をしていたの？　そしてなぜ今夜彼の家を訪問したの？」

グレイドンは一瞬挑戦的な表情を見せたが、ジョイが恐怖と嫌悪のいりまじったまなざしで見つめているのに気づいて、それは消えた。と、いきなり彼の胸のあたりががっくりと落ち窪んだ。

「金が欲しくて」

「でもあなたのお家は裕福でしょう」

「ご想像以上にね。でも数年前に勘当されました。サーフィンのインストラクターになりたくて大学を中退した時に。おまえが選んだ道は気にいらないといわれた。だから、財産なんてくそくらえといってやった」

「フェローズとはどこで接触したの？」

「クラブで出会いました。ぼくがカップＪでウェイターをして臨時収入に当てていることを彼は知っていたんです。上物のコカインと百ドル札の束とひきかえに、独立記念日にちょっとしたことをやってくれないかといわれて交渉が成立しました。デイビッド・ミンツァーに偏頭痛を起こさせるものをこっそり盛ったんです。レストランを手にいれられなかった仕返しだとフェローズはいいました。誰かが撃たれるなんて、夢にも思わなかった。事件の後、あれはただの妙な偶然だ、誰かがトリートを殺そうとしたんだとフェローズからはいわれました。彼はしょっちゅう電話してきて、デイビッドについての情報を欲しがった……フェローズから脅されるのがすごく心配だった。トラブルに巻き込まれるのがこわかったんです。だからきかれたことはなんでも教えました。今日の電話も、もっと情報をくれというのかと思った。でもそうではなくて、もっと現金とコカインを提供するから協力してくれとだけいわれたんです。それを取りに車で行った。

そうしたらジョイがびびって、それでここに」

「運がよかったわね。今夜以降、フェローズはもうあなたからデイビッドの情報を手にいれる必要がなくなるはずだった。だからあなたが絶対に警察に密告できないようにするつもりだったと思うわ」

「絶対に密告できないって――」

「おまえさんは殺されるはずだったと彼女はいってるんだ、このバカもん」ジムがぴしゃりといった。「彼がコカインをくれるとでも？　俺はあいつがそこになにかを混ぜているのをこの目で見た。おそらくＰＣＰ《フエンシクリジン》を少量加えて、おまえの頭の細胞すべてを蒸発させるつもりだったんだろうよ。もっと利口になれよ、坊や」

「なんてこと」ジョイがいった。

サイレンが鳴り響いた。これでは近隣も迷惑をしているだろう。わたしはジムをちらりと見た。「警察ね」

二時間後、「悠々自適館」はふたたび静寂をとりもどしていた。警察はケニー・ダーネルとグレイドン・ファースの身柄を確保して連行していった。トーマス・ガートは警察とともに豪奢なサンドキャッスルに向かい、ボン・フェローズをひきずり出して鉄格子の向こうに送る手伝いをした。わたしたちは全員供述調書を取られた。明日になれば刑事にあらためて事情をきかれることになる。

すでにマダムはもどり、ジョイ、デイビッド、アルバータとともに邸宅の居間に座ってケニーを捕えた顛末の一部始終に耳を傾けていた。誰もが興奮し、気が動転して、夜中まで眠れそうになかった。

ジム・ランドは警察がいるあいだは口数が少なかった。ようやく警察がひきあげると、彼は屋敷の裏口からシーダー材のデッキに出た。わたしもその後を追って外に出た。

「大丈夫?」

彼は首筋をごしごしこすり、頭をふった。

「検事は大物を捕えたがるだろう。グレイドンとケニーがフェローズの不利になる証言をすれば、抗弁でそれを主張して比較的短い刑期になるだろう。俺のあのくそったれの相棒には甘すぎるが」

「残念ね」

「きみは残念がっているのか? なんだよ。がっかりだな」

わたしは目をぱちくりさせた。

「がっかり?」

「そうだとも」彼のいかつい顔にゆっくりと笑顔が広がった。「てっきりお礼をしてくれると思った」

エピローグ

「きっときみの香りが恋しくなるだろうな」ジムはわたしの耳を軽くかみながらいう。

「どんな香り？」

「きみにいわなかった？」

「ええ」

「ローストしたてのコーヒーみたいな香り」

「あら、それは驚き。きっとビレッジブレンドの焙煎室であれだけ長い時間過ごしているからね。仕事の勲章のようなもの」

「同情するよ」

ジム・ランドが両方の腕をわたしに巻きつけた。わたしたちは彼のヨットのキャビンのダブルベッドで生まれたままの姿でくつろいでいる。彼は夏の終わりまでにじゅうぶんな資金を貯めて、念願の船を購入したのだ。

いまは九月の始め。夏のシーズンは幕を閉じ、わたしはすでに街にもどっていた。ジム・ランドはマンハッタンからドライブしてハンプトンズの夕日をもう一度いっしょに見ようと口説いた。日の出も。

トリート殺しが解決してからわたしたちは何度もいっしょに日の出を見た。ジム・ランドがカップJに姿を見せたのは、怒濤のような報道がやみ、騒ぎも一段落したある日の夜遅くだった。彼はエスプレッソのテイクアウトを注文して、いっしょに出ようと誘った。わたしはそれに応じた。決心はついていた。ひと夏の恋を自分も経験してみようと。

もう夏は終わってしまったけれど。

「デイビッド・ミンツァーが狙われた事件で、どうしてもわからないことがあるんだ。マージョリー・ブライトが独立記念日にあの屋敷でこそこそしているアップの写真をきみは欲しがった。なぜ?」

「デイビッドの敷地の木よ」ジムのシールズのマークのタトゥーの輪郭をなぞった。「あそこに茂っている木が邪魔して彼女のところから海が見渡せないの。彼女は尋常ではないいきおいでタバコをつぎつぎに吸っていた。その吸い殻で木を焼き払ってしまおうと考えたんでしょうね。デイビッドはきっと勘ちがいして、花火の火があらぬほうに飛んできて燃えたと解釈すると踏んでいたのよ」

「なんていい隣人なんだ」

「あなたが隠し撮りした写真は、ささやかな戦争の終結に一役買ったわ」

「どんな具合に？」

「マージョリーがデイビッドの地所でこそこそうろついている写真をデイビッドの弁護士が彼女の弁護士に見せたの。不法侵入と放火未遂の罪で彼女を訴えると脅したら、彼女はデイビッドと彼の敷地内の木々を相手取った訴訟を取りさげた。その代わり、デイビッドは木々の上部とサイドの部分を刈り込むことに同意した」

「なぜ木があるのをいやがるんだ？　木はいいよ。そうだろう？　鳥がやってくるし……渡りをしていない時には」

わたしはため息をついた。「あなたはいまからそれをやろうとしているのね。渡りを。有名人の写真を撮るシーズンは幕を閉じ、あなたは冬を過ごすために南に向かおうとしている。鳥と同じようにね」

ジム・ランドがわたしの肩をなで、首筋にキスした。

「いっしょに行こう、と誘いたい。でもきみが行かないのはわかっている」

わたしは声を出して笑った。

「いっしょに行こうと誘わないのは、行くといわれたら困るからでしょ。あなたは元夫とよく似ている」

ジム・ランドは即座にいった。「俺といっしょに行こう」

「できないわ。わたしの人生はニューヨークにあるの。楽園から絵はがきを送ってね」

「遊びに来ることはできるだろう？　きみのコーヒーが飲めなくなるのは寂しい」彼がわたしの髪に鼻を押しつける。

「おいしいコーヒーを飲みたければいつでも来てね。マンハッタンは港町でもあるのよ」

「よし、約束だ。ひとつだけおぼえていてくれ、いいか？」

「なに？」

「殺人事件を解決することはきみのちょっとした悪い癖だ。これはそうかんたんにはやめられないだろう。だからもしもトラブルに巻き込まれたら――」

「口笛を吹けばいい？」

「いや」ジムは身を起こし、そばの椅子の背にかけてあったジーンズに手を伸ばした。ポケットをさぐって自分の名刺を取り出し、わたしの手のひらに押しつけた。「携帯電話を使え」

わたしは声をたてて笑った。千マイルも離れたところにいる人に携帯電話をかけてどう役に立つのかわからないけれど、ともかくその名刺をバッグにしまった。彼の置き土産として。灰色の冬の日、なにかの偶然でこの名刺を手に取った瞬間、きっと思い出すだろう。この魅力的な土地のことを。わたしのような者はつかの間訪れることはできても決して所有することはできない、この圧倒的に魅力的な小さな土地で過ごした時間を。

わたしはジムに微笑みかけ、ベッドカバーの下にもぐり込むと彼の腕をぐっとひいて自分の身体に巻きつけた。所有するとはどういうことなのだろう？　不思議でたまらなかった。人は人を所有することはできない。ほんとうの意味で土地を所有することすらできない。単に地球を借りているにすぎない。地球上で過ごすあいだ、単純にいえばわたしたちは壮大な規模でひとつのものをシェアしているのだ。フェローズとデイビッド、ケニーとジム、マージョリーと彼女の家からの海の眺望、そしてわたし自身とマテオのことも考えた。

「いきなり黙って、どうした？　なにを考えている？」ジムの心配そうな声。

「いえ、なんでもないわ。ただちょっと考えていたの。人生の質は、人と人が同じ家でうまくやっていけるかどうかという一点で決まるのかもしれないって」

「どういうこと？」

「いいの、忘れて。説明するとなると、時間がいくらあっても足りないわ。わたしたちには日の出までの数時間しかないのだから」

間を置いてから、ジム・ランドがささやいた。

「クレア……」

「なに？」

「俺はこれから発とうとしている……きみは悔やんでいる？　ふたりがこうなったことを」

どこか身構えているような口調だ。わたしがいつ豹変して彼を責めたてるかと恐れているように。過去の女性たちとの別れの場面は、よほど無惨なものだったのだろうか。そしてわたしもそういう態度をとるのではないかと半ば予期しているのだろうか。

彼をそんな目には遭わせない。

生きていれば、責めたり悔やんだりという感情がどれほど貴重な時間を無駄にしてしまうのか、いつかわかる日が来る。たとえ最後は破綻が訪れるとわかっていても、わくわくとした気持ちを味わう価値はじゅうぶんにある。そう、ひと夏の恋は罪などではない。夏のシーズンのあいだマダムとジョイがわたしに伝えようとしたことが、いまならわかる。

「いいえ。わたしは悔やんでなどいない。おたがいにこれまでたくさんの経験を積んできたからこそ、ふたりにいま与えられた時間を精一杯味わい尽くせばいい。たとえそれが長くても短くてもね。そうは思わない？」

「そう思うよ、クレア」ジムはわたしを自分のほうに向かせ、しっかり抱きしめた。

「きみのいう通りだ」

【飾りつけのヒント】

ブラウニーが冷めたら、艶出し《グレーズ》にトライしてみよう。ここではウォールナッツ・グレーズを紹介してみるが、お好みでいろいろなグレーズをどうぞ――チョコレート、バニラ、コーヒー・グレーズも思いのまま。エクストラクトやフレーバーを変えるだけでよい。ウォールナッツ・グレーズの場合、中くらいの大きさのボウルにウォールナッツ・エクストラクトを小さじ2、バニラ・エクストラクト小さじ1、水大さじ2をいれて泡立てる。そこに粉砂糖1 1/2カップと無塩バター大さじ1（じゅうぶんやわらかくしたもの）をまぜる。これをブラウニーにかけてゴムベラで軽く均《なら》す。冷蔵庫でじゅうぶんに冷やし、表面が固まったら四角に切り分ける。

クレアのチョコレート・ウォールナッツ・エスプレッソ・ブラウニー

ジム・ランドと出会った日には時間がなくてつくってあげられなかったブラウニー。でも、ほんとうに手早くかんたんにできるお菓子。ダークローストのコーヒー（フレンチローストやイタリアンローストなど）、あるいは熱くて素朴な味わいのエスプレッソとの相性はぴったり。

【材料】
あなたのお好みのブラウニー・ミックス……1箱
インスタント・エスプレッソ
（あるいはインスタントコーヒーの顆粒）……大さじ2
エスプレッソ（冷ましたもの）……1/4カップ
セミスイート・チョコレートチップ……1カップ
大きめのみじん切りにしたクルミ……1カップ
バニラ……小さじ1

【作り方】
ブラウニー・ミックスを箱の指示に従って準備する。水を使うという指示があれば、量を半分にする。べつのカップにエスプレッソをいれ、そこにインスタントコーヒーを溶かしてバニラを加える。それをブラウニーの生地に注いでじゅうぶんにかきまぜ、スプーンでチョコレートチップとクルミをいれてさらによくまぜる。出来上がった生地を、油をひいた型に移す。箱の指示の通りに焼く。

ランダムハウス講談社文庫の好評既刊

紅茶とお菓子がいっぱいの美味しいミステリ

お茶と探偵シリーズ

以下続刊！

ローラ・チャイルズ　東野さやか［訳］

紅茶葉専門店の女性オーナーが素人探偵となって大活躍!!

1巻 ダージリンは死を招く
定価：本体780円［税別］

2巻 グリーン・ティーは裏切らない
定価：本体780円［税別］

サクサク焼きたてスコーンに
香り豊かな紅茶。

たっぷりの紅茶情報と
巻末にはオリジナルレシピ付き。

ダイアナ・パーマー
香野純訳
金色の砂塵の向こうに
Trilby Diana Palmer
ランダムハウス講談社

The Savage Heart
Diana Palmer
淡い輝きに
ゆれて
ダイアナ・パーマー　香野純訳
ランダムハウス講談社

訳者略歴
慶應義塾大学文学部英文学科卒。英米文学翻訳家。訳書に『フォレスト・ガンプ』（講談社），『これでいいのだ怠けの哲学』（ソニー・マガジンズ），『こんな結婚の順番』，『秋のカフェ・ラテ事件』（ランダムハウス講談社），他多数。

コクと深みの名推理④
危《あぶ》ない夏《なつ》のコーヒー・カクテル

2008年4月10日　第1刷発行

著者　クレオ・コイル
訳者　小川敏子（おがわとしこ）
発行人　武田雄二
発行所　株式会社 ランダムハウス講談社
〒162-0814 東京都新宿区新小川町9-25
電話03-5225-1610（代表）
http://www.randomhouse-kodansha.co.jp
印刷・製本　豊国印刷株式会社

ISBN978-4-270-10173-5